Jamais avec mon coloc !

De la même auteure dans la collection

Luv

Insupportable coloc

Colocs & Sex Friends

H.O.T. Hypnotique, Obstiné, Ténébreux

The Most Insolent Man

JEANNE PEARS

Jamais avec mon coloc !

addictives
POCHE

À mon mari.
Ce roman est le plus personnel, parce que Shane est directement inspiré de ton vécu. Tu es la preuve vivante que notre passé ne nous définit pas
et que nous restons maîtres de notre avenir.
Je t'aime.

1

Shane

Sur le trottoir, je patiente nerveusement. Mon frère Eric doit venir me chercher. Cela fait trois ans que nous ne nous sommes pas vus, alors j'appréhende. Non, le mot est faible, j'angoisse, alors que ce n'est pas vraiment mon style. Quelle va être sa réaction ? Quel regard va-t-il porter sur moi ? Et puis, pour être honnête, je m'interroge aussi. Quelle va être ma réaction à moi ? Allons-nous être coincés ou bien cela se fera-t-il naturellement ? Est-ce que je stresse ? Peut-être bien. Les mains moites et le cœur qui bat plus vite que la normale doivent être de bons signes.

Je ne sais absolument pas quelle voiture il conduit, mais instinctivement je tourne la tête alors qu'une berline compacte tourne à l'angle de la rue. Le conducteur fait crisser les pneus en pilant devant moi et descend sans couper le moteur pour se jeter littéralement dans mes bras. Je laisse tomber mon sac par terre et resserre notre étreinte. Au premier abord, cela me fait drôle : des mois que je n'ai pas eu un contact si proche avec quelqu'un ! Et puis rapidement, cela s'impose à moi : cela m'a manqué, profondément, intensément. J'ai toujours été très proche de mon frère, alors oui, il m'a manqué.

Je porte une main à sa nuque et le détaille minutieusement. Légèrement plus grand que moi, il est aussi moins large. J'ai toujours été plus physique qu'intellectuel, contrairement à lui. Mis à part ces quelques différences physiques, nous nous ressemblons énormément. Les mêmes yeux bleus, dont on a toujours su jouer et qui font notre charme, le même nez droit, la même forme allongée de visage… Le portrait craché de notre père, comme notre sœur est celui de notre mère. La seule chose que nous partageons tous les trois, c'est notre couleur de cheveux, auburn, que l'on tient de maman.

Je pose mon front sur le sien et nos regards plongent l'un dans l'autre. L'appréhension que j'éprouvais disparaît, parce que je ne lis aucune colère ni aucune rancœur dans ses yeux. Eric ne semble pas m'en vouloir à cause de mes mauvais choix qui nous ont éloignés. Tout ce que je lis, c'est qu'il est heureux de me revoir. Il éprouve aussi certainement du soulagement de constater que je vais bien.

– Shane, murmure-t-il. Tu es bien là ?

– Oui, je suis là.

Je prends le temps de l'observer attentivement. Il n'a pas changé, mais je peux lire dans ses yeux qu'il n'est absolument plus ce jeune homme insouciant que j'ai quitté il y a des années. La vie adulte lui a sans doute forgé un caractère plus sérieux, plus posé, d'autant plus avec la profession qu'il exerce. Je suis tellement heureux de voir qu'il va bien, que la vie lui réussit tout simplement. Je l'attire à nouveau à moi et le serre fort.

– Tu m'as manqué, p'tit frère.

– Toi aussi, Shane.

Je le libère et on se met à rire bêtement. Je crois que tous les deux, on a du mal à prendre conscience qu'on se trouve bien l'un en face de l'autre. Il fait un petit mouvement de tête vers la voiture, je balance mon sac à l'arrière et on grimpe à l'intérieur. Un petit silence s'étire entre nous pendant quelques instants, puis Eric prend la parole.

– Je ne sais pas ce que tu as prévu exactement, vu qu'on n'en a pas vraiment parlé, mais j'ai quelque chose à te proposer.

– Vas-y, je t'écoute.

– Beth partage une maison avec Callie, sa collègue au bar qui se situe juste en dessous. Jusqu'à il n'y a pas si longtemps, elles partageaient les lieux avec Ben, le barman, mais il a récemment démissionné et quitté la ville. Elles ne sont donc plus que toutes les deux. Le mec qui possède à la fois le bar et la maison cherche un nouveau barman et un colocataire. Tu serais partant ? demande-t-il d'un ton un peu hésitant.

Beth est sa petite amie depuis quelques années maintenant. Il m'a parlé d'elle, mais sûrement pas autant qu'il l'aurait souhaité. J'ai énormément de choses à rattraper. Du coup, je suis un peu étonné d'apprendre ça, de voir qu'elle est déjà prête à me faire une place dans sa vie alors qu'on ne s'est jamais rencontrés.

– C'est Beth qui a pensé à tout ça ?

– Oui. Je sais que tu ne la connais pas encore, si ce n'est ce que je t'ai raconté sur elle, mais elle a envie de t'aider.

– Mais elle en a discuté avec le proprio ?

– En fait, il y a eu plusieurs candidats, mais aucun ne les a convaincus. Alors Beth a pensé à toi. Et Josh, le proprio, a accepté sans poser de questions. Tu es mon frère, dit-il comme si ça expliquait tout.

– Mais le type ne me connaît même pas !

– Il faudra que tu fasses tes preuves. Mais pourquoi

veux-tu qu'il y ait un problème ? Tu as besoin d'un travail et d'un toit. Contente-toi d'accepter, Shane.

Je n'insiste pas, je n'ai aucun intérêt à refuser les mains tendues et un de mes objectifs est de me reconnecter avec ma famille, alors je hoche la tête et lui souris.

– Tu veux aller quelque part en particulier ? demande-t-il.

– Non. Est-ce que tu peux juste rouler ?

– Bien sûr.

– Merci.

Ce n'est pas que je ne veuille pas faire la conversation, mais mon regard est rivé sur l'extérieur. Detroit est une ville qui m'a toujours attiré. On a grandi de l'autre côté de l'État, à Muskegon. En soi, c'est un coin sympa, qui offre tout le nécessaire, mais je m'y suis toujours senti à l'étroit et je n'avais qu'une envie : rejoindre la plus grande ville de l'État. Et c'est ce que j'ai fait. Pour le meilleur et pour le pire…

J'observe les paysages urbains défiler devant nous. Je n'avais pas souvenir que la ville était si verdoyante. Peut-être que je n'y ai tout simplement jamais fait attention. L'état des routes est toujours aussi abominable. D'autres choses ont changé : des terrains maintenant tout en friche avec les bâtisses laissées à l'abandon, des commerces fermés, des maisons fantômes. À mesure qu'on approche du centre-ville, j'ai l'impression de découvrir de nouveaux reliefs, de nouveaux magasins, mais tout me reste familier malgré tout et c'est rassurant.

La soirée est bien entamée quand Eric ralentit et s'engage dans une rue tranquille. Je sais qu'on est dans le quartier d'Islandview, plutôt agréable, à deux pas d'Elmwood Park, à proximité de la rivière Detroit et de Belle Isle.

Je repère immédiatement le bar qui fait l'angle à l'autre bout. Eric arrête la voiture à quelques mètres et j'observe les alentours. La bâtisse est sur trois niveaux. Le bar occupe le rez-de-chaussée, et vraisemblablement, la maison les deux étages supérieurs. Je récupère mon bagage et Eric m'entraîne dans une petite allée privée adjacente où un escalier mène à l'entrée. Je remarque que le bar est plus profond que la maison et que celle-ci bénéficie d'un toit-terrasse au deuxième étage.

Beth est là pour nous accueillir. Je découvre une jeune femme d'une beauté classique, mais dont la joie de vivre transparaît sur son visage et lui donne un charme fou. Brune aux cheveux courts, elle est élancée, dynamique. Et que dire de la façon dont elle regarde mon frère ? J'aimerais un jour rencontrer une femme à qui je ferai cet effet. Son sourire est chaleureux quand elle vient à ma rencontre.

– Bonjour, Shane.

– Beth, je suis ravi de faire ta connaissance.

– Voici l'amour de ma vie, dit Eric en passant un bras autour de ses épaules.

Elle se met à rougir en attrapant son tee-shirt et secoue légèrement la tête avant de nous inviter à entrer. Je laisse tomber mon sac par terre et prends quelques instants pour observer les lieux. La première chose qui me saisit, c'est l'odeur très agréable qui y règne. Cela sent bon et je me prends à fermer les yeux et à apprécier ce petit détail subtil. Ce n'est pas grand-chose, mais c'est super important pour moi. J'ai immédiatement la sensation que je vais me plaire ici.

La décoration est simple, mais accueillante. Les murs de l'entrée, des escaliers, qui mènent sûrement aux chambres, et du petit couloir au bout duquel je devine la cuisine sont blanc cassé. L'espace est donc très lumineux. Une plante verte sur la gauche, un portemanteau à droite. Plusieurs tableaux façon Andy Warhol apportent des touches de couleur.

Je suis Eric et Beth dans le salon et poursuis la découverte de ma future habitation. L'espace n'est pas très grand, mais cosy. Un canapé trois places en tissu gris très clair est disposé au centre de la pièce, un fauteuil assorti juste à côté, une table basse vitrée, placée devant, et une télévision grand format en face. Plusieurs étagères habillent les murs peints en taupe et un tapis aux motifs géométriques finit de réchauffer la pièce. Pas de tableaux multicolores dans cette pièce, mais de nombreuses photos en noir et blanc, très classe, j'aime beaucoup.

Je jette un œil à la cuisine dont les murs ont été peints dans une couleur assez pétante, tranchant avec le reste, un rouge criard qui fait ressortir le mobilier blanc. La pièce n'est pas très grande, mais comme elle est ouverte sur le salon, ce n'est pas un problème. Un comptoir et des tabourets permettent de déjeuner et de profiter.

Je m'installe dans le fauteuil alors que Beth et Eric prennent place dans le canapé. Je jette un œil derrière moi, par-delà la baie vitrée. La terrasse a été aménagée, j'aperçois une petite table, un ensemble de fauteuils et des coussins colorés.

Beth me lance un petit sourire timide et j'en profite pour la questionner, histoire d'orienter la conversation. Je ne suis pas prêt à être bombardé de questions en tout genre. J'ai eu la version d'Eric, mais j'ai envie d'en apprendre plus sur elle.

– Eric m'a beaucoup parlé de toi. Comment vous êtes-vous rencontrés ?

– Je t'ai déjà raconté ça, intervient Eric.

– Je sais, mais j'ai envie de l'entendre de sa bouche parce que je suis sûr que tu ne m'as pas tout dit !

Eric grimace, mais laisse sa chérie me raconter le début de leur histoire.

– Je travaillais déjà au bar et Eric était là. Je le trouvais tout à fait à mon goût, mais il était avec une femme, magnifique qui plus est. Alors la soirée a passé. Et puis, quand elle est partie, je l'ai entendue l'appeler « p'tit frère » et j'étais super contente. Mais si j'avais craqué sur lui, lui n'était pas vraiment réceptif. Je me suis tout de même approchée à la fin de mon service et on s'est mis à parler. J'ai appris qu'il n'était que de passage parce qu'il étudiait à East Lansing. Il semblait un peu ailleurs et il avait bu, mais il me faisait rire. Il racontait des idioties, je crois qu'il m'a séduite immédiatement, mais je ne voulais pas craquer, il partait ensuite. Mais monsieur en a décidé autrement, il a provoqué les choses, je dirais.

– Des années que je te le dis, mais je ne l'ai pas fait exprès ! se défend-il.

Beth se met à rire franchement, un peu sceptique toutefois, et j'attends qu'elle poursuive.

– Je me suis levée pour partir et Eric m'a retenue par le poignet, sauf qu'il s'est emmêlé les pieds je ne sais comment et il est tombé du tabouret, directement dans mes bras, la tête dans mon décolleté.

– Droit au but ! ris-je.

– Je plaide non coupable !

– Cela aurait été un autre homme, je l'aurais mal pris, mais il y avait quelque chose dans ses yeux… explique Beth en dévisageant Eric. Et puis il était vraiment navré de ce petit incident. Il s'est confondu en excuses et m'a dit qu'il voulait me revoir, peu importaient les kilomètres. Il refusait que je lui échappe. Comment résister ? On a échangé nos numéros et on ne s'est plus lâchés depuis. Au début à distance, durant deux ans, et puis il a rejoint Detroit après l'obtention de son diplôme et il a trouvé rapidement un poste au cabinet du procureur de la ville.

Il se penche pour l'embrasser et je vois qu'ils respirent le bonheur.

– Je suis heureux pour vous !

– Merci, répondent-ils en chœur.

Beth me confirme par la suite que sa collègue et colocataire s'appelle Callie. Elle est à la maison, mais elle n'est pas encore descendue. Beth me rassure en me disant que tout va bien se passer, aussi bien ici qu'au bar avec Josh. J'essaie de me détendre et me dis que je n'ai aucune raison de ne pas la croire sur parole.

– Eric m'a dit que tu suivais des études en parallèle ?

– Oui, sourit Beth. Je ne travaille au bar que les vendredis et samedis soir, ponctuellement la semaine, mais c'est plus rare. Callie y est à temps plein, par contre. J'ai repris les études il y a deux ans avec le soutien d'Eric. J'étudie l'histoire de l'art à la Wayne State University.

– Tu en as encore pour combien d'années ?

– En septembre dernier, j'ai entamé la troisième. Minimum une. Si je veux, je peux encore faire une année de spécialisation, mais je n'ai pas encore décidé, j'ai le temps. Après le diplôme, j'aimerais intégrer l'Institut d'Arts de Detroit. J'y ai déjà fait des stages, ils me connaissent, alors j'ai bon espoir.

– C'est vraiment cool.

– Je suis fier d'elle, dit Eric en la regardant amoureusement.

Il n'y a pas qu'elle qui soit follement éprise, je peux le dire en voyant mon frère. Je suis tellement heureux pour tous les deux.

2

Callie

Je suis réveillée depuis un moment et j'ai entendu du bruit en bas. Sans doute Eric qui vient voir Beth. Je devrais descendre, me mêler à mes amis, mais au lieu de ça, je reste là, allongée sur mon lit, les yeux rivés au plafond. C'est toujours quand je suis seule que le bourdon m'envahit. Entourée de mes amis ou au bar quand je travaille, j'arrive à laisser de côté mes problèmes, mais seule, face au silence et à mes pensées, c'est bien plus difficile. Je suis arrachée à mes réflexions par la sonnerie de mon téléphone. Je m'extirpe du confort de mon lit pour aller décrocher.

– Coucou !

– Hey, salut, toi ! s'exclame mon amie Selina. Je pensais à toi et j'ai eu envie de discuter un peu.

Je prends place derrière la coiffeuse et observe mon reflet. Je n'ai pas pris le temps de me démaquiller en rentrant cette nuit, alors je fais peur à voir. Je mets le téléphone sur haut-parleur et continue notre conversation tout en essayant de me rendre plus présentable.

– Peut-être qu'on pourrait se voir aujourd'hui ? propose-t-elle.

– Oh, Selina, je suis désolée. Je bossais cette nuit et je suis un peu crevée.

– Ça fait longtemps qu'on ne s'est pas vues.

– C'est vrai et j'en suis désolée. Une autre fois. Vraiment, aujourd'hui, je me sens juste… naze.

– Ouais, bien sûr, pas de souci.

– Tout va bien ?

– Oui, oui, vraiment.

– Tu es sûre ? Tu ne me dis pas ça pour que je ne m'inquiète pas ?

– Non, c'est vrai, je ne te mens pas. Plein de projets, vraiment j'ai la pêche.

– Tant mieux. Ça fait plaisir à entendre.

Je me relève et attrape des vêtements qui traînent pour me changer avant de descendre. Un short et un sweat tout doux, un peu vieux, mais tellement confortable.

– Tu sais que même si on n'arrive pas à se voir, tu peux m'appeler quand tu veux, hein ? affirmé-je en quittant la chambre.

– Oui, je sais que je peux compter sur toi. Et toi aussi, je suis là si tu as besoin.

Je sais lire entre les lignes, je sais à quoi elle fait référence. Mais j'ai tendance à me fermer comme une huître quand on en parle, alors elle n'ajoute rien. J'arrive en bas des escaliers et tombe sur des chaussures en vrac, ce qui m'énerve un peu, parce que je fais toujours en sorte de ne rien laisser traîner.

– Merde, Beth ! Tes godasses ! m'exclamé-je en éloignant légèrement le téléphone.

– Désolée ! répond-elle d'une manière pas vraiment navrée pourtant.

Je tourne vers le couloir, entre dans la cuisine sans lui prêter attention et continue ma conversation. J'ouvre le frigo pour récupérer le lait.

– Tu as vu Morgan récemment ? demande Selina.

– Non, pas depuis deux semaines, mais je lui envoie régulièrement des messages. Je vais bien, alors je n'en ressens pas le besoin.

– Tant mieux.

– Toi, si ?

Je coince le téléphone entre mon menton et mon épaule et me sers un verre. Je laisse échapper un « merde ! » quand plusieurs gouttes se répandent tout autour.

– Non, non plus, répond-elle. Comme toi, des messages. J'éprouve le besoin de prendre des nouvelles, tu comprends ?

– Oui, moi pareil. C'est tout à fait normal et c'est important.

– C'est ça. Bon, écoute, je ne vais pas te déranger plus longtemps.

– Tu ne me déranges pas. Ça m'a fait plaisir de t'avoir.

– Oui, moi aussi. On se revoit vite, d'accord ? C'est quand même mieux que le téléphone, non ?

– Oui, tu as raison. Je te le promets, à très vite. Bonne journée à toi.

– Oui, toi aussi. Bisous.

– Bisous.

Je raccroche en soupirant avant de me tourner enfin vers le salon, mon verre à la main, et je découvre Eric, Beth et un inconnu qui a les yeux rivés sur moi.

Certes, je ne suis pas spécialement coiffée, encore moins maquillée, absolument pas apprêtée, certaines auraient été mal à l'aise, mais pas moi. Je fais le tour du comptoir et les rejoins avec un sourire.

– Salut !

– Salut, Callie, répondent en chœur Beth et Eric.

– Je te présente Shane, mon frère, dit Eric.

– Salut, fait Shane en me souriant.

Il a une dent légèrement de travers sur la rangée du bas, mais cela donne un petit côté encore plus charmeur à son sourire, sans parler de la fossette au milieu de sa joue. Il a une voix grave et suave, qui va parfaitement avec son allure et sa carrure. Encore un qui doit faire des ravages. Beaucoup d'hommes comme lui défilent au bar, certains sont adorables, d'autres beaucoup moins. Je me demande immédiatement dans quelle catégorie je serai amenée à le classer. Même s'il est assis, je devine qu'il est grand et je vois qu'il est bien bâti. Ses muscles se tendent sous son tee-shirt à manches longues alors qu'il a les coudes posés sur ses genoux.

J'aperçois un tatouage dans son cou, je suis persuadée qu'il en a d'autres. Je suis même surprise de ne pas lire les lettres « F U C K Y O U » tatouées sur ses doigts, il en aurait bien le genre. Il a les cheveux très courts, le crâne presque à nu. Et son regard fixe ne me quitte pas.

Je suis habituée aux regards parfois lourds et insistants des clients au bar, je sais que cela fait partie du jeu. Et bien souvent, si l'état d'ébriété est avancé, cela devient particulièrement pénible. Mais Josh veille sur nous et je n'y prête pas vraiment attention. Mais là, je ne sais pas pourquoi, je sens que c'est différent, il y a quelque chose dans le sien qui me mettrait presque mal à l'aise. Pour une première rencontre, c'est un peu trop à encaisser. Et je suis d'autant plus perturbée que mon petit ami, Adam, arrive péniblement à susciter pareille émotion.

Les yeux de Beth jouent rapidement au ping-pong entre nous deux avant qu'elle se lève pour s'approcher de moi.

– Tu te rappelles, je t'en ai parlé ? Shane revient sur

Detroit, et comme Ben vient de partir, je me suis dit qu'il pourrait prendre sa place.

Je devais écouter seulement d'une oreille parce que je ne me souviens pas vraiment de l'avoir entendue dire qu'il travaillerait avec nous…

– Si Josh est d'accord, je suis d'accord, pas de souci.

– Tu te rappelles aussi qu'il s'installe ici ?

Je lui lance un regard surpris. Ça ne me dérange pas, mais comment ai-je fait pour ne pas percuter quand elle me l'a dit ? Je hoche la tête tout en prenant place sur un tabouret du bar. À peine mes fesses posées, mon téléphone se met à sonner. Je jette un œil à l'écran : c'est Adam. Je prends une profonde inspiration, me demandant aussitôt s'il sera dans un bon jour, et décroche en m'excusant, avant de quitter le salon.

– Allô ?

– Tu es réveillée, grogne-t-il.

Bon, mauvaise humeur, visiblement.

– Oui, à l'instant.

– Tu es où ?

– Je suis encore à la maison.

– Tu n'es pas venue me voir en sortant. Je t'ai attendue.

– Non, j'étais fatiguée.

– Putain, et un coup de fil ou un message, c'est trop demander ?

– Oui, je sais, je suis désolée, j'aurais dû.

– Oui, tu aurais dû. Tu aurais quand même pu venir à la maison, tu peux dormir aussi ici.

– C'est injuste, Adam. Je travaille tard et tu sais que c'est plus simple pour moi de…

– Et nous alors ?! s'emporte-t-il. Tu préfères rester tranquille chez toi que passer du temps avec moi.

– Tu sais bien que c'est faux.

– Je me le demande. Tu sais que je pars pour quatre jours en plus.

– Oui, mais…

Je n'ose pas lui dire que je n'y ai pas du tout pensé, il le prendrait très mal. Adam est artiste peintre. Nous sommes ensemble depuis des années, mais nous ne vivons pas sous le même toit. Cela peut paraître étrange, mais c'est comme ça. Comme je lui ai dit, je trouve plus pratique de rejoindre directement la maison après mon service pour pouvoir me reposer et je n'ai pas un long chemin à faire dans la nuit pour rentrer chez moi. Quant à Adam, il est souvent en déplacement sur tout le territoire pour assister à des expositions où ses toiles sont vendues et je préfère ma maison à son atelier, qui sent constamment la peinture et d'autres produits, sûrement toxiques. Ici, je me sens bien plus en sécurité.

– Arrête de te trouver des excuses bidon, m'accuse-t-il durement. Je suis sûr que tu l'as fait exprès. Tu es encore fâchée pour la dernière fois.

– Je te jure que ce n'est pas ça, Adam. Vraiment.

– Arrête de me raconter des conneries, je n'ai pas le temps pour ça.

Je sens les larmes me monter aux yeux. Je sais pourtant que lorsqu'il est de cette humeur, il ne sert à rien de discuter, il reste campé sur ses positions et tout ce que je dis n'est qu'affront. Je ne sais pas pourquoi cela me touche autant, je devrais avoir l'habitude. C'est toujours comme ça. Je pourrais continuer, tenter de le convaincre que je n'ai pas agi pour le punir ou parce que je ne l'aime pas, mais Adam me raccroche au nez. Les larmes coulent sur mes joues. Je les essuie rageusement. Cette relation amoureuse est vraiment chaotique. On fait un pas en avant pour en faire deux en arrière. Je sais que je devrais renoncer à construire quelque chose de durable avec lui, mais inévitablement, je reviens toujours vers lui. Notre histoire est particulière.

Je renifle un bon coup et rejoins le salon, sans pour autant entrer dans la conversation de mes amis. Je me doute qu'ils ont entendu la mienne et je n'ai pas envie d'affronter leurs regards pleins d'interrogations ou de compassion, surtout celui de Beth. Bien entendu, elle est au courant des problèmes que je rencontre avec Adam et le seul conseil qu'elle m'ait jamais donné, c'est de le quitter. Je récupère mon verre de lait, le finis d'une traite et vais le mettre dans l'évier.

– Ça va ? me demande Beth qui m'a rejointe.

– Oui, affirmé-je, ne voulant pas m'étendre sur le sujet.

– Tu veux passer la soirée avec nous ?

– Bien sûr ! Avec plaisir. Je dois faire la connaissance de notre nouveau coloc' !

Beth se propose d'aller faire visiter l'étage à Shane et de lui montrer ainsi sa chambre. Je prends l'initiative de commander chinois et vais attraper des bières pour tout le monde. Rapidement on se retrouve tous dans le salon, Eric et Beth collés l'un à l'autre sur le canapé, moi à l'autre extrémité et Shane dans le fauteuil. J'ai comme l'impression qu'il l'a adopté.

Il me semble un peu sur la retenue, ce qui est tout à fait normal, cela ne doit pas être évident de débarquer comme ça dans un petit groupe. Mais Beth et moi sommes plutôt faciles à vivre, alors j'espère qu'il sera rapidement plus à son aise.

Quand nos plats sont livrés, les langues se délient et l'ambiance devient de plus en plus joyeuse. J'arrive à mettre de côté Adam et sa petite crise et à me concentrer sur mes amis et, j'espère, futur ami également.

J'observe avec tendresse ma meilleure amie et Eric, ils font tellement plaisir à voir. Et même si je ne connais pas Shane, je peux affirmer qu'il ressent la même chose en les regardant. Nos regards se croisent et on se sourit, l'air de partager un petit secret parce qu'on pense à la même chose. Ce petit moment me fait dire qu'on va bien s'entendre, parce qu'on est sur la même longueur d'onde.

***

Le lendemain matin, je me réveille de bonne humeur, la soirée était vraiment extra, j'ai beaucoup aimé. Dans la cuisine, je prépare du café, des toasts, et sors un peu de tout : pâtes à tartiner, confitures, miel. Je ne sais pas si Shane est encore à la maison ou s'il est sorti faire un tour. J'ai ma réponse quand je le vois entrer dans la pièce tout en bâillant.

– Salut. Désolé.

– Ce n'est rien, souris-je.

Il prend place sur un tabouret et regarde devant lui.

– Beth n'est pas là ?

– Oh, non, elle a cours.

– Ah oui, c'est vrai.

– Tu prends du café ?

– Oui, s'il te plaît.

Je nous sers deux tasses et lui en donne une. Je me demande, à voir sa tête si peu réveillée, s'il est de ce genre de personnes à être grognon le matin. Ben était un peu comme ça, à prendre avec des pincettes.

– Tu as bien dormi ?

– Oui, très bien. Le lit est très confortable et votre maison est très sympa.

– Oh, c'est gentil. Je ne dirais pas que nous sommes des pros de la déco, mais je trouve aussi.

– Je ne l'ai pas fait hier, mais je te remercie de m'accepter si facilement.

– Pas de souci. Tu es le frère d'Eric.

Il hoche la tête avant de prendre une gorgée.

– Dis-moi tout.

– Que veux-tu savoir ?

– Comment vous vous organisez au quotidien ? Vous avez des routines ?

– Oh, eh bien, pas spécialement. Pour le loyer et les charges, il faudra voir ça avec Josh. Ensuite, pour les courses, généralement c'est Beth qui s'en occupe et on lui donne notre part. Si ça te convient.

– Oui, bien sûr, pas de souci. Je ferai comme vous avez l'habitude.

– Pour le reste, le plus souvent c'est moi qui cuisine, parce que j'adore ça, mais tu es chez toi, tu as le droit de te servir sans attendre l'autorisation de qui que ce soit. Après, comme on va être amenés à travailler ensemble, on pourra se rendre au bar tous les deux et tous les trois quand Beth bosse aussi. Tu as déjà fait la connaissance de Josh ?

– Non, pas encore. Je suis arrivé hier seulement. Je comptais aller me présenter ce soir.

– Tu sais quand tu dois commencer ?

– Non, j'en parlerai avec lui.

– Je suis sûre que tout va bien se passer. Dans tous les cas, je te souhaite la bienvenue, tu es ici chez toi. Si tu as envie d'installer certaines choses pour te sentir plus à l'aise, fais-le. Une déco, un meuble, n'importe quoi.

– C'est gentil. Merci.

– De rien.

On termine tranquillement notre petit déjeuner, Shane faisant honneur à mes toasts et à toutes les cochonneries que j'ai sorties. Il semble vraiment prendre plaisir à manger tout ça. Alors, s'il craque pour la nourriture, on ne pourra que s'entendre.

3

Shane

Je n'avais pas d'attentes particulières, mais je suis finalement soulagé d'avoir été si bien accueilli par les filles. La chance me sourit enfin. La maison est vraiment très agréable, elles ont tout fait pour que je me sente à l'aise, je vais tout faire pour que cette colocation se passe le mieux possible.

Comme me l'a proposé Callie, je l'accompagne le soir même alors qu'elle va prendre son service au bar. Je n'avais pas fait attention hier, mais l'endroit s'appelle tout simplement Le Bar. Original ou pas, en tout cas, moi ça me plaît bien.

Dès que j'ai obtenu la majorité, j'ai toujours travaillé dans des bars, j'en ai vu pas mal, et d'emblée, je peux dire que celui-ci est différent. Quelque chose dans l'air, dans la déco simple, mais efficace, une ambiance un peu familiale qui me plaît instantanément.

Il n'y a encore aucun client, cela me permet de prendre le temps d'apprécier les lieux tandis que Callie rejoint l'arrière-salle et va prévenir Josh de mon arrivée. Les murs sont vert foncé, le même que l'assise en cuir des hauts tabourets alignés devant un long comptoir massif en bois qui fait face aux doubles portes de l'entrée. Dans le reste de la salle, des tables rondes en bois et des chaises assorties. Je repère dans le fond à droite une petite scène permettant sans doute de recevoir des groupes de musique.

Les luminaires et appliques aux murs sont très sympas. Quand je vois les couleurs dominantes, je me demande immédiatement si Josh n'a pas des origines irlandaises. Quelque chose me dit que mon intuition est bonne quand je détaille un peu plus les nombreuses photos en noir et blanc qui habillent les murs. Un mélange entre instants volés de la ville à la belle époque, quand Detroit était la capitale mondiale de l'automobile, et paysages verdoyants absolument magnifiques, qui me confirment très certainement un lien entre Josh et l'Irlande.

Les portes battantes s'ouvrent à gauche du bar et Callie réapparaît accompagnée d'un homme.

– Shane, ravi de faire ta connaissance.

Son accent est reconnaissable entre mille et me donne entièrement raison.

– Josh, merci de me recevoir.

Je serre sa main avec vigueur et l'observe un instant, l'air de rien. Il est aussi grand que moi, on est sensiblement du même gabarit. Brun aux cheveux courts, son regard est chaleureux, accueillant. Il a des airs de Colin Farrell, donc je suppose que la description d'homme ténébreux lui irait comme un gant. Il porte un jean, un tee-shirt à manches courtes et des bottes noires. Ses deux bras sont entièrement tatoués. J'ai un bon pressentiment en ce qui le concerne, j'espère que ce sera partagé.

– Je t'offre un verre ?

– Avec plaisir.

Il prend place derrière le comptoir et je m'installe sur un tabouret, sous l'œil attentif de Callie. Elle me sourit gentiment et part en salle pour descendre les chaises des tables. Derrière Josh, un long plan de travail en acier brossé et au-dessus les étagères avec bouteilles d'alcool et verres de toutes formes. À droite du comptoir, les tireuses à bière et l'évier. À gauche, la caisse. Un agencement plutôt classique.

– Tu es arrivé quand ?

– Hier. Première nuit dans la maison.

– Tout s'est bien passé ?

– Nickel. Merci encore de m'accepter ici.

– De rien.

Il me tend un verre de whisky et on trinque avant de l'avaler cul sec, puis Josh pose ses mains à plat devant moi.

– Eric m'a tout raconté, mais le passé est le passé. Je suis d'avis qu'on a tous le droit à une seconde chance et je suis prêt à t'aider. Les filles étaient d'accord, alors je ne voyais aucune raison de m'y opposer. Je sais que tu as déjà travaillé dans des bars, donc je n'aurai pas besoin de t'apprendre le métier, c'est tout bénef pour moi.

Je me contente de hocher la tête, j'ai du mal à croire que ce soit si simple que ça.

– Les filles t'ont parlé de notre fonctionnement ?

– Non, je voulais attendre de voir avec toi.

– Alors, on est fermés les dimanches et lundis soir, de temps en temps les mardis. C'est l'avantage d'être patron, je fais un peu ce que je veux, dit-il en souriant. Tous les autres soirs, on bosse de vingt heures à quatre heures du matin. J'ouvre plus tôt, mais je peux gérer tout seul. En semaine, Callie et Siobhan s'occupent du service, Beth est en renfort le week-end. Vous avez le droit à trois semaines de congés par an.

Je fais une petite moue appréciatrice, c'est plus que ce que j'ai jamais eu.

– Est-ce que ça te convient ?

– Absolument.

– Parfait. On va partir sur une période d'essai d'un mois, je réduirai si je vois que tout se passe bien. Si jamais y a un truc qui va pas, tu me dis et on discute. Et puis, ça peut ne pas t'aller au final.

– J'en doute.

– Le temps que je m'occupe des papiers, tu commenceras la semaine prochaine. Ça marche ?

– Ça marche.

Je serre une nouvelle fois la main qu'il me tend et puis il retourne à ses occupations. Je reste quelques instants pour observer la vie dans ce bar. Je repère immédiatement quelques habitués, à la façon dont Josh s'adresse à eux et dont Callie leur sourit.

Je termine la bière que j'ai commandée quand Callie arrive vers moi, une jeune femme à ses côtés. Plus grande qu'elle, brune aux cheveux longs, le visage parsemé de taches de rousseur.

– Shane, je te présente Siobhan. Siobhan, voici Shane.

– Salut.

– Bonsoir. Tu es notre nouveau barman, alors ?

– Oui, c'est ça, Josh m'a dit que je commencerai la semaine prochaine.

– Génial, s'enthousiasme Callie. Comme ça, tu as un peu de temps pour te poser, prendre tes marques à la maison.

– Tout à fait.

– Dans tous les cas, bienvenue ! sourit Siobhan en me tendant la main.

Je la lui serre délicatement et ne peux m'empêcher de me demander depuis quand les gens sont devenus gentils et serviables comme ça. Est-ce que j'ai loupé quelque chose ? Je n'ai jamais connu ça. Du moment où je suis arrivé sur Detroit, je ne suis tombé que sur des personnes qui avaient un intérêt à sympathiser avec moi. Être arrangeant avec moi s'accompagnait systématiquement d'un service à leur rendre.

Je le savais depuis un moment, mais j'en ai la confirmation depuis hier : j'ai tout simplement très mal choisi mes fréquentations.

Callie me sourit et retourne au boulot. Je décide de les laisser et de remonter à la maison. Je n'ai pas envie de les déranger, et puis Callie n'a pas tort, ces quelques jours devant moi vont me permettre de reprendre mes marques.

Une fois de retour dans mon nouveau chez-moi, je me prends à respirer une nouvelle fois l'odeur de la maison. Je n'arrive pas à déterminer de quelle senteur il s'agit, mais j'aime beaucoup. En me posant dans le canapé, je repère un flacon avec un liquide et des tiges en bois qui en sortent. C'est sans doute ça qui parfume si agréablement l'espace.

Je bascule la tête en arrière et je ne peux m'empêcher de repenser à hier. Je ne m'étais fait aucune idée précise en ce qui concerne Callie. Tout ce que j'avais espéré, c'est qu'elle soit plutôt à l'opposé de mon genre de femmes, parce que je redoutais un peu de tomber sur une colocataire qui attire tout de suite mon attention. Je suis là pour commencer une nouvelle vie, et craquer pour ma coloc', cela serait un peu malvenu.

Mais j'ai, comme qui dirait, manqué de chance sur ce coup-là, parce que Callie est définitivement mon genre. Blonde pétillante, pas très grande, au sourire enjôleur. Forcément, j'ai eu un peu de mal à la lâcher du regard. Après son coup de fil un peu mouvementé, j'ai tout de suite compris qu'elle avait un copain, ce qui m'a soulagé. Cette barrière est réelle, pas besoin de l'ériger, j'aurai donc moins de mal à ne pas craquer. Il me suffit juste de mettre de côté ma première impression et de créer une rclation d'amitié avec elle. Et si j'en juge par les premiers contacts, il ne devrait pas y avoir de problème.

***

Les jours suivants, gardant en mémoire que Callie bosse jusque tard dans la nuit, je me suis donc efforcé de faire le moins de bruit possible jusqu'à son réveil en début d'après-midi. J'en ai profité pour repérer un circuit pour courir, je suis allé faire un tour au centre-ville afin de m'acheter un portable, j'ai mis quelques affaires en ordre, notamment avec ma banque. La routine, quoi !

Les débuts de cohabitation sont plutôt agréables. Callie avait raison, Beth et elle sont très faciles à vivre, j'ai de la chance.

J'ai pris mon premier service il y a deux heures et tout se passe bien. Enfin, je n'angoissais pas vraiment, mais peut-être que j'appréhendais de me retrouver parmi des gens qui ont l'habitude de bosser ensemble. Mais rien à signaler. Il y a une très bonne ambiance, j'aime vraiment ce bar, ce qui se dégage de ce lieu, cela me motive d'autant plus.

– Trois whiskys, s'il te plaît ! demande Siobhan. Sans glace.

J'attrape trois verres à culot et les remplis, selon la dose réglementaire, de notre Jack Daniel's de base. C'est généralement ce que le client souhaite. Quand il veut une marque ou un millésime particulier, il le fait savoir. Je les dépose sur son tableau et lui fais un signe de tête.

– Et voilà.

Elle repart aussitôt. Pour beaucoup, le travail dans un bar est épuisant, répétitif, mais ce ne sont pas les critères sur lesquels je m'arrête. Je préfère me concentrer sur le contact humain, les discussions qu'on a, tantôt sérieuses, le plus souvent légères et même parfois ahurissantes ! J'aime travailler la nuit et pouvoir bénéficier de temps libre la journée.

– Deux cocas et un jus d'abricot, commande Callie en me faisant un grand sourire.

Je m'exécute immédiatement et pose le tout sur son plateau. Je ne peux m'empêcher de la suivre du regard. La première chose qui me vient à l'esprit quand je la vois, c'est qu'elle est lumineuse. Son physique n'y est pas pour rien, mais il y a quelque chose dans son regard, son sourire et même sa voix toute douce, qui apaise immédiatement. Je ne devrais pas m'attarder sur tout ça, mais je ne peux pas m'en empêcher.

– Tout va bien ? m'interroge Josh.

– Oui, impec'.

Il hoche la tête et retourne de l'autre côté servir deux mecs accoudés au bar. Je secoue la tête, « concentration » doit être le maître mot en ce qui me concerne, c'est obligé ! Je ne dois pas me laisser distraire par une jolie blonde aux yeux noisette.

4

Callie

Quand je suis de repos, je dois obligatoirement trouver à m'occuper. Généralement, si je reste à la maison, soit je cuisine, soit je fais le ménage. Parfois, je sors faire un peu de shopping avec une amie, mais j'aime bien rester chez moi, j'aime mon cocon, je m'y sens en sécurité, à l'abri.

J'ai nettoyé l'étage, préparé à manger pour ce soir et j'ai ouvert les fenêtres du salon en grand pour laisser l'air frais entrer. Je sirote une limonade sucrée tout en feuilletant un magazine sur le bien-être et la santé. Je tends l'oreille alors qu'une voiture entre dans le chemin qui mène à la maison. Elle fait un drôle de bruit, je devine que c'est Shane qui rentre et qu'il vient d'éviter le gros nid-de-poule sur la chaussée en braquant les roues. Ce n'est pas la première fois que j'entends ce son typique.

– Salut.

– Salut, répond-il.

Il entame sa troisième semaine de colocation parmi nous et je ne m'avance pas trop en disant que tout va bien. Il nous tient volontiers compagnie lorsqu'on a un moment de libre, mais il ressent aussi le besoin de s'isoler par moments – comme tout le monde, je dirais.

Je l'observe alors qu'il se défait de ses affaires dans

l'entrée. Il porte un jean classique, un tee-shirt blanc au col en V et des boots. J'ai l'impression qu'il est ce genre d'hommes à ne rien faire pour plaire, mais qui possède un charme naturel faisant tout le boulot. Il a ce petit truc quand il sourit, je l'ai vu faire chaque soir au bar, j'imagine qu'un certain nombre de filles craquent pour lui. Parce que franchement, quel barman n'userait pas de sa position pour conclure avec une fille ? Mais pour le moment, je ne peux rien lui dire parce qu'il est sage. Et puis, même s'il en profitait, qui serais-je pour le lui interdire ?

– On dirait que ta voiture a un problème de cardan et peut-être bien de rotule, lui fais-je remarquer.

– Comment tu peux savoir ça ? demande-t-il, visiblement surpris.

– J'ai appris deux trois trucs sur la mécanique avec mes frères.

– Oh… eh bien, merci, je vais regarder ce qu'elle a. Je savais quand je l'ai achetée la semaine dernière que j'aurais des travaux à prévoir dessus.

Il semble attendre quelque chose d'autre de ma part, que je continue à discuter, à lui parler de mes frères, mais je n'en fais rien. Non pas que ce soit un secret, mais il y a des choses que je préfère garder pour moi. Je ne connais pas encore suffisamment Shane pour me permettre de tout déballer. J'ai l'impression qu'on se ressemble beaucoup là-dessus, cela deviendra probablement du donnant-donnant entre nous, il n'y a pas de raison que l'un se dévoile plus que l'autre. Il me fait un petit signe de tête avant de rejoindre l'étage et je replonge dans mon magazine.

– Qu'est-ce que tu as fait ?!

Je me retourne vers Shane. C'est la première fois

qu'il sort de ses gonds comme ça et je suis un peu stupéfaite du ton employé. Je cligne rapidement des yeux et le regarde en lui répondant posément.

– Le ménage.

– Et pourquoi t'as fait ça ?

– J'ai commencé en haut, la salle de bains, les toilettes, ma chambre. Et puis comme je le faisais pour Ben, je me suis dit que j'allais le faire aussi pour toi. Ça en avait besoin, expliqué-je en souriant.

– Je ne suis pas Ben, bordel ! Je ne t'ai rien demandé. Je n'ai pas besoin de toi pour ça.

– Je pensais bien faire.

Je me lève, passe devant lui pour rejoindre la cuisine. Je le sens sur mes talons.

– La prochaine fois, abstiens-toi.

Je pivote vers lui doucement et plisse des yeux tout en le détaillant. Je vois qu'il se contient pour ne pas exploser plus encore, même si je trouve sa réaction totalement disproportionnée. Sa mâchoire est contractée et une tension s'est emparée de ses épaules.

– Pourquoi ça te met dans un état pareil ?

– Je n'aime pas qu'on touche à mes affaires, j'aimais comment c'était avant.

– Tu veux dire, en désordre ? Sale ?

Je m'efforce de rester calme, mais j'espère qu'il note bien le ton ironique que j'emploie. Je hausse un sourcil tout en buvant mon verre d'eau. Je ne sais pas s'il comptait sur moi pour un échange tout en cris et reproches, mais je n'entrerai pas dans le conflit. J'ai déjà ma dose avec Adam et ses petites crises, je veux préserver une bonne entente à la maison. Et cela semble marcher parce qu'il descend d'un ton en reprenant la parole.

– Ne touche plus à rien.

– Je n'ai touché à rien. Enfin… j'ai tout remis à sa place, plutôt. Je n'ai rien dérangé. Pourquoi ça te met en colère ? Tu as peur que je trouve quelque chose ?

– Je n'ai rien à cacher, assure-t-il, les bras croisés. Mais ma chambre, c'est mon territoire. Tu n'avais pas le droit.

– C'est très clair, je ne recommencerai pas. Ça te va ?

Il grogne pour toute réponse. Je vais vers le four et en sors un plat. Mon gratin a l'air très réussi et il sent super bon. J'entends très distinctement les gargouillis en provenance de l'estomac de Shane. Ça me fait plaisir parce que je me dis qu'il réagit à ce que j'ai préparé et c'est agréable. Cela me fait sourire. Mais je ne vais pas pour autant lui passer sa petite crise, j'ai envie de jouer avec ses nerfs encore un peu. C'est lui qui a commencé après tout.

– Qu'est-ce que tu as fait ? demande-t-il en bougonnant toujours.

– Rien pour toi. Je suppose que si je ne suis pas autorisée à faire le ménage dans ta chambre, je ne le suis pas plus à te faire à manger, le provoqué-je.

C'est juste une déduction logique. Ça ne fait pas longtemps qu'il est parmi nous, mais j'ai l'impression que je vais pouvoir le ranger dans la mauvaise catégorie. C'est vraiment dommage. Au moins dans la famille Hollner, je peux compter sur Eric pour relever le niveau. Un sur deux, cela pourrait être pire.

– Tu n'auras qu'à aller au Burger King ou au McDo, interdiction pour toi de toucher à ce plat.

Il pense sûrement que je plaisante, aussi je me retourne et le fusille du regard. Il finit par quitter la cuisine, sans pour autant s'excuser, et me laisse avec mon gratin, bien trop copieux pour Beth et moi seules.

J'ai un peu de mal à comprendre ce qui vient de se passer. Est-ce qu'il est réellement en colère contre moi ? Ou bien quelque chose l'a contrarié et il s'en est pris à moi parce que j'étais là ? Je ne pensais vraiment pas à mal en faisant le ménage dans sa chambre, c'est vraiment une habitude. Alors même si je peux comprendre qu'il l'ait pris comme une intrusion, je trouve quand même sa réaction un peu disproportionnée.

5

Shane

Je n'avais pas prévu de ressortir à peine rentré, mais je suis énervé. J'ai fourré mes affaires de sport dans un sac et j'ai quitté la maison en claquant la porte.

Je me suis inscrit à la fin de la semaine dernière dans un club de boxe, c'est donc tout naturellement que je m'y dirige. J'estime avoir changé depuis trois ans, mais j'ai toujours ce besoin qui bouillonne en moi, quand quelque chose me contrarie, d'évacuer cette frustration et cet énervement.

Je claque la porte du casier après m'être changé, je salue de la tête les quelques autres boxeurs et m'attaque à ce pauvre sac de frappe. Aussitôt, je me sens mieux. J'ai toujours été bagarreur, depuis mon plus jeune âge. Un trop-plein d'énergie à extérioriser. Seulement je ne me suis pas toujours battu contre des choses inertes. Mais cette vie est révolue.

Le souffle court, j'abandonne le sac pour me servir un verre d'eau à la fontaine. Je l'avale d'une traite et en prends un second. Je suis parti tellement précipitamment que j'ai zappé de prendre une gourde.

– Salut, mec. Moi, c'est Ilian.

Je me tourne vers un homme à l'air avenant. Brun, cheveux très courts, une cicatrice sur le menton. Il ne porte qu'un short et je ne peux qu'être impressionné par sa musculature. Je suis moi-même assez costaud, mais lui, on voit qu'il passe un certain temps ici et en salle de muscu. Je serre la main qu'il me tend.

– Salut. Shane.

– T'es nouveau, non ?

– Oui, semaine dernière.

– C'est cool de voir de nouvelles têtes. Je t'ai observé au sac, tu as une maîtrise assez impressionnante.

– Oh, merci.

Je passe une main bandée sur ma tête. Je n'ai pas vraiment l'habitude d'entendre des compliments, alors d'un parfait inconnu, encore moins.

– Ça te dit un petit affrontement sur le ring ?

– Ouais, pourquoi pas ?

Je le suis vers le carré et on enfile gants et protège-dents avant de grimper. On fait quelques échauffements en sautillant gentiment, puis on s'affronte sans réellement chercher la bagarre. Le mec est correct, et si je semble maîtriser ce que je fais, il est quand même dans une autre catégorie.

– Tu es impressionnant, dis-je, le souffle un peu court, alors qu'on redescend.

On rejoint un banc le long du mur, près de la fontaine à eau.

– Merci. La boxe est devenue une passion il y a des années, j'en ai besoin, tous les jours. Sinon, je suis perdu.

– Tu combats ?

– Ça m'arrive. Des petits combats, comme ça, juste pour le fun. Et toi ?

– Je l'ai fait plus jeune, mais je n'en suis pas fier.

Il me lance un regard de côté et semble comprendre ce que j'insinue.

– Ça va mieux ? fait-il l'air de rien.
– Comment ça ?
– La manière dont tu frappais tout à l'heure, on aurait dit que quelque chose t'énervait.
– Et du coup, tu t'es dit que tu allais me changer les idées ?
– Ça a marché ?
– Oui.
– Tant mieux. T'es pas obligé de me raconter ta vie, on se connaît pas, après tout.
– Maintenant que je suis calmé, je me dis que j'ai surréagi, alors je passerais sûrement pour un imbécile.
– Essaie toujours pour voir. Qui sait, je me rangerai peut-être de ton côté !
Je me marre, ce mec est vraiment sympa.
– Je vis depuis peu en colocation avec deux filles.
– Putain ! Tu te fais pas chier !
– L'une est la copine de mon frère et l'autre est maquée, donc non, aucun risque.
– Dommage.
– Ouais, bref. Quand je suis rentré ce matin, après avoir échangé quelques mots avec elle, je me suis rendu compte qu'elle était entrée dans ma chambre et qu'elle y avait fait le ménage.
– C'est ça qui t'a énervé ?
– Ma chambre, c'est ma chambre. Elle n'avait pas à y rentrer. C'est tout. Je ne supporte pas qu'on s'immisce dans mon espace personnel. J'en ai été privé pendant longtemps, alors c'est précieux.
– Elle n'a sûrement pas pensé à mal en le faisant.
– Je sais bien, mais sur le coup, j'ai réagi un peu vivement. Je m'en suis pris à elle alors que j'aurais tout simplement pu lui dire que je préférerais qu'elle s'abstienne

et surtout qu'elle n'a pas besoin de faire ça, je peux m'en charger tout seul ! Ce n'est pas ma boniche.

– Elle aime peut-être prendre soin des gens qui l'entourent.

– On se connaît depuis trois semaines, j'ignore encore tout d'elle, alors…

– Je sais pas quoi te dire. Peut-être effectivement qu'elle n'aurait pas dû et que tu aurais pu faire les choses différemment. Mais bon, tu sais ce qu'il te reste à faire…

– Quoi donc ?

– T'excuser, mec ! Tu vis avec deux femmes ! Faut tout t'apprendre, ou quoi ?

Il se relève en riant et rejoint une poire pour quelques enchaînements. Je reste assis comme un con à méditer sur cet échange. S'il faut tout m'apprendre ? Sûrement. Je n'ai jamais vécu avec personne et mes relations avec les femmes… Je ne sais pas si on peut considérer que j'en ai jamais eu, que ce soit en amour ou en amitié, mais on n'en est pas loin.

En ce qui concerne Callie, je suis perturbé. Je sais que je ne devrais pas, mais chaque fois que je pose mes yeux sur elle, je suis fasciné. Elle me plaît vraiment. Physiquement déjà, son corps parfait, son visage d'une finesse absolue. Ensuite son sourire, sa légèreté, sa gentillesse. Je ne la connais pas encore, mais je sais déjà qu'elle est tout ça. Peut-être ai-je profité de cette contrariété pour l'attaquer, lui trouvant enfin un défaut qui me permettait de m'en prendre à elle. Parce que je n'ai pas le droit d'être attiré par elle, c'est ma colocataire et elle a un mec ! Je me dois de lui montrer un minimum de respect, même si c'est dur, je dois l'avouer. Je sais aussi que c'est la meilleure carte à jouer.

Putain ! C'est bien ma veine ! Cela fait bien trop longtemps que je n'ai pas touché une femme, c'est pour ça que la voir et la côtoyer me rend dingue. Il faut que je remédie à ça rapidement. Peut-être que c'est uniquement pour ça que Callie me fait cet effet. Si je couche avec une autre, elle s'effacera aussitôt de mes pensées.

Je salue Ilian de la main et rejoins les douches. Je dois me concentrer sur mon objectif, à savoir reprendre ma vie en main. Je suis capable de me contrôler, d'apaiser les flammes qui brûlent en moi, c'est obligé si je ne veux pas tout foutre en l'air. Donc, ne reste plus qu'à appliquer le conseil qu'Ilian m'a donné. Cela n'a jamais été facile pour moi d'admettre mes torts, de prendre sur moi et de m'excuser. Je crois bien que je ne l'ai jamais fait, c'est sûrement ce qui est à l'origine de la cassure avec mes parents. Seulement, je ne peux pas me permettre de réitérer les mêmes erreurs que par le passé.

En rentrant, j'ai super faim, mais je me souviens des dernières paroles de Callie, je n'ai pas intérêt à toucher à son plat. Je me contente donc d'un rapide sandwich et d'un verre de lait. Je suis perdu dans mes pensées, accoudé au bar, quand Callie vient se servir un truc à boire. Elle me lance un rapide coup d'œil avant d'ouvrir le frigo. Je l'observe nerveusement, je n'ai aucune idée de comment m'y prendre. Quand elle pose à nouveau son regard sur moi, elle incline la tête sur le côté et me sonde à son tour. Il me semble percevoir une ébauche de sourire sur ses lèvres. Est-ce qu'elle serait en train de se moquer de moi ? Elle attend sûrement quelque chose de ma part.

– À quoi pensais-tu ?

– À toi.

Je n'ai jamais été de ceux qui y vont par quatre chemins, alors autant être honnête et franc. Elle fronce les sourcils, avant de faire une moue avec sa délicieuse bouche. Je fixc un instant ses lèvres, puis reviens à ses yeux.

Reste concentré, Shane ! Souviens-toi de ce que tu t'es dit !

– Je me disais qu'on est vraiment partis du mauvais pied.

– C'est ta façon de t'excuser ?

– On peut dire ça. Il faudrait sûrement que je m'excuse d'être un crétin parfois.

– Ah, moi, j'aurais dit « emmerdeur », mais « crétin », ça va aussi, dit-elle avant d'éclater de rire sous mon regard stupéfait.

Eh bien, on peut dire que cette fille n'est vraiment pas ordinaire ! Je n'ai jamais entendu un rire si joli, même si c'est pour se moquer de moi. J'adore.

– Amis, alors ? demandé-je avec un sourire charmeur, en lui tendant la main.

– Bien sûr.

La poignée de main s'éternise un peu, mais je n'oublie pas mes bonnes résolutions, Callie est *off limits*.

***

Après une nuit agitée, je me lève en milieu d'après-midi. Je ne dirais pas que je suis de mauvaise humeur, mais cela pourrait être mieux. Heureusement pour moi, le sourire des filles installées au comptoir de la cuisine finit de chasser le nuage au-dessus de ma tête.

– Bonjour.

– Salut ! disent-elles en chœur.

– Il y a du café encore chaud si tu veux, dit Beth.

– Merci.

Je me sers et prends appui face à elles. Au bout d'un mois maintenant, je peux déjà lire certaines choses en elles, notamment ce regard complice qu'elles se lancent très souvent. Celui-là même qu'elles viennent d'échanger. Je hausse un sourcil, attendant.

– Avec Beth, on pensait faire un petit point entre nous, sur la coloc'.

– De quoi voulez-vous parler ? demandé-je en me redressant, piqué au vif.

– Eh bien, on a fait une liste, renchérit Beth en dépliant un papier devant elle. Deux colonnes, les points positifs et les points négatifs.

– OK… dis-je en traînant sur la dernière syllabe, un peu inquiet.

– Ne prends pas cet air effrayé ! rit Callie. Ça va bien se passer !

Je n'ajoute rien, suspendu à leurs lèvres. Pourquoi est-ce que j'ai l'impression qu'elles aiment jouer avec moi comme ça ?

– Alors d'abord, on salue le fait que tu sois discret, a priori tu ne ronfles pas, c'est un bon point. Pas bordélique, nouveau bon point, commence Beth.

– Par contre, j'en enlève un parce que tu as quand même mauvais caractère.

– Je me suis excusé !

– Oui. Malgré tout, cela t'a fait chuter dans mon estime et puis il t'a fallu un certain temps alors…

– Tu es dure.

– Non, pas vraiment, rit Callie. Tu en as toujours un d'avance.

– Ensuite ?

– Eh bien, on te trouve sympa, souriant. On apprécie aussi que tu passes du temps avec nous sans chercher à faire ton ours, donc nouveau bon point, dit Beth.

– Je dois en cumuler combien pour être autorisé à rester ? demandé-je en entrant dans leur jeu.

– On n'a pas décidé encore, affirme Callie, hyper sérieuse. Beth ?

– Cela demande réflexion, je dirais. C'est une décision importante. Peut-être qu'être le frère d'Eric t'aide un peu quand même.

Callie acquiesce d'un mouvement de tête. J'esquisse un sourire et avance d'un pas.

– Dites-moi ce qu'il faut que je fasse.

– Bon, on doit bien t'accorder que tu es plutôt d'agréable compagnie, tu ne restes pas une plombe sous la douche…

– Ce n'est pas plutôt un truc de femme, ça ?

– Oh, moqueur ! On met ça dans quelle colonne ? demande Callie à Beth.

Beth ajoute une petite croix sur sa feuille sans que je puisse voir si c'est un défaut ou une qualité. Callie lève le doigt avant de continuer.

– Par contre, j'ai envie de t'accorder un point de bonus parce que pas une seule fois je n'ai trouvé un rouleau de papier vide dans les toilettes.

– C'est vrai ! s'exclame Beth. Ben faisait ça tout le temps ! Comme si ça pesait une tonne ! C'était d'un pénible ! Je suis Callie.

Beth fait les totaux, les mains posées à plat sur le comptoir, j'attends la sentence.

Callie murmure quelque chose à Beth, puis me sourit malicieusement dans la foulée.

– Bon, je crois que tout bien considéré, on n'a pas vraiment envie de…

J'avais l'impression que ce n'était qu'un jeu, pourtant ma respiration se suspend. Elles ne vont pas vraiment me demander de partir, si ?

– … chercher un nouveau colocataire, on t'a adopté ! rit Callie.

Je soupire, vraiment soulagé. Elle quitte son tabouret et vient se placer à côté de moi. Elle pose une main sur mon bras.

– Tu pensais quand même pas qu'on allait te dire de t'en aller ?

– Pas vraiment. Enfin, si, ça m'a effleuré l'esprit.

– Mais non !

– Disons que je n'ai pas l'habitude que tout aille bien pour moi.

Je ne lui dis pas que j'attends le tournant, ce moment où le vent va me revenir en pleine face, mais j'ai l'impression de ne pas en avoir besoin. Je sais au regard qu'elle me lance qu'elle me comprend. Elle se hisse sur la pointe des pieds et dépose un bisou sur ma joue. De nouveau, je retiens ma respiration, mais pour une tout autre raison.

– Tout va bien se passer, m'assure-t-elle en souriant. Tu fais partie des nôtres maintenant.

– Merci, réponds-je en déglutissant nerveusement.

Elle attrape sa tasse et la pose dans l'évier derrière moi avant de rejoindre sa chambre. Beth l'imite peu de temps après.

– On ne voulait pas jouer avec tes nerfs, désolée.

– Ne t'excuse pas. J'ai bien aimé, sauf la fin.

Elle hausse une épaule, l'air navré.

– Tu sais ce qu'on dit… Qui aime bien châtie bien.

– Oui. Je suis autorisé à faire de même, alors ?

– Oh ! Je vais rajouter humour dans la colonne bons points.

On rit doucement avant qu'elle ne m'abandonne à son tour. Je secoue la tête, plutôt ravi de ce petit échange au final. J'ai l'impression que je ne vais pas m'ennuyer avec elles, et c'est tant mieux.

Par contre, il devient de plus en plus urgent pour moi de régler mon petit problème. Parce que je me connais, à continuer de vivre avec Callie, je vais être amené à découvrir de plus en plus de choses qui vont me plaire et mon attirance pour elle ne va que grandir. Et je ne peux pas rester comme ça !

***

Beth est au comptoir avec moi, elle attend de récupérer sa commande. Siobhan est partie prendre sa pause et Callie finit de servir une table quand un client arrive. Les gens entrent et sortent, nous sommes dans un bar, pourtant je m'attarde sur lui. Il est de taille moyenne, les cheveux noirs, un écarteur à l'oreille droite et un piercing à l'arcade sourcilière. Habillé classiquement, jean, tee-shirt kaki. Il n'est pas particulièrement athlétique, svelte.

Il parcourt la salle des yeux avant de s'approcher de Callie. Il a l'air en colère. Elle s'avance pour l'embrasser – j'en déduis donc que c'est son mec –, mais il ne lui en laisse pas le temps. Les sourcils froncés, il s'empare de sa main et l'attire un peu à l'écart, près de la porte.

– C'est Adam, avec Callie ? demandé-je à Beth en posant les verres sur son plateau.

– Ouais, répond-elle avec mépris.

– Pourquoi tu dis ça sur ce ton ?

Elle secoue la tête comme si elle hésitait à m'en dire plus.

– Ne lui dis pas que je t'ai dit ça, mais je déteste ce mec. Callie mérite tellement mieux, elle est douce et aimante. Je ne sais pas pourquoi elle reste avec lui.

– Elle doit l'aimer sans doute. Chacun a ses défauts, personne n'est parfait. Je sais de quoi je parle.

– Regarde son visage et celui de Callie. Ce n'est pas une déclaration d'amour qu'il lui fait, affirme Beth.

Effectivement, Adam a l'air furieux. Il dit quelque chose à Callie tout en la pointant du doigt. Elle ne fait que hocher la tête en guise de réponse pour acquiescer à ce qu'il raconte.

Cela me démange d'intervenir, mais j'ai la sensation que cela ne ferait qu'envenimer les choses. Callie doit avoir l'habitude de gérer Adam.

– Pourquoi elle reste avec lui ? ne puis-je m'empêcher de demander à Beth.

– C'est compliqué, je dirais. J'ai déjà essayé de lui faire entendre raison, mais à chaque fois elle retourne vers lui.

Je suis bien un des plus mal placés pour juger une relation amoureuse, je ne sais pas ce que c'est, mais ce que Beth vient de me confier ne me plaît pas. J'ai bien l'impression que la relation que Callie entretient avec Adam souffre de quelques prises de tête, sans doute normales, mais je me demande pourquoi elle ne cherche pas mieux ailleurs, si c'est si chaotique. Le ton semble redescendu et Adam lui sourit maintenant. Il se penche vers elle et l'embrasse doucement. Callie se met sur la pointe des pieds et lui rend son baiser. L'orage est sûrement passé.

Elle finit par rejoindre le comptoir et me passe commande pendant que je finis de servir deux jeunes hommes accoudés au bar.

– Trois bières et un martini, dit-elle avec un sourire que je devine forcé.

– Tout va bien ?

– Ouais.

– Tiens, fais-je en désignant le plateau chargé des boissons.

Je la regarde partir servir sa table. Je ne suis pas franchement étonné de la voir me répondre ça, même si ce n'est clairement pas la vérité. Mais en même temps, qu'est-ce que j'y peux ? Je ne suis là que depuis quelques semaines, je peux difficilement me permettre d'émettre un quelconque jugement, d'autant plus que Beth semble elle-même impuissante.

Malgré tout, j'ai du mal à m'empêcher de ressentir quelque chose. Peut-être un besoin de la protéger, de lui venir en aide. Une envie d'être là pour elle. Je me surprends moi-même parce que ce n'est pas vraiment mon genre de m'inquiéter pour la veuve et l'orphelin, tout ça, mais Callie est différente.

Je secoue la tête, ça ne va vraiment pas bien là-haut ! Je ne vais sûrement pas m'aventurer par là. Craquer sur des nanas déjà prises, je l'ai déjà fait plus jeune, et cela n'apporte rien de bon. Il faut que je garde la tête froide et que j'essaie de ne pas plonger là-dedans.

6

Callie

Souvent, le lundi, comme le bar est fermé, je passe la journée avec Adam. Je ne me lève pas trop tard et je le rejoins. Généralement, on traîne au loft le matin, ensuite je cuisine quelque chose ou on déjeune à l'extérieur. Puis, en fonction de ce qu'on a fait le midi, on peut rester à lézarder au studio ou bien se balader en ville, se faire un ciné… Parfois, on arrive à passer une super journée. Il n'est pas tout le temps d'une humeur de chien, à maudire tout et n'importe quoi. Il a des bons moments.

Aujourd'hui, c'est un peu particulier, il doit prendre un avion pour la Californie en milieu d'après-midi. Plusieurs de ses toiles ont été achetées par un galeriste de San Francisco et il a accepté de participer à un vernissage. Il espère que ce sera le début d'un partenariat de longue durée. Je le lui souhaite. Quand il me parle de son art, de ce qui le motive pour peindre, donner vie à ses idées en couleurs ou pas, je tombe à nouveau amoureuse de lui parce qu'il est passionné, habité et tellement captivant. C'est cet Adam-là que j'aime, c'est celui qui me fait rester, c'est celui qui me rend faible malgré tout.

On a passé la matinée à regarder la télé, à se câliner sur le canapé. C'était très agréable. J'ai été étonnée qu'il ne cherche pas plus, cela ne m'aurait pas dérangée, mais j'apprécie aussi énormément quand il est tout simplement affectueux et tendre avec moi.

– Tu es sûre que ça va aller avec la voiture ?

On a pris son véhicule pour rejoindre l'aéroport et je dois le déposer chez lui avant de rentrer.

– Mais oui. Même si je ne conduis plus, j'ai mon permis, je vais m'en sortir.

Il me lance un regard en coupant le moteur, légèrement sceptique. Forcément, il me connaît.

– Tu t'en fais pour ta voiture ? le taquiné-je.

– Tu sais bien que non, soupire-t-il alors qu'on sort.

Je sais qu'il dit vrai, Adam n'est pas quelqu'un de matérialiste. Une qualité que j'aime chez lui. Il récupère son sac, me tend les clés, s'empare de ma main.

– Tout va bien ? demandé-je en serrant son bras contre moi.

– C'est la première fois que je pars si longtemps.

Comme il n'a pas de bagages à mettre en soute, on se dirige directement vers l'accueil de sa compagnie aérienne pour son enregistrement.

– On s'appellera tous les jours et puis on pourra faire des séances vidéo.

– Je sais tout ça, s'énerve-t-il.

– Dis-moi ce qui te tracasse.

– Tu le sais bien.

Je l'attire à moi légèrement à l'écart, le long des baies vitrées qui donnent sur l'extérieur. S'il me connaît très bien, je le connais moi aussi par cœur. La dernière fois qu'il est venu me rejoindre au bar, il était en colère parce qu'il venait d'apprendre que nous avions un nouveau colocataire et il ne l'a pas très bien pris. Même quand il s'agissait de Ben, ce n'était pas la joie au début, et puis quand il a su que Ben était homosexuel, la jalousie et la peur ont disparu. Mais je sais que tout est réapparu soudainement et il a beaucoup de mal à le gérer.

– Adam, dis-je doucement en posant une main sur sa joue, on en a déjà parlé.

– Je sais, mais je n'aime pas ça.

– On est ensemble depuis longtemps et je ne regarde aucun autre homme que toi. C'est toi que j'aime. Tu le sais, non ?

– Oui, moi aussi je t'aime, mais je…

– Je te promets que tu n'as rien à craindre.

Il me prend par surprise et s'empare de mes lèvres brusquement. Son sac tombe par terre et il resserre notre étreinte, comme s'il avait besoin de me rappeler tout un tas de choses. Je me laisse faire parce que c'est agréable et je sens qu'il a besoin de se rassurer. Le petit sourire qui se dessine sur ses lèvres me dit que j'ai réussi.

On s'arrête devant le stand d'United Airlines et je le laisse faire son enregistrement, puis on marche tranquillement vers sa porte d'embarquement. On s'installe sur un banc dans la salle d'attente et ce n'est qu'au dernier moment qu'il m'indique qu'il est temps pour lui d'y aller.

– Ça va passer vite.

– Oui.

Une semaine, ça peut être long, mais je ne me fais pas de souci.

– Tu fais attention à toi.

– À la voiture, tu veux dire.

Il rit doucement avant de m'embrasser délicatement, puis de poser son front sur le mien. Il fait rarement ce genre de choses, alors je me mets à rougir sous ses yeux rivés aux miens. Il pose une main sur ma joue et plante un dernier baiser sur mon front.

– Je t'envoie un message rapide dès que je suis arrivé. Je ne sais pas si j'aurai le temps d'appeler.

– Je sais comme ça se passe, Adam, ne t'en fais pas. Profite et éblouis-les tous.

Il me fait un clin d'œil et pivote pour me laisser, mais je le retiens par le tee-shirt et plante mes lèvres sur les siennes. Je ne peux pas le laisser partir comme ça. Mon baiser est fougueux, passionné, il nous laisse tout essoufflés.

– Je t'aime.

– Moi aussi, Callie.

Cette fois-ci, je le laisse partir et c'est le sourire aux lèvres que je rejoins sa précieuse voiture, qui ne l'est pas tant que ça.

Je suis donc de très bonne humeur en rentrant à la maison. Je repense à son petit baiser tout tendre avant qu'il passe le contrôle. Bien longtemps qu'il ne m'avait pas embrassée comme ça, en toute légèreté, et dans ses yeux, c'était comme si je pouvais lire tous ses remords, des excuses sincères. C'est idiot, je ne devrais pas fonder tant d'espoirs sur de petits gestes qui seront bientôt effacés par d'autres, mais c'est plus fort que moi. Je l'aime.

– Salut, Callie ! m'accueille Beth, assise dans le canapé. Tu as bonne mine, dis donc !

– Oui, ça va bien, souris-je en m'affalant à ses côtés.

– Ça fait plaisir à voir.

Je reçois un gros bisou sur la joue et me mets à rire doucement.

– Tu es toute seule ?

– Oui, les mecs sont sortis acheter à manger.

– Ils savent que la livraison à domicile existe ?

– Qu'est-ce que tu veux que je te dise ? Ils avaient sans doute besoin de prendre l'air.

J'attrape son bras et me presse contre elle alors qu'elle continue de zapper entre les chaînes. Mon ventre n'arrête pas de gargouiller et je me demande s'ils vont daigner rentrer avant minuit. Quand enfin ils reviennent, les mains chargées et particulièrement bruyants, on décrète avec Beth que nous n'avons pas à bouger du canapé, ils peuvent se charger d'aller chercher des couverts et à boire. Je jette un œil aux différents sacs et souris en découvrant de la nourriture indienne. J'adore.

– Ça va, Callie ? demande Shane en revenant, des bières à la main.

– Oui. Et toi ? Vous êtes allés chercher tout ça en Inde, ou quoi ? Vous avez été super longs.

– On n'arrivait pas à tomber d'accord sur le resto, explique Eric en déposant couverts et assiettes sur la table basse.

– Qui a gagné ? me renseigné-je.

– Moi, sourit fièrement Shane.

– Tant mieux.

– Quoi ? s'offusque Eric. J'aime ça, ce n'est pas le problème, mais les pizzas de chez Tino sont quand même hallucinantes.

– On ne fait que ça, manger des pizzas, le réprimande Beth. Fais attention à ton ventre.

– Qu'est-ce qu'il a mon ventre ? Il est parfait.

Je me marre.

On fait tourner les différentes boîtes. Je dépose un peu de tout dans mon assiette et me jette dessus. Un vrai régal.

– On dirait que tu avais faim, dit Shane, amusé.

– Pas qu'un peu ! J'étais affamée.

Je remarque immédiatement qu'il fixe ma bouche avec insistance. Je comprends pourquoi en passant la langue au coin, j'ai de la sauce au curry. Je m'excuse d'un petit sourire avant de me cacher derrière ma bière. Même si je suis repue après avoir fini mon assiette, je ne résiste pas aux desserts qu'ils ont pris : des *bibenca* – gâteaux au lait de coco – et des *badam burfi* – petits losanges aux amandes. J'essaie de me restreindre, mais c'est vraiment délicieux.

J'aide Beth à débarrasser : ils sont sortis pour nous acheter ce délicieux repas, alors c'est normal qu'on fasse notre part. Quand on retourne à table, Shane a servi des petits *shots* de vodka. Je n'ai pas l'intention de me bourrer la gueule, mais je veux bien participer à la première tournée. On trinque aux amis et Beth demande aux garçons de nous raconter des choses sur leur enfance. Je sens que Shane est un peu gêné, mais Eric se lance le premier joyeusement.

– Comme vous vous en doutez, Shane était mon modèle, aussi bien dans les réussites que dans les conneries.

– Surtout dans les conneries, précise ce dernier.

– Ouais. On en a fait pas mal et c'est vrai que Shane initiait la plupart, mais j'en profitais bien. Qu'est-ce qu'on a pu se marrer ! Le pire, je pense que c'était pendant les périodes d'hiver, avec les grosses chutes de neige, on n'en loupait pas une. Bien entendu, les batailles entre nous finissaient plus ou moins bien, se remémore Eric en passant le doigt sur sa tempe.

– Comment ça ? demandé-je.

– Eh bien, il suffit qu'il y ait un caillou d'une certaine

taille dans la boule et quand tu envoies ça pleine balle dans la tête de quelqu'un, ça ne peut pas bien finir, explique Shane d'un air désolé.

– Ouais, je m'en souviens encore.

– Je ne l'ai pas fait exprès, se défend Shane.

– Ouais, fait Eric en plissant les yeux vers son frère.

– Qu'est-ce que vous avez fait d'autre ? demande Beth, hilare.

– L'un de nous sonnait chez les gens et l'autre balançait les boulets de canon. Autant vous dire qu'on ne s'est pas fait des copains dans le quartier. Papa et maman, non plus.

Je ris doucement. Je les imagine enfants, s'amusant, sans penser aux conséquences.

– Hey ! Tu te rappelles ce que tu as fait chez les McAllisters ? se marre Eric.

– Oh, putain, ouais ! La boule devait faire soixante centimètres de diamètre, je m'étais super bien appliqué, une véritable œuvre d'art. Je me suis dirigé à pas feutrés dans le jardin de leur maison, vers une fenêtre qu'ils avaient laissée ouverte et j'ai tout simplement déposé la boule là, sur la moquette. Je ne sais pas au bout de combien de temps ils s'en sont rendu compte.

Oh, mon Dieu ! Je n'imagine même pas les dégâts, sur une moquette en plus ! Qu'est-ce que ça devait être, deux frères unis comme ça dans les bêtises ? Ils n'ont pas dû être de tout repos pour leurs parents. Les miens en ont sûrement fait aussi, mais nous avions trop d'écart pour que je puisse m'en souvenir, et y participer surtout.

– De vrais diablotins, rit Beth en donnant un coup dans l'épaule d'Eric.

– On s'amusait.

– On aimait aussi jouer avec nos sarbacanes ou nos

lance-pierres. J'avais un super poste d'observation. Eric n'aimait pas trop m'accompagner parce qu'il avait peur du vide, mais c'était franchement l'idéal. Le toit de l'école. De là-haut, je visais les gens avec des fléchettes en papier. Ni vu ni connu.

– Ce con m'a même visé ! Soi-disant qu'il ne m'avait pas reconnu.

– Là, j'ai menti, se marre Shane.

– Quel salaud !

– Toujours chez les McAllisters, tu te rappelles le 4 juillet ?

Beth et moi, on se tourne en même temps vers Eric qui fouille dans ses souvenirs.

– Je n'étais pas avec toi, tu m'avais obligé à rester en arrière parce que tu disais que ça pouvait être dangereux.

Je souris à cette précision. Shane jouait les grands frères protecteurs, c'est mignon.

– Ouais, et si je me souviens bien, tu m'as vendu aux parents.

– Je n'ai jamais su mentir, ce n'est pas de ma faute, se défend Eric les mains en l'air.

– Hum, hum.

– Bon, alors ? Il s'est passé quoi ? demande Beth.

– J'étais avec d'autres copains de mon âge. On s'était cotisés et on avait acheté des pétards. On les a allumés et on les a jetés dans la boîte aux lettres des voisins. Et boum ! fait Shane en mimant une explosion.

– Non ! Tu as fait ça ? fais-je, stupéfaite.

– Ouais, répond-il en haussant une épaule. J'étais un petit garçon pas vraiment sage, et un adolescent encore pire. Plus vieux, ça ne s'est pas arrangé non plus.

– On fait tous des conneries.

– Ouais.

Il finit sa bière et en récupère une autre avant de servir une nouvelle tournée de *shots*. Il ne semble pas très à l'aise avec ce qu'il a fait, mais ce n'est pas grand-chose ! Toutefois, en l'observant à la dérobée, je me demande si sa gêne concerne véritablement ses bêtises de jeunesse. Je serai sûrement amenée à le découvrir quand je le connaîtrai mieux.

– Bon, on ne faisait pas que des idioties. Shane était constamment dans le challenge, il adorait répondre aux provocations. Il avait tout le temps la bougeotte. Dès qu'il le pouvait, il était dehors avec les copains ou son vélo.

– Je partais des heures, prendre l'air m'a toujours apaisé, continue Shane. J'aimais bien faire de la mécanique sur mon vélo, je modifiais des pièces, mais c'était toujours dans l'optique de faire chier quelqu'un ou de faire un truc cool, différent des autres. J'ai installé un pneu de Mobylette pour le faire crisser sur le bitume et énerver les voisins, par exemple.

– Toujours les McAllisters ? devine Beth.

– Ouais, dit-il, un petit sourire sur les lèvres. Ce que j'aimais aussi, c'était allonger les copains au sol et sauter par-dessus.

– Non ! Comme on voit à la télé ? m'exclamé-je. Tu n'as jamais blessé personne ?

– Non, jamais. Je savais m'arrêter à temps.

– Tu te souviens quand on piquait les Caddies du supermarché pour les emmener au terrain de basket ?

Shane hoche la tête et je me demande immédiatement à quoi ils pouvaient bien leur servir.

– On les utilisait pour faire du trampoline. On prenait de l'élan, on sautait dessus, et en rebondissant, on visait le panier, explique Eric en lisant mes pensées.

– Vous étiez complètement fous ! souffle Beth, amusée.

– On s'occupait. On n'avait pas forcément un grand jardin à la maison, alors la ville était notre terrain de jeu. Enfin, même si Eric m'accompagnait souvent, j'étais quand même bien plus turbulent que lui, et comme j'avais deux ans de plus, il ne faisait pas tout avec moi. C'était mieux comme ça.

– Parce que sinon je t'aurais sans doute empêché de faire certains trucs.

– Ouais, quelque chose comme ça. Et puis, tu étais tellement trouillard, c'était une gêne de t'avoir dans les pattes par moments.

– Oh, vas-y ! se vexe Eric, le regard noir.

– Quand j'ai failli me faire choper sur le toit du dojo, je suis descendu à mains nues le long de la gouttière. Elle était à une dizaine de mètres du sol, peut-être plus. Si t'avais été là, on se serait fait prendre parce que tu n'aurais jamais voulu descendre par là.

– Tu m'aurais laissé.

– Jamais.

Ils se lancent un regard empreint d'un profond respect avant de trinquer, et l'espace d'un instant, je les envie de pouvoir partager cet instant fraternel. Mes frères me manquent. Même si je n'ai jamais été aussi proche d'eux que peuvent l'être Eric et Shane, par moments je suis nostalgique.

La soirée se poursuit de manière toujours aussi amusante et je me demande comment on fait pour élever deux garçons si pleins de vie. Cela doit demander une patience à toute épreuve. J'éprouve soudain beaucoup de respect pour leurs parents !

7

Shane

Une autre semaine se termine au bar et je m'y plais toujours autant, probablement parce qu'il n'a rien à voir avec ceux où j'ai déjà bossé. Et la principale raison est Josh et mes collègues. Je n'ai jamais connu une ambiance si bonne et je ne vais pas m'en plaindre. En plus, la fréquentation est vraiment géniale. Les clients sont respectueux et de bonne compagnie. Il y a quelques habitués, comme cet ancien combattant qui s'assied toujours à la même table, près de l'entrée, et qui demande toujours un bourbon Woodford Reserve. Josh lui réserve la bouteille et lui fait payer un tarif bien en deçà de ce que coûte réellement la bouteille. Mon boss a l'air de lui vouer un profond respect et je ne l'en apprécie que plus.

Je sers Beth et souris en voyant Eric approcher du comptoir. Je m'empresse de lui serrer la main alors qu'il salue Josh d'un bref mouvement de tête.

– Ça va ?

– Impec'. Comme ma nana bosse, je viens t'embêter un peu. J'avais pas envie de rester à l'appart'.

– Qu'est-ce que tu veux boire ?

– Une bière, n'importe laquelle.

J'attrape une Samuel Adams et la dépose devant lui.

– Ça se passe bien ?

– Oui, super. J'ai pris mes marques. Josh me donne un peu plus de responsabilités, comme passer les commandes. Je me sens bien.

– Tant mieux, je suis vraiment content.

– Salut, Shane !

– Ilian ! Quelle bonne surprise !

Nous échangeons une poignée de main ferme et je fais les présentations.

– Ilian, voici mon frère Eric. Eric, je te présente Ilian. On s'est rencontrés au club de boxe.

– Enchanté.

– De même.

– Qu'est-ce que tu viens faire ici ?

– On ne m'a dit que du bien de ce bar, dit-il avec un sourire, alors je viens voir de mes propres yeux.

– Qu'est-ce que je te sers ?

– Comme ton frère, c'est parfait.

Je lui tends une bière fraîche et on discute un peu. Je m'éloigne le temps de servir une jeune femme au comptoir et reviens vers eux. J'ai l'impression que le courant passe plutôt bien entre ces deux-là, j'en suis content. On est rejoints par Josh et j'en profite pour lui présenter mon nouvel ami, avant qu'il salue Eric comme il se doit.

– Salut, Eric, tu vas bien ?

– Très bien. Et toi ? Satisfait du grand gaillard ?

– Plus que satisfait. Rien à dire. D'ailleurs, j'ai réglé ça tout à l'heure avec la comptable et donc, si tu es partant, on peut dire que la période d'essai est terminée et que tu es définitivement embauché.

– Vraiment ?

– Oui, vraiment, rit-il en me tendant la main.

– J'accepte avec plaisir évidemment. Merci encore pour cette chance, Josh.

– Tu sais ce que je pense, dit-il avec un hochement de tête.

Il passe de l'autre côté du comptoir s'occuper de clients tandis que je me retourne vers Eric et Ilian, le sourire aux lèvres.

– C'est génial, mec, me félicite Ilian.

– Je suis tellement fier de toi, souffle Eric.

– Arrête, je n'ai rien fait.

– Tu aurais pu tout foutre en l'air, mais c'est pas le cas. Tu as changé.

Je n'ajoute rien et vais m'occuper de Beth qui vient prendre sa commande. Oui, j'ai changé, je suis bien content qu'il s'en rende compte, cela facilitera peut-être les choses quand je trouverai enfin le courage d'aller voir mes parents.

Mon attention est détournée par Callie qui passe derrière le comptoir pour récupérer un nouveau carnet de commandes. Adam était là tous les soirs. Il faudrait être aveugle pour ne pas se rendre compte que cela stresse énormément Callie. Et ce soir, elle l'est d'autant plus qu'il a décidé de rester, accompagné de deux amis. Je me demande s'il s'est passé quelque chose entre eux, peut-être une nouvelle dispute. J'avais l'impression que l'orage de la dernière fois était passé, pourtant ce soir, son sourire a complètement disparu et elle s'impatiente. Elle s'est trompée deux fois dans une commande et a failli laisser échapper son plateau. Soucieux, je me penche à son oreille.

– Tu veux prendre une pause ?

Callie sursaute à cette approche un peu trop serrée et secoue la tête. Elle jette un coup d'œil nerveux vers Adam qui a les yeux rivés sur nous. Son front est plissé, et son regard peu avenant. Peut-être que l'orage n'est pas totalement passé après tout. Je n'aime pas la façon dont il nous dévisage, d'une manière un peu suspicieuse, comme s'il guettait quelque chose. Callie n'a rien à se reprocher, et moi non plus que je sache. Il est peut-être extrêmement jaloux, pas vraiment une qualité selon moi.

Je pose une main sur l'avant-bras de Callie et plonge mes yeux dans les siens.

– Prends une pause, lui ordonné-je doucement.

– Ne me touche pas, dit-elle en retirant vivement son bras.

– Désolé, m'excusé-je, un peu blessé.

– Ne me touche plus, souffle-t-elle en m'implorant du regard.

– D'accord.

Je lève les mains en l'air en signe de capitulation. Elle fait demi-tour et s'en va prendre sa pause. Je lance un regard interdit à Beth, cherchant une explication à ce qui vient de se passer.

– Adam est très jaloux et possessif.

– D'accord. Mais c'est quoi le souci ? Je n'ai rien fait de déplacé.

– Callie est à lui. Il a récemment appris que tu vivais avec nous et disons que l'information n'est pas bien passée. C'est tendu. Alors il vaut mieux que tu évites de trop t'approcher d'elle.

– Sinon quoi ? Il va venir me casser la gueule ? ricané-je en fixant Adam. Il ne me fait pas peur.

– Non. Toi, il ne te fera rien, lâche-t-elle avant de se détourner.

Est-ce qu'Adam s'est déjà montré violent envers Callie ? Beth a-t-elle été témoin de quelque chose ? Callie s'est-elle confiée à sa meilleure amie ? Je repense à leur dispute la dernière fois. Adam était en colère et remonté, mais il ne s'est pas montré violent physiquement. Est-ce qu'il est capable d'aller plus loin ? Cette idée me donne le frisson.

Ça va maintenant faire dix minutes que Callie est partie en pause. Je trouve ça bizarre qu'elle ne soit toujours pas revenue. Je demanderais bien à Beth d'aller voir, mais elle est trop occupée en salle. Je fais quelques pas dans le couloir, regarde dans la réserve, jette un œil dans les vestiaires, mais pas de Callie en vue. C'est alors que je remarque que la porte de derrière est entrouverte, un parpaing placé par terre l'empêchant de se refermer. Je m'approche et entends Callie pleurer.

Je n'ai jamais été suffisamment concerné par une femme pour éprouver quoi que ce soit d'autre que désir et envie. Mais là, avec Callie, savoir qu'elle est dans cet état, cela me fait quelque chose. Cela éveille en moi un besoin de la rassurer et de la protéger, parce que c'est tout ce qu'une femme comme elle mérite. Sa détresse provoque en moi un tumulte que je ne suis pas sûr de savoir gérer. Mais peu importe, je ne me pose pas de questions. Je veux être là pour elle, peut-être même que j'en ai besoin.

Je pousse la porte et la fais sursauter quand le battant se referme dans un grincement strident. Callie, adossée contre le mur, jette vers moi un regard brouillé par les larmes. Je lui souris même si je suis inquiet. Je sais ce que je lui ai promis, à savoir de ne plus la toucher, mais là, c'est plus fort que moi, son désarroi m'émeut. Je tends doucement mes bras vers elle et je n'ai même pas besoin de la forcer, elle accepte ce réconfort bienvenu et se laisse aller un peu plus contre moi. Elle évacue sa tristesse, et au bout d'un petit moment, ses pleurs cessent.

– Qu'est-ce qui se passe ?

– Je suis désolée de t'avoir parlé comme ça, ce n'est pas contre toi, murmure-t-elle.

– Je sais. Il ne faut pas te mettre dans un état pareil, Callie, dis-je, sincère, en essuyant ses larmes avec mon pouce. Est-ce que tu veux en parler ? Il y a un problème avec Adam ? Peut-être que je vais dépasser les bornes, mais est-ce qu'il est violent avec toi ?

Elle évite mon regard un instant, comme si elle cherchait à formuler correctement sa réponse. Puis elle finit par secouer la tête en essuyant les larmes restées sous ses yeux.

– Non. Adam est compliqué, mais ce n'est pas quelqu'un de mauvais. Je sais bien que ce n'est pas facile à comprendre, mais entre nous, c'est particulier, nous sommes liés depuis longtemps et on a nos problèmes comme tous les couples. Il a parfois un caractère un peu dur, mais je l'aime. Tu dois me trouver nulle, hein ? Comme tout le monde de toute façon. Je sais bien ce que pense Beth.

– Personne ne pense que tu es nulle, enfin… Est-ce que ça va aller ?

Me prenant par surprise, elle se met sur la pointe des pieds et dépose un baiser sur ma joue.

– Ça va aller, ne t'en fais pas pour moi. Je… je ne l'ai jamais dit, mais je suis contente que tu vives avec nous.

– Moi aussi.

Je tends le bras pour ouvrir la porte.

– Va devant, je te rejoins après.

– OK.

La soirée se poursuit tranquillement. Adam reste jusqu'à la fermeture et il en tient une bonne. Impuissant, j'observe Callie repartir avec lui, aidée d'un des amis d'Adam pour le soutenir. Je secoue la tête, dépité. Je sais que je ne suis pas mieux pour elle, mais elle mérite tellement plus !

8

Callie

Ce matin, je descends les marches le ventre criant famine. Rien de mieux qu'un bon petit déjeuner pour bien commencer la journée. J'ai envie de pancakes. J'ouvre le placard, prends un mug, me prépare un café et ouvre le frigo pour sortir ce qu'il me faut.

– Bon sang, qu'est-ce que ça m'énerve ! m'exclamé-je en m'emparant de la bouteille de lait et de la boîte d'œufs.

– Qu'est-ce qui t'arrive ? demande Shane en débarquant dans la cuisine.

– Quelqu'un a ouvert une brique de lait sans finir la précédente ! m'énervé-je.

Shane sourit à cette réaction un peu disproportionnée.

– Je parie que c'est toi, hein ? l'accusé-je aussitôt sans raison.

Shane lève un sourcil, amusé d'être le parfait coupable pour ce crime atroce. Je suis surprise qu'il ne tente pas de se justifier en me sortant une excuse toute trouvée comme « Oh, je n'avais pas vu », si typique.

– Tu feras gaffe la prochaine fois, dis-je en fronçant les sourcils.

Shane me lance un sourire charmeur, pensant sans doute me dérider, mais ça me fait juste monter un peu plus au créneau.

– Tu crois t'en sortir avec ton sourire enjôleur, peut-être ?

– Je plaide non coupable, dit-il enfin en levant les mains au ciel.

– Je voulais me faire des pancakes.

– Hum…

– Mais tu n'en auras pas.

– Pourquoi pas ? Ce n'est pas moi qui ai ouvert le lait aujourd'hui, dit-il alors que je me baisse pour prendre un saladier dans le placard.

– Pourquoi tu n'as rien dit ?

– J'aime bien te voir t'énerver, sourit-il.

– Ouais… C'est ça, dis-je en me relevant d'un coup.

– Atten… commence Shane en m'avertissant.

Mais trop tard, je n'ai pas le temps de réagir et je me prends violemment la porte de placard du haut que j'ai négligemment laissée ouverte tout à l'heure. J'ai juste le temps de porter une main à mon crâne avant de vaciller et de m'effondrer contre le meuble de cuisine devant les yeux interdits de Shane. Il se précipite vers moi, attrape mon bras pour me soutenir. Je ne suis pas loin de faire un malaise tellement le choc a été violent. Ça m'apprendra. Comme dans les cartoons, je m'imagine avec les petites étoiles qui tourbillonnent au-dessus de ma tête. Quelle andouille ! Ma tête tourne et j'ai un mal de chien. J'aurai sans doute une jolie bosse.

Je laisse Shane m'entraîner vers le canapé où il m'installe délicatement. Je ferme les yeux et tente de reprendre mes esprits alors que je l'entends retourner à la cuisine ouvrir le congélateur, sans doute à la recherche de glace. Il revient un torchon à la main, me pousse gentiment dans le fond du sofa pour être plus à l'aise et dépose délicatement les glaçons maintenus dans le tissu à l'endroit de l'impact. Je soupire, le froid me saisissant tout autant qu'il me fait du bien.

J'ouvre les yeux et mon regard se pose immédiatement sur Shane, qui se tient tout près de moi en maintenant la poche de fortune.

Ma première réflexion est de me dire qu'il est vraiment beau. Je n'ai jamais prétendu le contraire, Shane est un bel homme, mais là, à mes côtés, alors qu'il prend soin de moi, cela me saute peut-être encore plus aux yeux. Sa fossette, son sourire, ses yeux, son charme, son aura.

Je suis aussi un peu perturbée par notre proximité. J'ai été touchée par sa façon de venir vérifier si j'allais bien l'autre soir au bar, de me réconforter en me prenant dans ses bras. Là, je ressens exactement la même chose et cela me perturbe un peu, parce que c'est agréable et surprenant à la fois. On n'imagine pas forcément beaucoup de douceur en Shane quand on le voit pour la première fois, mais il sait parfaitement en faire preuve. Et ça me plaît, cette facette de lui.

Je ne devrais pas faire attention à ce genre de choses, ce n'est pas bien. Je cligne des yeux, histoire de me ressaisir un peu.

– Tu viens de mourir et tu es au paradis, plaisante Shane en me laissant m'emparer du torchon.

Je secoue la tête en faisant une grimace.

– T'es nul ! Parce que tu crois que tu ferais partie de mon paradis, peut-être !

– Bien sûr ! Qui ne rêverait pas de ce corps parfait ? De ce charmant visage, de ce sourire…

Malgré son arrogance, il parvient à me faire rire.

– Tu m'as fait peur, dit-il, soudain plus sérieux.

– Oui, je me doute. Désolée.

– Tu restes là, je vais les faire, ces pancakes.

– Parce que tu sais faire ça ? m'étonné-je.

– Bien sûr. Y a plein de choses que tu ne sais pas sur moi.

– Oui, je vois ça. Tu es donc meilleur aux poêles qu'aux fourneaux ?

Il m'a raconté une anecdote un après-midi où nous n'étions que tous les deux avant d'aller bosser. Quand il était plus jeune, il a voulu faire plaisir à sa maman et lui préparer quelque chose pour se faire pardonner une bêtise. Il s'est lancé dans la préparation d'une meringue, mais en grand impatient qu'il est, il a monté le four au maximum et le résultat était une catastrophe. La pâtisserie est montée trop rapidement, collant aux résistances. Au final, pas de surprise, mais une nouvelle punition. Depuis cet incident, il ne touche plus aux fours de cuisine !

Il rit doucement à ma remarque avant de me laisser. Je tourne la tête pour le suivre alors qu'il rejoint la cuisine. Je le regarde faire, prendre le saladier, ajouter les ingrédients, mélanger, sortir la poêle, déposer la pâte. Pourquoi Adam n'est-il pas comme lui ? Pourquoi se laisse-t-il happer par son côté sombre ? Pourquoi est-ce que je ne lui suffis plus ?

Vendredi soir, après la fermeture, quand je l'ai ramené complètement bourré avec l'aide de ses deux copains, je n'ai pas réussi à m'échapper ensuite. Son état n'était pas catastrophique au point de l'empêcher de me faire nombre de reproches. Il se sent menacé par Shane. Il ne se rend pas compte que c'est son attitude qui met à mal notre relation et pas celle que je crée doucement avec Shane, qui n'est qu'une amitié. Je ne sais pas quoi faire ou dire pour qu'il le comprenne.

J'ai l'impression qu'il arrive de moins en moins à se contenter du moment présent, de nous deux. Je lui ai déjà tout donné, mon corps, mon cœur, je n'ai plus rien à lui offrir, mais ce n'est pas assez. Je ne peux pas me dévouer corps et âme à lui, je veux rester maîtresse de ma vie. Il m'a déjà entraînée auparavant dans ses ténèbres, je refuse d'y retourner.

Je tente de me lever, mais j'ai encore la tête qui tourne.

– Tu te sens bien ? s'inquiète Shane en jetant un œil vers moi.

– Ouais, ça va aller. Ça te fait rire, hein ?! lancé-je alors qu'il retourne les pancakes.

– J'adore ça, jouer les chevaliers servants. Bon, je suis obligé de cuisiner à ta place, je ne suis pas vraiment gagnant, du coup…

– Ben, au moins tu pourras en manger.

– Parce que tu ne m'en aurais pas donné ? s'offusque-t-il. Je t'ai dit que ce n'était pas moi pour la bouteille de lait.

– Je sais, je te crois. J'aime bien te taquiner, moi aussi.

Il me retourne mon sourire et dépose à nouveau de la pâte dans la poêle. J'en profite pour l'observer alors qu'il me tourne le dos. Ses muscles tendus sous le tissu de son tee-shirt, ses épaules bien dessinées, son dos large. Je parcours des yeux le tatouage sur son bras droit. Je ne l'ai jamais vu torse nu, mais si j'en juge par les traits similaires, je devine qu'il s'étend de son poignet à son cou, peut-être même qu'il continue dans son dos et sur son pectoral. C'est un dessin tribal, fait à l'encre noire uniquement. Je me demande s'il a une signification particulière. Cela me fait un peu penser à ces motifs que l'on voit sur les Maoris. Cela dit, ça lui va plutôt bien.

Je fixe ses mains alors qu'il tend le bras, tenant la poêle pour déposer les pancakes cuits dans l'assiette. De grandes mains, fermes et douces, de vraies mains d'homme. J'aperçois alors son autre tatouage visible, une phrase inscrite sur son avant-bras. Je suis immédiatement intriguée en la lisant : *« Man is not what he thinks he is, he is what he hides*[1]. » Je trouve cela bien mystérieux. Il n'a pas marqué cette phrase sur sa peau innocemment. J'en viens à me dire que j'ignore sûrement encore beaucoup de choses sur lui. Il laisse pousser ses cheveux depuis qu'il est arrivé ici. Ils semblent doux, je me verrais bien y glisser mes doigts, les caresser.

Non mais, ça va pas ! Arrête un peu ! Tu es avec Adam !

Mais ces derniers temps, le bonheur n'est plus là, les bons moments ne pèsent plus autant dans la balance face aux mauvais… Et je m'en veux de penser comme ça. Adam et moi avons traversé trop de choses pour que je le trahisse ainsi.

En moins de quinze minutes, un petit tas de pancakes s'est entassé dans l'assiette et l'odeur me met l'eau à la bouche. Je me sens assez solide sur mes deux jambes pour le rejoindre. Je nous sers deux tasses de café, sors le jus d'orange et m'installe sur un tabouret du bar. Shane dépose l'assiette devant moi, farfouille dans les placards pour dénicher sirop d'érable, beurre de cacahuètes et autres pâtes à tartiner, puis me rejoint.

– Merci.

– De rien, fait-il avec un clin d'œil.

– Tu ne peux pas t'en empêcher, hein ?

---

1. « La vérité d'un homme, c'est d'abord ce qu'il cache. » André Malraux, *Les Noyers de l'Altenburg*.

– Quoi donc ? répond-il en déposant un filet de sirop sur sa crêpe.

– De faire ton numéro de charme.

– Ouais, j'avoue, des années que j'entretiens ce don, alors c'est dur, dit-il. Et puis ça te fait sourire, alors pourquoi arrêter ?

Je ne peux m'empêcher de rire, amusée par sa confiance en lui. On est rapidement rejoints par Beth qui revient de sa douche. Après l'avoir gentiment réprimandée pour la brique de lait, je l'autorise à goûter aux pancakes de Shane, même si celui-ci lui en avait déjà donné la permission.

9

Shane

La journée est presque terminée, mais je vais rejoindre mon frère pour une partie de basket. Son immeuble possède un terrain privatif. Il est en train de bosser sur un gros dossier, il ne sera donc pas à la maison pour la soirée, mais il a accepté de faire un break pour qu'on passe un peu de temps ensemble. Je le retrouve déjà en tenue, prêt à m'affronter.

– Salut, Shane. Ça va ?

– Oui. Et toi ?

– Fatigué, je n'ai pas une minute à moi.

– Pourquoi avoir accepté qu'on se voie ? Je peux comprendre.

– Non, non, ne t'en fais pas, j'ai besoin d'une pause et de décompresser un peu. Ça ne peut pas me faire de mal, une petite partie contre mon frère comme dans le temps.

– Tu es sûr ?

– Sûr et certain.

– Bon.

Je balance mon sac à terre, retire ma veste de jogging et récupère le ballon. Aussitôt on commence à se chercher, comme autrefois. Ça me fait tellement de bien de retrouver tout ça. Eric n'est pas mauvais et il ne se laisse pas faire. La partie un contre un est serrée et je suis obligé de m'incliner face à lui. Il jubile, le salopard !

– Eh bien, on s'est ramolli ? se marre-t-il.

– Arrête tes conneries.

– Ne viens pas me dire que tu m'as laissé gagner !

– Je ne vais pas le dire.

Je laisse tomber le ballon près de mon sac et il secoue la tête en attrapant la bouteille d'eau que je lui tends. Je relève le bas de mon tee-shirt pour m'essuyer le front.

– Qu'est-ce que c'est ça, putain ?! s'écrie Eric en relevant un peu plus le vêtement.

Je me dégage brusquement et grogne de mécontentement.

– Ce n'est rien, balayé-je.

– Tu te fous de moi ?

Il recommence à relever le tee-shirt et examine la cicatrice de plus près. Il me fait tourner ensuite et regarde mon dos, qui n'est pas forcément mieux.

– Putain ! Les trois quarts n'étaient pas là il y a quatre ans, Shane.

– Eric, ne commence pas, je t'en prie.

– C'est arrivé comment ?

– À ton avis ?

Il soupire en s'écroulant sur le banc à proximité.

– Je n'arrive pas à y croire. Comment tu as survécu à ça ?

– C'est plus impressionnant que ça en a l'air. Vraiment. Ne t'en fais pas.

– Tu me jures que tout est fini ?

– Oui.

Je ne voulais pas mettre si longtemps à lui répondre, il va forcément croire que je mens, mais c'est plus fort que moi. À une époque, je disais tout et n'importe quoi, sans le penser, sans réfléchir, alors aujourd'hui je veux faire les choses différemment.

– Tu es sûr ?

– Putain, Eric, arrête ! Je suis là et je vais bien. Tu ne devrais pas plutôt te concentrer sur ça ?

– Sans doute, mais savoir ce que tu as vécu me fout en rogne !

– Écoute, je comprends que tu t'inquiètes pour moi, mais tout va bien maintenant. J'ai appris de mes erreurs, je ne me permettrais pas de foutre tout en l'air. Je suis sérieux.

Il prend quelques secondes pour digérer mes paroles et hoche la tête.

– Tu montes prendre une bière avec moi avant de partir ?

– Avec plaisir.

Je ramasse mon sac et on rejoint son petit appartement. Il prend deux bières dans son frigo et on s'installe sur son convertible. J'observe les lieux tout en buvant une longue gorgée rafraîchissante.

– Je peux te poser une question ?

– Ouais, vas-y.

– Tu vas peut-être dire que ça ne me regarde pas, mais pourquoi vous ne vivez pas ensemble avec Beth ? Ça fait un petit moment maintenant que vous êtes ensemble, vous semblez très heureux.

– On l'est.

– Eh bien, alors pourquoi ? Et puis ton appartement, pourquoi il est si petit ? Tu es avocat. Un avocat est censé bien gagner sa vie, non ?

– Je ne suis pas encore assez expérimenté, et si je n'ai pas à me plaindre de mon salaire, il n'est pas si gros que tu peux le penser. Je gagnerai plus dans quelques années. Et puis j'espère à terme monter en grade.

– Tu vises procureur ? m'étonné-je.

– L'avenir le dira, mais ce n'est pas quelque chose qui me déplairait. Certes, c'est beaucoup de responsabilités, mais j'adore tellement bosser dans ce bureau.

– C'est cool, p'tit frère, je suis tellement fier de toi.

– Merci, sourit-il. En attendant, je mets de côté en économisant sur le loyer pour pouvoir acheter quelque chose de plus grand pour m'installer avec Beth. Et puis je l'aide dans les dépenses quotidiennes depuis qu'elle a repris ses études, parce qu'elle n'a même pas un mi-temps, alors ça n'est pas évident. Ses parents l'aident un peu également, mais je m'implique dans notre couple, pour notre futur.

– Je vois que tu penses à tout.

– Je sais ce que je veux, c'est pour ça.

Je reste sur cette pensée alors qu'on finit nos bières, me demandant si je sais moi aussi ce que je veux. En quittant Eric, je mesure le chemin qu'il a parcouru et je suis fier de l'homme qu'il est devenu.

Après dîner, les filles ont prévu de se mater un petit film. Elles m'ont demandé si je voulais le regarder avec elles et j'ai accepté. J'espère juste qu'il ne s'agit pas d'un film à l'eau de rose. Je pensais que Callie serait restée avec Adam, vu que nous sommes de repos, mais elle nous a expliqué qu'il était parti pour une expo à Cleveland, qu'elle pouvait donc profiter de sa soirée. J'ai l'impression qu'il est souvent en déplacement, c'est peut-être une des raisons qui fait qu'ils n'habitent pas ensemble. De plus, je n'ai pas osé lui demander pourquoi elle ne l'avait pas accompagné.

Je reviens de la cuisine, un saladier de pop-corn dans les mains. Beth et Callie sont installées dans le canapé, chacune à une extrémité, je m'assieds donc entre elles et pose les sucreries sur mes genoux. Machinalement, je glisse un bras le long du dossier, juste au-dessus de Callie. Je n'aurais peut-être pas dû me mettre à cette place, même si c'est le plus simple pour le pop-corn. De là où je suis, j'ai une vue imprenable sur son décolleté et ça m'excite énormément. Je commence à me tortiller, espérant faire taire le désir qui grimpe en moi.

Je suis tenté de quitter la pièce pour aller prendre une douche froide, mais je n'ai pas envie qu'elles se rendent compte de l'état dans lequel je suis. Je passe le saladier à Beth et me contente de croiser une jambe sur mon genou, ça va passer. Sauf que ce mouvement fait glisser mon bras vers Callie. Le bout de mes doigts effleure son épaule. La merde. Elle pourrait avoir un sursaut ou sentir une gêne, mais elle ne se retire même pas. Et moi, comme un con, je reste là, appréciant ce mince contact. Soudainement elle change de position et vient se coller à moi comme si elle avait froid. C'est sûr que je fais un joli radiateur. Je n'ai pas l'impression qu'elle l'ait fait intentionnellement, parce qu'elle semble passionnée par le film. Et finalement, quand défile le générique de fin, je me rends compte qu'elle est endormie, sa tête repose sur mon épaule et son bras frôle ma cuisse. Elle s'est donc blottie contre moi de manière inconsciente. Cela ne devrait pas m'étonner, Callie est en couple. Pourtant, je ne peux m'empêcher d'être un peu déçu parce que dans le fond j'espérais susciter quelque chose en elle, quelque chose qui me ferait dire que ce que je ressens pour elle est partagé. Mais je sais que je suis idiot d'espérer ça, elle ne semble pas être du genre à ne pas respecter son copain. Je tourne la tête vers Beth qui regarde tendrement son amie. Elle ne semble pas s'être rendu compte de mon trouble, et c'est tant mieux.

– Je vais la remonter, dis-je en me levant tout en essayant de ne pas la réveiller.

– OK, répond-elle avant de quitter le salon.

Délicatement, je passe un bras sous ses jambes et un autre dans son dos. Sans peine, je la soulève et Callie a le réflexe de se réfugier un peu plus contre moi. Je me fige un instant. Quand j'ai proposé ça, je n'ai pas du tout pensé à ce que je ressentirais en l'ayant tout contre moi. Je suis saisi par son odeur, sa chaleur et la douceur de ses cheveux alors qu'ils glissent sur ma peau. Je sais qu'il faut que je garde la tête froide, mais c'est vraiment dur alors que la fille pour qui je craque de plus en plus se tient contre moi.

Je pourrais la réveiller, mais je n'en ai pas envie. Je sais que je ne peux pas l'avoir, mais je crois que je préfère prendre tout ce qu'il m'est possible d'avoir et me concentrer là-dessus. Je monte lentement les escaliers en faisant attention à ce que ni sa tête ni ses pieds ne cognent dans le mur ou la rambarde. Doucement je dépose Callie sur son lit, et au moment où je remonte la couette sur elle, elle entrouvre les yeux et s'empare de ma main.

De nouveau, je me fige. Bon sang ! Mais pourquoi a-t-elle cet effet sur moi ? Je suis persuadé qu'elle pourrait tout obtenir de moi, elle pourrait faire de moi ce qu'elle veut et j'en redemanderais. J'apprécie beaucoup trop ce contact qu'elle a initié. Je pense à tout un tas de choses, mais je ne devrais pas.

– J'ai peur, souffle-t-elle.

Je ne suis pas sûr qu'elle soit bien réveillée. Ses yeux sont fermés, et son visage soucieux. Est-ce qu'elle est en train de faire un cauchemar ? J'ai besoin qu'elle sente que je suis là, qu'elle ne craint rien, qu'elle peut compter sur moi. Je me baisse vers son oreille et lui murmure :

– Tout va bien. Je suis là. Il ne peut pas te faire de mal.

Je ne sais pas trop pourquoi je lui dis ça, mais mon instinct me souffle que cette réaction a quelque chose à voir avec Adam.

– Reste avec moi, marmonne-t-elle en m'attirant un peu plus à elle.

Je bloque alors qu'elle tire sur mon bras. N'est-ce pas ce que je souhaitais ? Peut-être, mais pas de cette manière. Je ne veux pas profiter d'une situation de faiblesse, je ne veux pas prendre la mauvaise décision, ce que j'ai fait presque toute ma vie. Il n'a jamais été plus dur pour moi que de lutter en cet instant entre le désir de la serrer à nouveau contre moi, dans mes bras, et la conscience que je ne peux pas faire ça parce qu'elle est en couple. Si j'avais une copine, cela me mettrait hors de moi qu'un autre mec la touche. Et parce que je sais que ce serait sûrement mal, je ne tenterai rien. Tout ce que je veux, c'est la rassurer, lui apporter un sentiment de sécurité, effacer ce pli soucieux qui barre son front. J'aimerais tellement que le sourire qui éclaire son visage et l'étincelle qui illumine ses yeux ne disparaissent jamais.

Je ne sais pas si je peux être ce genre d'homme pour une femme, mais je suis persuadé que si Callie était mienne, si elle m'avait choisi, je ne poserais pas de questions, elle serait tout. Elle serait celle qui me tire vers le haut, celle qui me donne envie d'être meilleur. Bon sang, elle l'est déjà un peu et nous ne sommes pas ensemble. Elle appartient à un autre, pourtant c'est à moi qu'elle s'adresse ce soir.

Toujours endormie, elle se décale dans le lit pour me faire une place. Elle me tourne le dos au moment où je m'installe à ses côtés, sur la couverture. Autant ne pas tenter le diable !

Je ne sais pas si c'est une bonne idée… En fait, je sais que ça n'en est pas une. Mais elle a l'air d'avoir besoin de moi, de ma présence. Comment est-ce que je peux lui refuser ça ? Je ne peux pas. Non, rectification, c'est plutôt que je ne veux pas. Je bataillerai plus tard avec ma conscience. Pour le moment, je ne pense qu'à Callie.

Et je me dis que je ne vais pas m'en sortir trop mal. Mais c'est sans compter qu'elle finit par se tourner vers moi et passer un bras par-dessus mon torse. Je ne devrais pas autant aimer cette sensation. Je crois que je n'ai jamais désiré aussi violemment une femme, mais Callie est différente parce qu'elle éveille en moi des sentiments que je n'ai jamais connus, elle chamboule tout, dans ma tête et dans mon cœur. C'est sans doute un peu masochiste, mais pour cette nuit, je suis prêt à me satisfaire de ça, des tout petits bouts d'elle qu'elle m'offre. Son corps blotti contre le mien, sa main sur moi que je viens prendre délicatement dans la mienne, sa tête tout près de mon épaule, son souffle léger qui chatouille mon cou. J'espère qu'elle se sent aussi bien que moi.

***

Le lendemain, j'ouvre les yeux dès que les premiers rayons de soleil percent à travers les doubles rideaux. Je me suis toujours réveillé aux aurores, je n'ai pas besoin de beaucoup de sommeil pour recharger mes batteries. Mais ce matin, au contraire, je suis crevé parce que je n'ai presque pas dormi. J'avais tellement peur de m'endormir paisiblement et de faire une connerie durant la nuit que je me suis fait violence et j'ai plus somnolé qu'autre chose.

J'ai accepté de rester cette nuit pour la réconforter, pas pour finir par la peloter par inadvertance. Quel meilleur moyen pour tout foutre en l'air ?

Je me tourne vers elle. Elle n'a pas bougé d'un iota. J'aime y voir le signe qu'elle s'est sentie bien et que son sommeil a été paisible. Je me retiens de lui caresser la joue, de remettre en place cette mèche posée dessus. Elle me donne envie de tellement de choses.

J'aimerais grogner toute ma frustration. Je ferme les yeux fortement et prends une grande inspiration. Je suis bien conscient que je ne peux pas rester dans cette situation indéfiniment. Je ne peux pas continuer de nourrir des sentiments de plus en plus grandissants pour elle pendant qu'elle vit sa vie avec Adam. Trop longtemps que je n'ai pas été avec une femme, il est grand temps de remédier à ça. Il faut que je me trouve une nana, et au bar, je sais que ce sera facile. Ce n'est qu'une solution de dépannage, mais c'est la seule qui me vienne à l'esprit pour faire taire tout ça.

Je quitte discrètement le lit de Callie et lui jette un dernier regard. Je ne peux pas dire que je regrette vraiment d'être resté, mais je ne veux pas créer de malaise entre nous, alors je préfère partir avant qu'elle se réveille. Peut-être qu'elle aura oublié. Dans le cas contraire, elle préférera sûrement faire comme si rien ne s'était passé. Et c'est le cas. Du moins pour elle.

10

Callie

– Non, Adam !

Je suis au téléphone avec lui depuis presque une heure et il insiste pour que je vienne le rejoindre.

– Callie…

– Non, c'est non. Je sais très bien ce qui se passe à ce genre de truc et je ne viendrai pas. C'est terminé pour moi, Adam.

– Bon sang !

– Arrête, je t'en prie. Comme si tu avais besoin de moi…

– J'ai envie de passer la journée avec toi.

– Tu pourrais si tu voulais qu'on ne reste que tous les deux, mais tu as accepté de te rendre à ce machin, et c'est non. Je n'aime pas les gens qui y seront.

– Tu n'aimes pas mes amis, c'est ce que tu es en train de dire ?

– Ce ne sont pas tes amis, Adam ! Ils profitent de toi.

– Tu m'énerves !

– Toi aussi !

Et il me raccroche au nez. Quand la moutarde monte trop, il est toujours celui qui met fin à la conversation en premier, il serait d'autant plus vexé si c'était moi. Il croit décider, mais je le laisse faire, cela évite d'envenimer les choses. Bon, le résultat est le même, je suis de mauvais poil. Beth et Shane ne sont pas encore revenus, je me dis qu'un peu de cuisine me fera du bien, rien de tel pour faire descendre la pression, le stress. Je fais le point des ingrédients à ma disposition et me lance. Parfois, j'ai besoin d'une recette, mais la plupart du temps, j'improvise. Je suis assez douée pour ça, alors j'y prends d'autant plus de plaisir. Un domaine dans lequel j'assure, c'est rare.

Au fur et à mesure de la préparation, je me rends compte que je suis en train de concocter un plat en sauce avec du poulet et du curry. Je pense immédiatement à Shane, qui adore ça. Je ne sais pas pourquoi je l'ai fait inconsciemment… Peut-être pour lui faire plaisir, parce que je sais qu'il me sera reconnaissant, pas comme Adam.

Quand Shane et Beth rentrent enfin ensemble, une délicieuse odeur règne dans la maison.

– Hum ! Ça sent bon, s'exclame Shane.

Il s'approche du feu et jette un œil à ce que j'ai préparé.

– Oh ! Poulet curry ? Trop cool. J'adore.

Je souris à cette remarque.

– Je monte faire quelques exercices. Tu viendras me dire quand on mange ?

– OK.

Je le regarde quitter la cuisine, l'air songeur. Quand je pivote vers le comptoir, je trouve Beth assise sur un tabouret. Elle a posé un coude sur le plan de travail et sa tête repose dans sa paume de main. Son sourire est léger et elle arque un sourcil. Elle m'observe avec attention et je me demande immédiatement à quoi elle pense. Est-ce qu'elle voit des choses en moi ? Est-ce que j'ai envie de savoir ?

– Pourquoi tu me regardes comme ça ? l'interrogé-je.

– Je ne sais pas par où commencer.

– Par le début, marmonné-je en fronçant les sourcils.

– OK. Est-ce que tout va bien avec Shane ?

– Très bien. Pourquoi tu demandes ça ?

– Et avec Adam ? continue-t-elle en ignorant ma question.

– Où veux-tu en venir, Beth ?

– Viens t'asseoir à côté de moi.

J'obéis et elle s'empare d'une de mes mains. Je me laisse faire, mais reste un peu sur mes gardes. Je ne dirais pas que je redoute ce qu'elle a à me dire, je sais que Beth ne ferait jamais rien pour me blesser, mais je ne suis pas sûre pour autant que je vais apprécier ce qui va suivre. En fait, ce qui me fait le plus peur, c'est d'être mise à nu, qu'on découvre ce qui se passe.

– Tu es l'une des plus belles personnes que je connaisse. Aussi bien dedans que dehors. Tu sais que je t'aime, hein ?

– Oui, bien sûr, moi aussi. Tu me fais peur, Beth.

– Non, c'est moi qui me fais du souci pour toi, ma belle. Ce que tu vis avec Adam, ne me dis pas que cela te rend heureuse. Je sais bien que je n'ai aucun droit de te dire quoi faire ni comment, mais je ne veux que ton bonheur et tu n'es pas heureuse.

– Bien sûr que si !

Pourquoi est-ce que je lui mens ? Beth est ma meilleure amie, je pourrais tout lui dire, elle saurait m'écouter et elle m'aiderait sans rien demander en retour. Mais j'ai peur. Peur d'être jugée, peur de passer pour quelqu'un de faible.

– Non, me contredit-elle. Enfin… par moments, oui… Mais cela devrait être tout le temps, avec un homme qui te fait du bien, qui te respecte, qui t'aime.

– Tu ne connais pas tout de notre histoire.

Elle me lance un regard blessé, j'en suis immédiatement désolée.

– Je ne voulais pas te faire de peine.

– Écoute, peu importe ce que tu entreprendras, je serai là. N'hésite pas à venir me voir, tu entends ? Pour tout et n'importe quoi. Tu n'es pas toute seule.

– Oui, je sais, merci.

Elle se penche pour me prendre dans ses bras et je me laisse aller un instant à sa chaleur et à son réconfort. Heureusement qu'elle est là.

On se lève en même temps et elle m'aide à mettre la table, puis je monte dire à Shane que tout est prêt. Arrivée sur le palier, je m'arrête et tends l'oreille. J'entends comme des soufflements, il a dit qu'il allait faire quelques exercices. J'hésite un instant à aller plus loin, je me demande dans quelle position je vais le surprendre. Je suis vraiment ridicule. Shane n'est qu'un ami, je dois pouvoir me trouver en sa présence, peu importent les circonstances. Je cogne timidement à sa porte, qui s'ouvre légèrement.

– Quoi ? fait-il.

– C'est moi… euh… Callie. Je peux entrer ? demandé-je en jetant un œil par l'embrasure de la porte.

– Oui.

Je la pousse délicatement et le trouve en train de faire des abdos. Il a installé une barre en acier au mur. Les pieds coincés dessous, les bras croisés sur le torse, une main sur chaque épaule, il monte et descend avec une aisance impressionnante. Je suis captivée par ses abdominaux qui se contractent à chaque mouvement, car bien entendu il ne porte qu'un short, laissant voir des kilomètres de peau bronzée, parsemée d'un voile de sueur, ses tatouages qui ondulent au fil de l'effort…

– Tu voulais me dire quelque chose ?

– Oh, non ! Juste que c'est prêt, marmonné-je en me sentant devenir rouge pivoine.

Il pose ses mains au sol juste au-dessous de sa tête, décroche ses pieds, reste un quart de seconde en équilibre et les balance en avant pour se remettre debout.

Frimeur !

– Donne-moi dix minutes, que je prenne une douche.

– Oui, bien sûr.

Je m'empresse de déguerpir de sa chambre. J'aurais dû l'appeler depuis les escaliers ! Je secoue la tête, tâchant d'effacer l'image qui s'est imprimée dans mon esprit. Mais c'est dur ! J'ai pu voir son tatouage en intégralité, sur son bras, son épaule, son pectoral et son dos. J'en ai rapidement aperçu un autre sur le torse, près d'une cicatrice, une courte phrase, mais écrite trop petit pour que je puisse la lire. Je reste une femme, alors forcément je ne peux nier qu'il est très agréable à regarder. Mais je suis avec Adam, ce serait lui donner raison que de prêter attention à ce genre de choses.

Je me presse pour descendre les escaliers, et moins d'un quart d'heure plus tard, Shane nous rejoint alors qu'on patiente autour du comptoir, un verre de vin à la main. Pendant les cinq premières minutes, aucun de nous ne parle. Je souris intérieurement, c'est que ça doit leur plaire.

– C'est vraiment très bon. J'adore quand tu cuisines comme ça, tu devrais le faire tous les jours ! sourit Beth après avoir avalé sa bouchée.

– Où tu as appris à cuisiner comme ça ? s'intéresse Shane.

– Avec ma mère, soufflé-je.

Je n'ai pas encore eu l'occasion de discuter de cette

partie de ma vie avec lui. Ce n'est pas un secret, seulement cela me rend tellement triste d'en parler que je préfère éviter. Nous étions si heureux, mes parents étaient fous amoureux et j'ai de très bons souvenirs d'enfance. Ceux que je chéris le plus sont les moments où je cuisinais avec maman, elle me donnait des conseils, me confiait des secrets qu'elle tenait de sa mère. C'était vraiment des instants privilégiés et on adorait préparer quelque chose pour mon père et mes frères. Ils faisaient systématiquement honneur à nos plats et desserts.

– Ta famille est dans la région ? poursuit-il.

– Non.

– Tu es d'où alors ?

– D'ici, mais ils sont tous morts, murmuré-je en m'emparant de mon assiette encore à moitié pleine pour la mettre dans l'évier.

– Oh... je... je suis désolé.

– Tu ne pouvais pas savoir. Ce n'est pas grave, réponds-je avant de quitter la pièce.

– Attends, tente-t-il en sautant de son tabouret.

– Non, laisse-la, c'est préférable. Elle reviendra quand elle se sentira mieux. Ce n'est pas ta faute.

Je m'arrête dans le couloir, la poitrine serrée par l'émotion. Jamais je n'en parle, c'est bien trop douloureux. Je préfère garder ça enfoui tout au fond. J'entends les excuses de Shane et les explications de Beth. Il vaut peut-être mieux que ça vienne d'elle, je ne sais pas si je serais capable de le faire sans craquer.

– Je suis vraiment navré. Je ne me doutais pas, murmure Shane.

– Ouais... Moi aussi ça m'a fait un choc quand j'ai appris ça. C'était l'année dernière, à l'anniversaire de leur mort.

– Tu n'as appris ça que l'année dernière ? tique-t-il. Mais vous êtes amies depuis plus longtemps, non ?

– Oui, mais elle ne m'en avait jamais parlé et elle avait toujours réussi à ne pas être dans les parages le jour fatidique. Comme tu as pu t'en rendre compte, Callie est quelqu'un de très secret. Je sais certaines choses, mais j'en ignore d'autres. Quand elle se sentira prête, j'espère…

– Attends une minute… la coupe-t-il. Elle a dit qu'ils étaient « tous morts »… mais elle m'a parlé de ses frères. Ils sont morts aussi ? Comment ?

– Quand elle sera prête, elle t'en parlera, je ne veux pas le faire à sa place. Elle n'a pas eu une vie facile et heureuse. Mais elle fait tout pour rester forte.

Je lui suis reconnaissante de ne pas tout livrer, mais je comprends la stupéfaction de Shane. Je l'imagine en train de fixer le couloir par lequel je suis partie.

– Tu l'aimes bien, hein ? lance soudain Beth.

– Oui, comme je t'aime bien, toi.

– Non, Shane. Enfin si, je sais que tu m'aimes bien, mais tu ne me regardes pas comme tu la regardes, elle.

– Encore heureux, putain ! T'es la copine de mon frère. Il me couperait les couilles si je faisais ça, rigole-t-il.

– Tu sais bien ce que je veux dire…

Le bruit du tabouret qui racle le sol et le son de deux assiettes qui s'entrechoquent m'empêchent d'entendre ce qu'il répond. Cela vaut mieux.

***

Cela va maintenant faire deux mois que Shane est arrivé. Il se fait bien à son job de barman. Toutes les nanas semblent folles de son physique. Le nombre que je vois en pâmoison devant lui, c'en est même ridicule ! Quasiment à chaque fin de service, il est sûr de récupérer au minimum un numéro de téléphone quand il ne rentre pas directement avec la fille. Et généralement, le matin, il est parti avant que la nénette se réveille et c'est moi qui tombe dessus. Seulement je ne suis pas payée pour jouer le rôle de psy ! Ce matin, c'est une grande brune qui débarque dans la cuisine alors que je sirote mon café devant les infos à la télé.

– Shane est là ?

Et merde…

– Nan, il est sorti.

– Ah, OK. Je pourrais avoir du café en l'attendant ?

– Euh… écoute. Je ne voudrais pas te faire de la peine, ni être méchante, mais je… Si Shane est parti avant que tu te réveilles…

Je patauge dans la semoule et l'autre n'a pas l'air de comprendre où je veux en venir. Est-ce qu'il faut que j'y aille franco ?

– C'était juste un coup d'un soir.

Elle fronce les sourcils et détourne le visage. J'espère qu'elle ne va pas se mettre à pleurer. Je commence à perdre patience… Elle va rester longtemps ?

– Ce n'est qu'un connard, lâche-t-elle.

Je jurerais voir sortir de la fumée de ses narines et oreilles. Lourdement, le dernier coup de Shane remonte l'escalier. J'entends la porte claquer, une première fois puis une seconde, avant d'entendre à nouveau de lourds pas dans l'escalier.

– La sortie ? demande l'inconnue.

– Par là, lui dis-je en montrant la direction du doigt. En face de toi.

Encore une fois, la porte claque fortement. Bon, eh bien, je pense qu'elle n'a pas très bien pris la chose. Ne l'a-t-il pas mise au courant avant de la ramener ici ? Pourquoi est-ce qu'il fait ça tout le temps ici, d'abord ? Ça ne serait pas plus simple d'aller chez elles ? Au moins il pourrait partir en catimini le matin, ni vu ni connu !

Shane rentre peu de temps après le départ de la jeune femme, à croire que son timing est parfait. Je suis installée dans le canapé et je l'observe discrètement. Il est en tee-shirt et porte un short de basket. Il est couvert de sueur. C'est son truc : dès qu'il a fini avec une fille, il sort faire un footing pour lui laisser le temps de partir sans avoir à dire au revoir. En toute sincérité, cela m'est égal, il fait ce qu'il veut. Je pense que chacun est libre d'agir comme il le souhaite, relation sérieuse ou coup d'un soir, je n'y vois pas d'inconvénient. Ce n'est pas parce que ce n'est pas mon genre et que j'ai du mal à comprendre cette façon de faire que je vais le critiquer.

Je suis juste un peu étonnée parce que les premières semaines où Shane s'est installé, il n'agissait pas comme ça. Je pourrais me dire qu'il restait chez les filles, mais il ne me semble pas qu'il ait souvent découché. Je me demande ce qui a changé. Dans tous les cas, je ne peux que saluer la technique d'évitement qu'il a mise au point, elle est sacrément rodée !

– Pourquoi tu me regardes comme ça ?

– Comme quoi ?

– Eh bien, je dirais que tu me fusilles du regard, mais bon, ce n'est qu'une supposition.

– Non, tu supposes bien.

– OK. Qu'est-ce que j'ai fait ?

– Plutôt quelque chose que tu n'as pas fait.
– Mais encore ?
– Pourquoi tu t'enfuis avant qu'elles partent ?

Il détourne le regard un instant avant de revenir à moi. Je n'arrive pas à voir si c'est parce qu'il est gêné d'avoir cette conversation avec moi, parce qu'il a honte d'agir ainsi ou s'il y a autre chose. Il ne semble pas fâché, mais j'ai l'impression qu'il cache quelque chose.

– Je ne le fais pas tout le temps.
– Juste quand tu sens que la fille est un pot de colle.
– Ouais, c'est ça.
– Franchement, ça m'est égal, tu fais ce que tu veux… Mais qui est-ce qui tombe dessus ? C'est moi ! Et ça m'énerve. Celle-ci m'a demandé un café.

Cela a pour effet de faire sourire Shane, puis il se met à rire franchement. Je me demande le nombre de filles qu'il a emballées avec ce sourire, parce que, merde, il est craquant. Mais ce n'est pas le sujet. Absolument pas !

– Parce que tu trouves ça drôle ?
– Ouais. Désolé si ça t'ennuie.
– Ça ne m'ennuie pas vraiment, mais je… je me disais que tu pourrais aller chez elles plutôt. Ça m'éviterait de tomber dessus.

Shane pose un regard intense sur moi. C'est comme si je me consumais sur place. Bordel ! Pas étonnant qu'aucune femme ne résiste à ce regard incandescent. Je me lève furieuse. Furieuse de ressentir ça. Je ne devrais pas ressentir ça, je suis avec Adam ! Shane devrait me laisser totalement indifférente. Est-ce qu'il me traiterait de la même manière s'il y avait quelque chose de plus entre nous un jour, quand j'aurai eu le courage de laisser Adam ?

Non mais, ça va pas de te poser ce genre de question !

– Qu'est-ce que tu as ? demande Shane comme s'il avait surpris un changement d'attitude.

– Rien. Je… Tu fais ce que tu veux après tout, mais on est en coloc'. Enfin, ce n'est pas que j'ai mon mot à dire, mais…

Je parle pour ne rien dire, bon sang ! Qu'est-ce qu'il me prend ?

– Tu agis comme si tu sortais de taule. Un mec qui n'a pas eu sa dose pendant des mois !

Je regrette presque aussitôt les paroles qui sont sorties beaucoup plus vite que ma pensée. Il va croire que je l'insulte !

– C'est le cas.

Je reste perplexe. À quelle question répond-il ? La prison ou la période d'abstinence ? Les deux ? S'il avait été en prison, il me l'aurait dit quand même, non ? Et Beth et Eric aussi, je suppose. C'est un truc assez gros pour en parler, non ? Je pourrais lui demander, mais j'ai peur de le vexer et puis il n'a rien d'un ex-taulard.

Décidément, tu débloques complètement, ma pauvre fille !

Shane reste à m'observer. Est-ce qu'il attend que je rebondisse ? Est-ce qu'il attend quelque chose de ma part ? Est-ce qu'il croit que je réagis comme ça parce que je suis jalouse ? Ce n'est pas le cas, pourtant je suis troublée. Par ce qu'il suscite en moi, ce qu'il provoque, les interrogations qui se formulent dans ma tête et qui ne devraient pas. Jamais un homme ne m'avait poussée à me remettre en question, à voir de plus en plus clairement que quelque chose ne va pas avec Adam. Je n'ai jamais voulu faire attention à Shane, mais il est parfois tout ce que j'aimerais qu'Adam soit.

Je lève les yeux sur lui alors qu'il avance doucement vers moi. Je déglutis nerveusement. Il n'a jamais eu une parole ou un geste déplacé, mais j'ai une drôle de sensation en plongeant mon regard dans le sien. Je descends sur son cou, soudainement fascinée par une goutte de sueur qui court sur sa peau pour venir s'écraser sur le col de son tee-shirt.

– Callie, je… commence-t-il en levant une main vers moi.

Je sursaute alors que mon portable se met à sonner. Je tourne rapidement la tête sur le comptoir où je l'ai laissé.

– Je te laisse répondre, murmure-t-il avant de s'éloigner.

Je soupire, cet appel est en fait bienvenu, mais je suis déçue en découvrant qu'il s'agit d'Adam. J'hésite un instant avant de décrocher, mais je ne veux pas prendre le risque de le fâcher, et puis il est peut-être dans un bon jour.

11

Shane

J'ai fait ce que Callie a suggéré. Je suis resté chez la fille plutôt que de la ramener chez nous. Je ne m'étais pas figuré que cela pouvait la déranger, mais j'ai compris le message. Cela n'a rien changé à ma routine, je suis parti faire un footing matinal. C'est le minimum que je dois respecter si je veux évacuer ma frustration et ma tension.

Seulement, pendant toute la séance, la seule femme qui occupe mon esprit est Callie. C'est absolument dégueulasse pour celle que j'ai quittée au matin. Mais ce n'est pas à elle que j'ai pensé en me réveillant, c'est à Callie. J'ai failli craquer quand on a eu cette petite discussion, elle était là, si belle, elle bafouillait, sans doute gênée d'avoir cette conversation avec moi.

Je n'arrive pas à me l'ôter de la tête, elle représente tellement tout ce que j'aime chez une femme. Plus j'apprends à la connaître et plus je m'en rends compte. Alors je sais bien que toutes ces femmes, ce n'est rien de sérieux, ça ne peut pas l'être alors que Callie m'obsède à ce point. Elle me rend dingue et elle ne le sait même pas.

Une fois de retour à la maison, j'enchaîne par une petite séance de musculation dans ma chambre. Ce n'est pas aussi complet qu'une séance dans une vraie salle, mais ça ira pour ce matin. Et puis je finis par une petite douche, mon moment préféré. Je laisse l'eau faire son travail, comptant sur elle pour me détendre. Seulement, dès que je ferme les yeux, le visage de Callie se dessine très clairement. Je soupire de frustration. Je n'ai aucune idée de ce qu'il faut que je fasse pour que cela cesse. Et puis, honnêtement, est-ce que j'en ai vraiment envie ? Je ne sais pas.

Il m'arrive de fantasmer sur elle parce qu'elle me plaît, vraiment. Je sais que ce n'est pas bien, mais tant que cela reste entre moi et moi, il n'y a pas de mal.

Oui, c'est ça ! Dis-toi ça pour te sentir mieux !

Je grogne en finissant de me savonner. Ma main glisse sur mon sexe tendu à cause de mes pensées peu catholiques. Je commence à me caresser en respirant très fort. Visiblement la séance de cette nuit n'a pas suffi. Je pourrais aller au bout, il ne m'en faudrait pas beaucoup, mais je me le refuse. Je m'en veux de penser à Callie dans des circonstances pareilles. Si elle savait…

Je me rince et pose le pied sur le carrelage de la salle de bains, la main tendue prête à saisir ma serviette, quand la porte s'ouvre en grand. Je tombe nez à nez avec Callie qui reste scotchée sur place. Je m'attends à la voir partir en courant, mais elle reste figée. J'ai complètement zappé de fermer la porte à clé. Mais elle a bien dû entendre que j'étais sous l'eau, non ?!

Je récupère ma serviette et me hâte de la nouer autour de ma taille.

– Tu cherches quelque chose ? demandé-je enfin.

– Désolée. Oui, je… je cherche mon collier, souffle-t-elle en n'arrivant pas à me lâcher du regard.

Elle m'a déjà vu torse nu pourtant, c'est ce qui se passe plus bas qui doit la faire bafouiller comme ça.

Putain… Elle ne pouvait pas tomber plus mal. Est-ce qu'elle va deviner ce qui a provoqué mon érection ? La gêne d'avoir été surpris pourrait faire descendre la tension et j'aurais ainsi l'impression de contrôler la situation. Mais ce n'est pas possible quand je la détaille discrètement. Elle porte un petit short et un simple chemisier sans manches dont elle a noué le bas sur son ventre, et bordel, elle est pieds nus ! Qu'est-ce que je suis censé faire ? Je suis dans la salle de bains, elle y entre par erreur, ce n'est pas de ma faute. Et elle reste là au lieu de s'en aller ou juste m'expliquer, histoire qu'on en finisse.

– OK. Il ressemble à quoi ?

Il fait chaud dans la pièce, l'air est humide, pesant, de la buée recouvre le miroir au-dessus du lavabo et la chaleur vient de monter d'un cran parce qu'on se trouve tous les deux dans un espace réduit. Bordel, il ne faudrait pas grand-chose pour que je puisse la toucher, la caresser, l'embrasser. Bon sang, ce que j'en ai envie, mais je prends sur moi, moi qui n'ai jamais été le roi du contrôle. Elle le sait au moins qu'elle me torture, là ?

– C'est… c'est une chaîne en or blanc, avec… bafouille-t-elle. Avec un pendentif en émeraude. Une petite pierre. Je le porte toujours, il appartenait à ma mère, je ne le retrouve pas.

– Ça ? demandé-je en tendant la main sur la tablette au-dessus de l'évier. C'est joli.

Elle hoche la tête sans rien ajouter. J'ouvre le fermoir et tends les bras pour le lui mettre autour du cou. Mon souffle passe près de son oreille, j'ai l'impression d'entendre son cœur s'emballer en réponse au mien. Je recule rapidement parce qu'être si près d'elle n'a pas du tout le bon effet sur moi. Putain ! Je passe une main dans mes cheveux et pivote pour poser mes mains sur le lavabo. Si elles sont occupées ailleurs, je ne serai pas tenté par Callie. Elle recule en manquant de rentrer dans la porte entrouverte. La main sur la poignée, elle me lance un regard gêné.

– Je suis désolée.

– Ce n'est rien.

Je ne la regarde pas en disant ça, je tente de faire baisser la tension, mais c'est dur. Elle claque la porte derrière elle, et à ce moment-là, je peux reprendre mon souffle. Putain, cette fille aura ma mort sur la conscience ! Est-ce que les situations vont se cumuler comme ça ? Si oui, je vais vraiment devoir envisager de partir d'ici parce que je ne supporterai pas ça longtemps. Rêver d'une fille qui n'est pas pour moi, merci.

12

Callie

La porte claque derrière moi et je rejoins ma chambre presque en courant.

J'aurais dû être plus attentive. Je ne sais pas comment j'ai fait pour ne pas me rendre compte qu'il y avait quelqu'un dans la salle de bains. Comment vais-je pouvoir me débarrasser de cette image furtive de Shane nu ? Je presse les paupières, mais ça ne marche pas !

Pourquoi est-ce que ça me perturbe autant ? C'était juste un accident. Je m'en veux d'être troublée par tout ça. Pourquoi est-ce qu'avec Shane c'est différent ? Le fil de mes pensées est interrompu par la sonnerie de mon téléphone.

– Salut.

– Salut, ma puce. Tu viens me rejoindre pour qu'on passe l'aprèm ensemble ?

– Qu'est-ce que tu as prévu ?

– Je dois rejoindre Eddy et Theo.

– Non, hors de question !

– Encore, grogne-t-il, mécontent.

– Ils passent leur temps à fumer leur shit et je n'aime pas la façon dont ils me regardent.

– Tu te fais des idées.

– Non. À chaque fois tu me dis ça, mais je le sais et ça me met mal à l'aise.

– Tu pourrais faire un effort.

– Tu exagères ! J'en fais constamment.

– Pas aujourd'hui, apparemment.

– Tu m'énerves !

– Callie !

– Non, je t'ai dit non. Pour une fois, je vais faire comme je l'entends, et si tu voulais vraiment qu'on passe l'après-midi ensemble, c'est toi qui ferais l'effort au lieu de préférer des potes losers.

Et je lui raccroche au nez ! Non mais, ce n'est pas possible. S'il aime traîner avec des connards, ça le regarde, mais je refuse de le laisser m'entraîner dans ses ténèbres.

Je prends quelques instants pour me ressaisir. Au moins, l'avantage de cette conversation houleuse est qu'elle a fait disparaître mon malaise vis-à-vis de Shane.

N'ayant plus de plans avec Adam, j'accepte volontiers d'aller me balader avec mes amis. Les hommes ont choisi de faire un petit tour en ville. On a pris un café en terrasse. Comme il fait beau et doux, c'est tout naturellement qu'on rejoint la place General Motors pour une petite balade le long des fontaines au bord de la rivière Detroit. Beth et Eric roucoulent de leur côté, alors je me rapproche de Shane pour discuter. En le regardant à la dérobée, je repense à quelque chose qui me perturbe un peu, même si sur le moment je n'ai pas rebondi.

– Dis-moi, quand j'ai parlé des filles et toi, au lendemain… j'ai dit que tu étais comme un mec qui sortait de prison…

– Ouais.

– C'est vrai ?

– Oui.

Je ne m'attendais pas à cette réponse, je ne m'attendais pas à autant de franchise. Je ne peux m'empêcher de m'arrêter net. Un mélange de plusieurs sentiments m'envahit subitement. La colère et la peine qu'on m'ait caché quelque chose comme ça. L'interrogation parce que je me demande pourquoi et si je devrais avoir peur. La stupéfaction parce que j'ai du mal à l'imaginer en prison. La curiosité parce que, même si je redoute d'apprendre la raison de son séjour en taule, j'ai envie de la connaître malgré tout.

Beth n'aurait jamais permis à un homme dangereux de s'installer avec nous. Elle n'est pas irresponsable. Et plus que tout, je ne suis pas naïve. Je vis avec Adam quelque chose de particulier, je sais à quoi ressemble un homme quand il est violent, quand il représente une menace. Même si je n'arrive pas à le quitter pour des raisons qui me sont personnelles, je le connais et je sais quand je dois le laisser se reprendre, avant qu'il aille trop loin. Shane ne m'a jamais inspiré de tels sentiments, de telles craintes.

Je plonge mon regard dans le sien et j'ai l'impression de lire en lui comme si on m'avait livré le décodeur. Il s'attendait probablement à ce que je le questionne un jour. Ma réaction ne semble pas le surprendre. Il en a sûrement l'habitude avec ceux qui sont dans la confidence. Il doit se demander ce que je pense, si je vais changer ma façon d'être avec lui. La vérité, c'est que ça ne change rien. Je n'arrive pas à me l'expliquer, mais peu importe son passé, ce qui compte est l'homme qu'il est aujourd'hui, avec moi, avec nous, dans la maison, au bar, celui que j'apprends à connaître, celui qui s'inquiète pour moi.

– Je comprendrais… commence-t-il. Si tu veux que je parte de la maison ou du bar…

– Quoi ? réagis-je en sortant de ma torpeur. Non, non. Je… Non.

Shane enfonce les mains dans ses poches et la tête dans les épaules. Eric et Beth, qui s'étaient arrêtés un peu plus loin, finissent par faire demi-tour, voyant qu'on ne les suit plus.

– Tu as envie de savoir ? s'enquiert Shane.

– Savoir quoi ?

– Pourquoi, combien de temps. J'imagine que tu te poses cinquante mille questions.

– Je ne sais pas. T'as envie de me le dire ?

Shane me sourit.

– Tu as peur de moi ?

– Non, affirmé-je en secouant la tête.

– Je ne suis pas un vrai criminel. J'ai été impliqué dans une bagarre dans l'ancien bar où je bossais. Une grosse bagarre, ça cognait dans tous les sens. J'y ai pris part, bien entendu. Je n'allais sûrement pas rester là à accepter qu'on m'attaque sans répliquer. Dans la foule, un mec a été salement amoché, je ne sais même pas si j'ai tabassé ce type en particulier. Toujours est-il qu'à un moment donné tout le monde s'est barré, et moi, comme un con, j'étais toujours là.

– Pourquoi avoir pris à la place de quelqu'un d'autre, pour tous les autres ?

– C'est comme ça. On n'était que deux à se défendre, en fait. Un vrai pote serait venu se rendre, m'aurait sauvé la mise, mais visiblement ce n'était pas ce genre de mec. J'étais le coupable tout trouvé, ils n'ont pas cherché quelqu'un d'autre.

– Je suis désolée.

– C'est comme ça. La prison a été une vraie expérience. Je ne suis plus le même à présent. Trois ans, c'est long… Ça change un homme.

– J'apprécie l'homme que tu es devenu.

Il me lance un sourire qui me fend le cœur. Sur une impulsion, je m'empare de sa main et la serre doucement dans la mienne. Petit geste pour donner un peu plus de poids à mes paroles. Je n'ai pas peur de lui et j'ai de la peine pour ce qu'il a vécu.

– Eh bien, qu'est-ce que vous faites ? demande Eric.

– Je lui racontais mon passé de taulard.

– Oh ! s'exclame Beth.

– Pourquoi tu ne m'as rien dit ? demandé-je.

– Je me disais que ce n'était pas vraiment à moi de t'en parler.

– Mon frère est un type bien, renchérit Eric en le prenant par le cou.

– Je sais, réponds-je en lui souriant.

– Tout va bien alors ? demande Beth, soulagée.

– Oui, tout va bien.

– C'est super, s'écrie-t-elle en me prenant dans ses bras.

Eric et Beth reprennent la marche quelques pas devant nous. Shane me donne un petit coup d'épaule comme pour me dire merci. Je lui souris et le lui renvoie.

– Et alors, cette voiture ? demandé-je pour changer de sujet. Tu as regardé ce qu'elle avait ?

– Ouais, je l'ai fait. Le cardan et la rotule avant droit étaient foutus. J'ai commandé les pièces. D'ailleurs, je ne devrais pas tarder à les recevoir.

– Tu vois ?! Je te l'avais bien dit ! m'exclamé-je, tout sourire.

– Oui, c'était ce que je pensais aussi. Je suis vraiment intrigué, Callie. Jamais une fille ne m'avait fait le coup de « Je m'y connais en mécanique ».

– Eh bien, je suis contente de pouvoir te surprendre alors ! dis-je en lui faisant un clin d'œil.

J'aime cette idée, surprendre en bien quelqu'un est toujours agréable.

Le soir même, on commande des pizzas. L'ambiance monte doucement, et puis au fur et à mesure que les mecs descendent les bières, on a le droit à quelques détails assez amusants sur leur enfance. Leur sœur Lexi n'est pas épargnée. La pauvre, je suis sûre que ses oreilles sifflent ! En milieu de soirée, c'est comme si Eric se rendait soudainement compte de la présence de Beth, il lui saute dessus sans aucune pudeur. Beth tente bien de le repousser, hilare, mais Eric est surexcité. Il lui murmure quelque chose à l'oreille et ma meilleure amie vire au rouge pivoine, lui répond à son tour tout bas, et là, il se redresse à la vitesse de l'éclair et la tire par le bras pour la relever du canapé.

– À demain, les copains ! s'exclame-t-il avant de disparaître en soulevant mon amie.

– Bonne soirée ! rit Beth.

– On dirait qu'il y en a deux qui vont bien s'amuser, dit Shane en finissant sa bière.

– Oui, réponds-je en sentant le rouge me monter aux joues.

Cette relation me fait terriblement envie. Je ne ris jamais avec Adam. En réfléchissant bien, je ne fais quasiment qu'une seule chose avec lui et c'est quand il a envie. Pour chasser ma peine, je récupère une autre bière et m'enfonce dans le canapé. Shane se penche en avant pour prendre une part de pizza, elle doit être quasiment froide depuis le temps, mais ça n'a pas l'air de le déranger. Il a les coudes posés sur ses genoux et les yeux rivés sur la télé. Les mecs ont décidé de la chaîne et ils ont choisi un match de boxe.

Peu intéressée par le déroulement de l'affrontement, je

me mets à imaginer Shane en train de combattre, parce que je suis persuadée qu'il sait faire ça. Il doit être doué d'ailleurs. Son biceps se contracte à chaque fois qu'il porte la pizza à sa bouche. Adam est légèrement musclé, mais pas autant. Je me demande quel effet cela fait de caresser un muscle comme ça. En plus, sa peau a l'air d'une douceur incroyable, j'adore sa couleur, légèrement tannée. Je me remémore la scène quand il sortait de la douche. J'avais beaucoup apprécié le spectacle, sans parler de la séquence quand il faisait ses exercices, ce n'était qu'un avant-goût avant la douche. Bordel de merde !

Je suis prise en flagrant délit quand Shane tourne la tête vers moi. Il hausse un sourcil en esquissant un petit sourire en coin.

– Pourquoi tu me regardes comme ça ?

– Je ne te regarde pas.

– Menteuse. Ton regard pèse une tonne.

Je sais ce que je viens de lui dire, pourtant je continue de le fixer alors qu'il jette sur la table basse la serviette en papier avec laquelle il vient d'essuyer ses doigts.

– Est-ce que tout va bien entre nous ? murmure-t-il.

– Bien sûr.

– Tu es sûre ? Je comprendrais si tu avais peur.

– Je n'ai pas peur de toi, Shane.

– Tu as des questions ?

– Tu as envie que je t'en pose ?

– Pas spécialement. Mais si tu ressens le besoin de savoir, vas-y, demande-moi.

– Je ne le ferai pas. On a chacun notre passé, des choses qu'on préfère taire parce qu'elles n'apportent rien de bon.

– Tu parles par expérience.

Je lui souris doucement en guise de réponse.

– Ma seule interrogation est de savoir pourquoi tu ne m'en as pas parlé plus tôt. Dès le départ.

– Comme je te l'ai dit, j'ai changé en trois ans et je sais que je ne suis plus le même homme. J'avais juste envie que tu voies en moi ce que je suis maintenant et non pas qui j'étais à l'époque où ça a dérapé. Je n'avais pas envie d'être jugé, catalogué. Tu m'en veux ?

– Non. Je comprends ta démarche et je ne peux pas te dire comment j'aurais réagi si j'avais su dès le départ. J'aurais peut-être été un peu plus sur mes gardes, mais j'aurais rapidement appris à te connaître et la suite aurait été la même. Tu es quelqu'un que j'apprécie énormément, et non, je n'ai pas peur quand je suis avec toi.

Il me lance un regard rempli de gratitude et mon cœur se serre. Il y a tellement d'autres choses que j'aimerais lui dire ! Alors je mordille ma lèvre. Mélange de nervosité et de réflexion.

– Tu vas te faire mal.

Du pouce, il libère la lèvre coincée entre mes dents. Alors qu'il devrait relâcher mon visage, il laisse sa main sur ma joue. Mon corps se fige et ma respiration cesse d'un coup. De l'extérieur je parais calme, mais à l'intérieur c'est un tourbillon émotionnel. Mon cœur s'emballe et j'en ai même des frissons. Sa peau est chaude et tellement agréable. Je ne devrais pas avoir toutes ces pensées, pourtant elles sont là. J'ai envie de prolonger ce moment, j'ai envie de découvrir comment Shane est dans l'intimité. J'aimerais goûter ses lèvres, caresser sa peau. Mais je n'en ai pas le droit. Est-ce que ça fait de moi une horrible personne d'avoir de telles envies envers un autre homme ? Sans doute. N'est-ce pas un signe supplémentaire qui me prouve que ma relation avec Adam est condamnée ?

Au moment où je déglutis nerveusement, il laisse tomber sa main.

– Désolé, marmonne-t-il.

Sur une impulsion, je dépose un baiser sur sa joue.

– Merci, lui murmuré-je à l'oreille.

– De quoi ?

– D'être là.

Il me lance un grand sourire et je finis ma bière d'une traite. Si Adam savait ce qui se passe dans ma tête… Mon Dieu, je n'ose même pas imaginer.

Mon cœur bat toujours fortement dans ma poitrine. Tous ces sentiments qui se bousculent en moi, toutes les sensations que j'éprouve quand je suis avec Shane me font prendre conscience de quelque chose. Je ne suis plus heureuse avec Adam depuis un moment et je ne le serai plus jamais. À chaque fois qu'on se remet d'un orage, je me dis qu'on a une nouvelle chance de faire mieux, mais jamais ça n'arrive. Je me bats contre un moulin à vent, nous sommes une cause perdue. Je m'en rends compte, cela me frappe de plein fouet. Pourquoi est-ce que j'essaie de me convaincre du contraire ? Je perds mon temps avec lui et je joue avec ma vie aussi.

– Je vais aller me coucher, dis-je en me tournant vers Shane.

– OK. Bonne nuit, alors.

– Merci, toi aussi.

Je mets un certain temps avant de trouver le sommeil. Je sais que c'est mal, mais je ne cesse de penser à Shane. Shane et son corps musclé, sa peau hâlée. Shane et ses grandes mains que j'imagine sur mon corps. Shane et ses lèvres pleines que je vois très nettement posées sur les miennes. Shane et ses fossettes quand il rit. Je me remémore encore la sensation de sa peau sur la mienne quand il a libéré ma lèvre. Quelque chose de sensuel se dégage de lui, il ne fait rien pour ça, mais je le remarque à chaque fois.

Je sens le désir grimper en moi. Adam ne me fait plus cet effet depuis longtemps maintenant. Je me sens vraiment mal de penser de telles choses, mais après tout, tout se passe dans ma tête. Personne ne peut savoir. On ne peut pas lire à travers moi. Si ?

***

Le lendemain, je me lève de bonne humeur, je me sens bien. Je n'ai pas rêvé d'Adam en train de me malmener ou de m'humilier. Je vais profiter de ma seconde journée et soirée de repos pour… ne rien faire. Ce n'est pas mal comme programme.

En ouvrant la porte de ma chambre, je trouve une maison bien silencieuse. Beth doit être partie pour sa matinée de cours, elle doit ensuite rejoindre Eric. Shane est sans doute parti courir. Ça ne me dérange pas, j'aime être seule parfois. Je retourne dans ma chambre, récupère un livre et descends en sautillant vers la cuisine. Je me fais couler un café et récupère une boîte de biscuits dans le placard. La bonne odeur se répand rapidement dans la pièce et vient chatouiller mes narines. Cela me donne faim. Tout en versant le café dans une tasse, je croque dans un cookie. Je ne me rappelle plus la dernière fois où je me suis sentie aussi bien, apaisée. Ça fait longtemps.

Je m'installe sur un tabouret du bar, ouvre mon livre et commence un nouveau chapitre tout en sirotant mon café. Je suis interrompue par la sonnerie de mon téléphone posé sur le comptoir. Je regarde l'écran et suis soulagée en découvrant qu'il s'agit de Morgan. Je descends du siège et décroche.

– Salut, ma belle, dit-il de sa voix rocailleuse. J'appelle pour prendre des nouvelles, comme on ne s'est pas vus la semaine dernière. Je ne te dérange pas ?

– Non, non, pas du tout. Ça me fait plaisir que tu appelles. C'est une bonne journée et un coup de fil de toi est toujours bienvenu.

Je commence à faire les cent pas dans le salon comme souvent quand je suis au téléphone. Cela fait cinq ans que je connais Morgan. J'adore cet homme, qui m'a sauvée de bien des manières.

– C'est une belle journée ? Est-ce que ça veut dire que tu t'es débarrassé de ce connard ? demande-t-il, cinglant.

– Non, toujours pas.

Je ne suis pas vexée qu'il s'exprime de manière si franche. Morgan n'aime pas Adam et il ne me l'a jamais caché. Cela fait un bout de temps qu'il essaie de me convaincre de rompre avec lui, mais jusqu'à maintenant je ne l'ai jamais envisagé. On ne s'est jamais disputés à ce sujet, mais disons que cela donne généralement des discussions un peu houleuses.

– Bon sang, Callie, je te jure, je n'appelais pas pour parler de ça, mais…

– Oui, je sais que je devrais le faire, le coupé-je. J'y songe de plus en plus.

– Bon, le fait que tu y songes, c'est déjà bien. Très bien même. C'est que ça ne va pas tarder. Tu sais que tu serais bien mieux sans lui, hein ?

– Oui, c'est sûr, dis-je en me laissant tomber dans le canapé. Je sais, mais ça ne rend pas la chose à faire plus facile.

– T'es toute seule ? demande-t-il, curieux.

– Oui. Ils sont tous sortis.

– En tout cas, tu sais que si tu as besoin, je suis là. Même pour aller le voir.

– Je sais tout ça.

– T'es sûre de le savoir ?

– Oui. Beth m'a proposé la même chose.

– C'est normal, c'est parce qu'on tient à toi. *Je* tiens à toi.

– C'est vraiment gentil. Tu es adorable.

– Ce n'est pas le tout que je sois adorable, il faut que le résultat soit là. J'ai réussi la première partie de ma mission. Maintenant, il faut que j'arrive à te sortir des griffes d'Adam.

– Oui, je sais. Il me faut encore un jour ou deux.

– Pour faire quoi ? Le résultat sera le même. Tu repousses ça depuis trop longtemps.

J'ai l'impression d'être face à un professeur qui me sermonne. Morgan n'a pourtant rien d'un vieil enseignant aux cheveux fous et à petites lunettes.

– Je dois réfléchir…

– À quoi ? demande-t-il gentiment.

– Eh bien, à la façon de faire, quoi dire. J'aimerais éviter autant que possible qu'il se mette en colère.

– Tu sais bien que ça arrivera. Il n'acceptera jamais. Mais tu dois le faire pour toi. Pour ton bien-être, ton bonheur.

Je sais qu'il a raison, comme souvent. Je suis interrompue par Shane qui rentre, légèrement essoufflé. Il me salue de la main sans rien dire quand il voit que je suis au téléphone et va directement à la cuisine. Je l'entends ouvrir le frigo et dévisser le bouchon d'une bouteille d'eau, sans doute.

– On se voit la semaine prochaine ? murmuré-je.

– Pourquoi tu parles tout bas d'un coup ? Quelqu'un vient de rentrer ?

– Oui. Alors ? On se voit ? redemandé-je.

– Tu es sûre que ça va ?

– Oui. C'est juste que je… j'en ai besoin.

– Je te le redis : surtout si tu as un problème, n'importe quoi, tu m'appelles, même juste pour parler. N'importe quand, à n'importe quelle heure.

– Oui, bien sûr. Je vais te laisser.

– OK, prends soin de toi, Callie. On se voit vite.

– D'accord. Merci d'avoir appelé.

– De rien, c'est normal. Bonne journée. Bye.

– À toi aussi. Bye.

Je raccroche et respire un bon coup. J'ai pris ma décision pour diverses raisons, dont certaines qui se sont imposées à moi récemment, mais ce n'est pas pour autant si simple.

La voix de Shane me fait sursauter. Il tient mon livre et je me sens rougir alors qu'il lit un passage de sa voix grave et sensuelle. J'ai l'impression qu'un chanteur est en train de me lire une chanson d'amour, de sexe.

– « *Il écarta mes cheveux et laissa courir sa bouche sur mon cou, puis d'une épaule à l'autre, et défit mon soutien-gorge au passage. La douceur tiède de ses lèvres était trop agréable pour lui demander d'arrêter. Un léger gémissement monta de sa gorge quand il se plaqua contre mes fesses, et je sentis à quel point il me désirait*[1]. »

– Ça suffit ! m'exclamé-je, en me redressant, honteuse et furieuse à la fois. Rends-moi ça !

---

1. Jamie McGuire, *Beautiful Disaster*.

Je ne pourrais me sentir plus mal à l'aise. C'est presque comme s'il venait de lire mon journal intime ! Shane sourit, amusé, et lève le bras en l'air, m'empêchant de récupérer mon bien. Je sautille pour tenter d'attraper le bouquin, mais Shane est plus grand que moi, c'est peine perdue. Je me sens complètement ridicule.

– S'il te plaît ! le supplié-je.

– Tiens, fait-il en cédant.

Il le retient un instant pour attirer mon attention avant de le lâcher. Dans son regard, je ne vois pas de moquerie, seulement de la curiosité et peut-être une pointe d'inquiétude. Je me demande bien comment il en vient à ressentir ça pour moi simplement en lisant un passage dans un bouquin.

– Pourquoi tu lis des trucs comme ça ?

– Ne te fous pas de moi !

– Je ne me moque pas de toi, c'est juste que je ne comprends pas pourquoi.

Je secoue la tête, je ne vois pas où il veut en venir.

– C'est juste que… Ne le prends pas mal, mais tu ne me sembles pas être le genre de personnes à avoir des soucis de ce côté-là. Qu'est-ce que ça t'apporte des bouquins comme ça ?

– Ça n'a rien à voir avec ça ! m'insurgé-je. Et c'est plutôt hypocrite de ta part.

– Ah ouais, pourquoi ça ? demande-t-il en fronçant les sourcils.

– Tu n'as pas l'air d'être le genre de personnes à avoir un problème de ce côté-là non plus et pourtant je suis sûre que tu as déjà regardé des pornos. Non ?

Je cherche à le déstabiliser, il n'y a pas de raison que je sois la seule à pâtir de la situation.

– Peut-être, mais là, on ne parle pas de moi. Alors pourquoi ?

Sa voix est d'une douceur sincère qui me surprend un peu. Je me demande si je peux aller au bout et m'expliquer honnêtement. Son expression est paisible, il s'intéresse réellement à moi.

– Qu'est-ce que ça peut bien te faire ?

– Je suis curieux, c'est tout, dit-il en plongeant ses yeux dans les miens.

Je décide de me lancer, je n'ai rien à craindre.

– J'aime ces histoires, car ça me donne une idée de ce que peut être une relation, tu vois ? Ce genre où les deux personnes s'aiment. La passion, le désir, l'envie de protéger l'autre. Bien sûr, c'est compliqué parfois, mais au final, ils sont faits l'un pour l'autre. Chacun ferait n'importe quoi pour l'autre. Parce que malgré tout, je suis une romantique. J'aime à croire que l'amour, le vrai, existe. J'aime les chansons aux paroles profondes, les films puissants, qui me font pleurer, me donnent le frisson. J'ai… Tu dois me trouver ridicule, hein ?

– Non, pas du tout.

Je sonde son regard pour voir s'il dit vrai et j'ai la sensation que oui. Il esquisse un léger sourire qui bizarrement me rassure instantanément et me pousse à continuer.

– Bref, je… C'est sûr que ce ne sont que des livres. En fait, pas besoin d'aller bien loin, il n'y a qu'à voir la relation d'Eric et Beth.

– Je ne comprends pas. T'es en train de me dire que ta relation avec Adam ne te convient pas, alors ? Je vois bien quel genre de type c'est. Pourquoi tu restes avec lui ? Si t'as envie d'avoir un jour une relation comme celle-là, dit-il en posant son doigt sur la couverture du livre, tu n'as qu'une chose à faire.

– Parce que tu crois que c'est facile, hein ? Tu ne sais rien du tout.

– Ne t'énerve pas, Callie. Je suis désolé. Je me mêle de ce qui ne me regarde pas.

– Exactement.

– Tu mérites mieux que lui, c'est tout, affirme-t-il.

Je préfère ne pas relever. Si je lui disais que je suis convaincue de n'avoir que ce que je mérite, il ne comprendrait pas.

– Tous les types ne sont pas des salauds, murmure-t-il à mon oreille avant de quitter la cuisine.

Je suis chamboulée par cette dernière phrase. J'entends encore sa voix suave quand il lisait ce passage du livre. Mon Dieu, que c'était sexy. C'est plus d'ailleurs pour les sensations qu'il faisait naître en moi, que pour la gêne ressentie, que je lui ai demandé d'arrêter ça tout de suite.

Mes pensées sont stoppées par Eric et Beth qui rentrent bruyamment.

– C'est faux ! hurle Beth.

– Ce n'est pas de ma faute, enfin ! supplie Eric.

– Je ne veux pas le savoir. Je n'ai pas supporté ce que j'ai vu ! Bordel ! Tu ferais quoi, toi ? crie-t-elle.

– Probablement pareil, admet-il, l'air penaud.

Je les regarde, stupéfaite. Les disputes entre eux sont rares. À vrai dire, je n'ai pas le souvenir d'avoir jamais assisté à une, ou du moins pas si virulente.

– Je n'y crois pas ! Ça fait trois ans quand même ! Tu te la gardais sous le coude au cas où ? lâche-t-elle, mauvaise.

Oh là là ! Beth est vraiment remontée. Je ne l'ai jamais vue comme ça. Les cris interpellent Shane qui redescend voir ce qui se passe. Il n'a visiblement pas eu le temps d'attraper un tee-shirt en sortant de la douche.

– Non mais, ça ne va pas ? Tu te rends compte de ce que tu dis ? Comment tu peux me sortir un truc pareil ? C'est ça que tu penses de moi ? demande Eric, blessé.

– Qu'est-ce qui se passe ? demande Shane en faisant un pas vers son frère.

– Voilà ce qui se passe ! intervient Beth, toujours aussi en colère. On est tranquillement en train de se balader, main dans la main en plus. Et là, une grande rousse fonce sur lui et l'enlace devant moi, comme si je n'étais pas là. Et ce con ne la repousse même pas !

– Erica ? demande Shane en écarquillant les yeux.

– Parce que tu la connais aussi ?! C'est la meilleure, s'exclame-t-elle en croisant les bras.

– Ouais, je la connais. Elle est sortie avec moi, avant de craquer sur mon frère, explique Shane en riant.

– Formidable. Parce que ça te fait rire ?! s'insurge-t-elle. Va la rejoindre aussi si tu veux !

– Putain, Beth ! Arrête deux secondes. Je n'ai aucune intention d'aller la rejoindre. Ça ne va pas, non ! s'exclame Eric.

– Tu n'avais pas l'air si perturbé que ça par vos retrouvailles !

– J'ai été surpris, c'est tout. Pourquoi tu réagis comme ça ?

– Pourquoi ?! Ça va faire trois ans qu'on est ensemble et elle débarque comme ça, te prend dans ses bras, et moi, je suis comme transparente. Elle ne sait même pas qui je suis.

– Pourquoi j'aurais été lui dire quoi que ce soit à propos de toi ? Ça fait une éternité que je ne l'ai pas vue, j'ai perdu tout contact avec elle. Shane aussi, d'ailleurs. Depuis trois ans, il n'y a que toi. Pourquoi je serais allé chercher mes ex pour leur dire ça ?! C'est nul. Franchement Beth, là, je… je ne sais pas quoi faire ou dire. Tu as des ex aussi. Ils sont tous au courant que tu es avec quelqu'un ?

Shane pose un bras sur les épaules de son frère et l'attire sur la terrasse pour prendre l'air. J'ose seulement maintenant faire un pas vers mon amie.

– Beth ? demandé-je alors que celle-ci fixe la baie vitrée. Si tu me disais pourquoi tu réagis comme ça ?

– Ça me paraît évident, non ?

– Non, pas vraiment. On sait tous qu'Eric est fou de toi. Si tu savais à quel point j'envie votre relation. Elle est magnifique. Tu n'as jamais été jalouse. Pourquoi maintenant, subitement, avec cette fille ?

J'ai le sentiment que je vais bientôt connaître la vraie raison de ce scandale. Je l'invite à s'asseoir sur le canapé avec moi. Après une minute ou deux, Beth relève enfin la tête, et les yeux dans le vague, elle m'explique.

– Parce que justement, c'est cette fille. Ils sont sortis ensemble, ils ont fait l'amour, se sont aimés. Elle l'a touché avant moi. Tu la verrais, putain ! Je suis si quelconque à côté. Les voir ensemble, ça m'a tuée… J'ai été prise de doutes comme ça subitement, alors que je ne me suis jamais posé de questions. Ça a toujours été facile, simple, pas besoin de tout ça avec lui. Mais là, quand je l'ai vu à côté de cette fille, je me suis demandé pourquoi il était avec moi, pourquoi préférer ça, fait-elle en désignant son corps, dans une grimace, à l'autre plantureuse. J'ai eu peur pour la première fois en trois ans. Peur de le perdre. J'ai été conne de croire que c'était acquis, lui et moi.

– Beth, enfin ! Eric t'aime. Ce n'est sûrement pas une ex, aussi canon soit-elle, qui changera ça. Tu le connais, enfin.

– Oui, mais… je ne sais pas. C'était comme plus fort que moi.

– Je sais bien, j'imagine. Mais tu sais, la vie est faite de tentations. Je suis sûre qu'Eric doit penser comme toi par moments. Il est beau, je te l'accorde, vraiment beau, mais bon… Il y en a d'autres aussi beaux. Prends Shane, par exemple.

Ouais, forcément, c'est le premier qui me vient à l'esprit. J'ai l'impression de me griller auprès de Beth, mais elle ne semble pas y prêter attention.

– Ah, ouais ? Je n'ai pas vu… marmonne-t-elle en reniflant.

– Beth ? fait une voix grave derrière nous.

On se retourne alors qu'Eric s'approche de Beth. Son expression est torturée, il semble vraiment atteint par cette crise. Ils sont fous l'un de l'autre, alors je peux comprendre pourquoi. Beth lève sur lui des yeux brouillés par les larmes et laisse échapper un sanglot. Elle souffre, mais je sais qu'Eric va la rassurer avec un regard et des mots doux, maintenant que la colère a fait place à la peine.

– Je t'aime, bébé. Toutes les Erica du monde n'y changeront rien. Je pensais que tu le savais, pourtant.

– Je pensais le savoir, fait Beth alors que je libère la place pour Eric. J'ai eu peur, je ne pouvais pas contrôler mes réactions. C'était plus fort que moi.

– Oui, j'ai tout entendu. J'ai compris. Chaque fois qu'une de mes ex surgira comme ça, tu auras le droit de réagir comme tu veux, à une seule condition.

– Laquelle ?

– Qu'on se réconcilie comme ça. Toi me disant la vérité, tes peurs, tes craintes, et moi te réconfortant, te disant que je t'aime et que tu es tout pour moi.

Beth hoche la tête et se réfugie dans les bras d'Eric. Je les regarde, les yeux humides de larmes. Je ne sais pas ce que je ferais si je voyais ces deux-là se séparer.

***

Pour célébrer leur réconciliation, les deux amoureux ont décidé de sortir faire la fête et de nous entraîner Shane et moi. Impossible de dire non !

Je mets un certain temps à trouver ce que je vais porter. Ce n'est qu'une simple soirée entre amis, je ne cherche pas à plaire, je n'ai personne à séduire, malgré tout je veux faire un effort. Après dix bonnes minutes, je sors enfin ce que je pense être la petite robe parfaite. La coupe est classique, la longueur s'arrête juste au-dessus du genou. Le tissu est léger, l'encolure dégagée, mais pas trop, les bordures et les bretelles sont ornées de perles fantaisie. Le seul truc qui donne un côté sexy à la robe est le dos à grand décolleté, retenu par de fines bretelles. La vue sur ma chute des reins est imprenable, mais je l'adore.

J'opte pour un maquillage *nude*, un ou deux bijoux colorés, rien de plus. Je relève mes cheveux dans un chignon flou et enfile ma paire d'escarpins fétiches. Je suis prête. Je prends ma veste noire, un petit sac et rejoins les autres en bas. Eric vient juste d'arriver, frais et pimpant, beau pour sa chérie. Il est habillé d'un pantalon noir, d'une simple chemise blanche à revers gris. Il est parfaitement assorti à Beth qui a dégoté une très jolie robe noire près du corps. Elle a rehaussé l'ensemble de rouge en mettant un rouge à lèvres carmin, du vernis assorti et des boucles d'oreilles rouge cerise, sans oublier les escarpins à talons hauts, rouges aussi. Ils sont beaux tous les deux.

– Toujours la dernière ! s'exclame Beth alors que je descends l'ultime marche.

– Ouais, désolée. J'ai eu du mal à me décider.

Shane me lance un sourire et suit Eric et Beth qui sortent en premier. Je clos la marche et ferme la porte à clé. J'ai eu le temps d'observer Shane. Lui aussi a fait un effort pour ce soir. Un pantalon bleu nuit, une chemise assortie. Et mon Dieu, son parfum. Je l'adore. Je me demande si je ne fais pas une erreur en sortant avec eux ce soir. Je déglutis nerveusement à cette réflexion.

Les hommes se sont installés à l'avant, je m'assieds donc à l'arrière avec Beth. Eric s'est désigné conducteur pour la soirée. Après une vingtaine de minutes de route, Eric s'arrête devant un petit restaurant italien où nous allons souvent dîner. J'adore cet endroit. Le proprio nous accueille chaleureusement et nous trouve une table au fond de la salle. J'attends d'être assise avant d'enlever ma veste. Le serveur apporte rapidement les cartes et Eric commande une bouteille de vin rouge.

L'ambiance est excellente, Beth nous parle de ses cours avec passion. Elle est actuellement en recherche de stage et elle espère pouvoir retourner à l'Institut d'Arts de Detroit. Eric nous parle dans les grandes lignes des quelques dossiers sur lesquels il bosse, mais secret professionnel oblige, il reste assez vague. En ce qui concerne Shane et moi, nous n'avons pas grand-chose à raconter. Il ne s'est rien passé de très passionnant récemment au bar.

La deuxième bouteille vient d'être ouverte et je m'en sers immédiatement un verre. Je me sens bien, je veux lâcher prise ce soir, ne plus penser à Adam, à la douleur que je ressens auprès de lui. Ce soir, je suis heureuse avec mes amis. J'ai d'ailleurs laissé volontairement mon portable à la maison, histoire d'être sûre qu'Adam ne me harcèle pas parce qu'il va probablement chercher à savoir où je suis.

Tant pis pour lui !

13

Shane

Les joues de Callie ont rougi, l'effet bonne mine ne la quittera probablement pas de la soirée. J'ai beau lutter, mon regard est constamment attiré par elle. Cela fait plaisir de la voir comme ça, joyeuse, riant à tout. J'adore son rire, si communicatif. Et sa façon si sexy de manger, de lécher sa fourchette avant de reprendre une bouchée. Putain ! J'hallucine. Est-ce qu'elle a conscience de ce qu'elle fait ? Merde à la fin, cette fille est si…

Je secoue légèrement la tête, espérant chasser les pensées qui envahissent mon esprit. Des pensées pas très catholiques pour la plupart. J'imagine sa langue parcourir mon torse, lécher mon cou pour venir trouver ma bouche ou bien même descendre un peu plus bas…

Putain !

Je tousse, déglutis et finis mon verre d'une traite. Il faut que je me calme. Mais cela demande une maîtrise de soi que je ne suis pas sûr de posséder. Je n'ai jamais vu une femme si… tout, en fait. Je suis attentif à la moindre chose, je trouve tout attirant, excitant. Même le pire défaut chez elle serait sexy, j'en suis sûr. Je suis à fond sur elle, et bordel, ça me tue, parce que je n'ai pas le droit ! À cause de ce connard !

Après les cafés, on se lève avec Eric pour aller régler l'addition.

– Attends ! Tiens pour ma part, dit Callie en me tendant un billet de cinquante.

– Non, je t'invite, fais-je en toute désinvolture.

– Oh, non, non.

– Si, ça me fait plaisir, insisté-je.

– Merci, répond-elle en me lançant un grand sourire.

Les filles restent un peu à papoter tandis qu'on règle la note auprès de l'hôtesse à l'accueil. Au moment où je me retourne vers notre table, je vois Callie se relever, me tourner le dos pour récupérer sa veste. Et là, mon souffle se coupe.

Putain !

Je trouvais la robe un peu trop sage à mon goût, mais c'est parce que je ne l'avais pas encore vue de dos.

Bordel !

Ce décolleté de malade. Elle est sexy. Ce dos nu suppose qu'elle ne porte pas de soutien-gorge, et cette chute de reins… Merde. Je sens le désir grimper en moi, incontrôlable.

– Ça va, mec ? demande Eric.

– Ouais, marmonné-je en toussotant légèrement.

Les filles nous rejoignent, le sourire aux lèvres, et on regagne la voiture.

Cette fois-ci, je suis installé à l'arrière avec Callie et je ne peux m'ôter de la tête l'image d'elle de dos. Je gigote sur la banquette arrière, baisse un peu la vitre, j'ai besoin d'air frais.

Le parking du club n'est pas encore complètement envahi, mais Eric est quand même obligé de se garer à plusieurs mètres de l'entrée. Beth s'agrippe immédiatement à son bras pour ne pas trébucher. Le sol n'est pas bitumé, il est fait de poussière et cailloux, pas vraiment l'idéal pour marcher en talons hauts. J'observe la réaction de Beth et me tourne vers Callie qui fixe avec attention le sol pour ne pas tomber. Je m'approche d'elle et m'empare de sa main, que je pose sur mon avant-bras. Elle se laisse faire et me murmure un merci dans un sourire. Je voulais seulement être galant, mais cela n'arrange pas mes affaires ! Elle est tellement belle, douce et gentille. Je suis dans la merde, aucun doute.

Nous entrons sans problème. Je suppose qu'ils sont déjà venus un certain nombre de fois, car le videur semble les reconnaître. Nous déposons nos affaires au vestiaire et je retiens mon souffle alors que j'avance derrière Callie. Sa démarche, son déhanchement, la chute de ses reins, sa peau, je ne sais pas si je tiendrai toute la soirée sans lui sauter dessus, peu importe l'existence d'Adam, peu importe la ligne de conduite que je m'efforce de respecter.

Merde, je pense vraiment à lui sauter dessus ? Il faut que je me ressaisisse !

Alors qu'on s'installe sur une banquette pas très loin de la piste de danse, je m'excuse pour aller aux toilettes. Là-bas, je me passe le visage sous l'eau, une fois, deux fois, puis une troisième fois. Je dois faire retomber l'excitation que cette fille provoque en moi. Après cinq bonnes minutes, je retourne à ma place. Eric a déjà passé commande, il me connaît assez pour savoir ce que je veux. Une bière fraîche m'attend donc sur la table basse. Les filles ont commandé deux margaritas. Callie est toujours aussi joyeuse. Eric ne prendra rien, le verre de vin du resto lui suffit pour la soirée.

Après avoir terminé leur premier cocktail, les filles se dirigent gaiement vers la piste de danse. Mon frère et moi préférons pour le moment rester assis. Si j'avais réussi à me calmer un peu, je sais que c'est peine perdue quand je regarde Callie aller danser. Et maintenant qu'elle a commencé à remuer son corps au rythme de la musique, je sais que je ne gagnerai pas la partie. En fait, je l'ai perdue depuis un moment.

– Qui tu regardes comme ça ? demande mon frère.

– Personne.

– Ne t'aventure pas par là, frérot.

– C'est trop tard, marmonné-je en prenant une gorgée.

– J'imagine que c'est difficile de faire autrement, concède-t-il en jetant un œil à la piste. Mais… Callie est compliquée. Et puis, il y a Adam.

– Ouais, j'avais noté, merci, réponds-je un peu sèchement. Tu crois que c'est facile ? Putain, mais regarde-la ! J'essaie vraiment. J'ai vu plus d'une fille depuis que je suis sorti… Mais je ne sais pas… La voir tous les jours… On se rapproche forcément et elle… elle m'intrigue. C'est presque comme si je ne pouvais pas me maîtriser quand elle est à mes côtés. Elle est… sexy, quoi qu'elle fasse, quoi qu'elle dise.

Mon frère hausse un sourcil, surpris de m'entendre parler de cette façon d'une femme.

– On sait tous qu'elle vit quelque chose de difficile et compliqué avec Adam. Mais c'est comme si elle était constamment happée. Je pense qu'elle le sait, mais qu'elle ne peut pas faire autrement.

– Ouais. Ce qui me tue, c'est qu'elle n'est pas heureuse avec lui. Et je…

– Je sais. Beth m'en parle parfois. Elle sait que Callie ne veut pas trop que ça se sache, mais c'est parfois trop pour Beth. C'est elle qui la ramasse à la petite cuillère à chaque fois. Je ne sais pas pourquoi elle s'entête à rester avec un type comme lui. Ça va bien au-delà de l'amour. Je ne suis même pas sûr qu'il y en ait encore.

Je dirais plus qu'elle le craint. Enfin, je n'en sais rien, je ne suis pas dans sa relation, se reprend-il.

Je ne relève pas et me contente de fixer à nouveau les filles qui dansent sans se préoccuper le moins du monde des gens autour. Je finis ma bière et constate que des mecs commencent à danser de plus en plus près d'elles.

– Il est temps de montrer que cette nana est à moi, siffle Eric entre ses dents alors qu'un grand blond commence à faire du collé-serré avec Beth.

Je pose mon verre vide sur la table et le suis vers la piste. Je le regarde marquer son territoire, prendre Beth par la taille, l'attirer vers lui et l'embrasser dans le cou. Le grand blond fait immédiatement marche arrière.

Callie, quant à elle, semble avoir été prise pour cible par un Black plutôt beau gosse, athlétique. Je reste près de mon frère et de Beth, sans pour autant m'approcher de Callie. Après tout, ce n'est pas ma copine, je n'ai pas à la libérer de qui que ce soit. Et puis, on ne dirait pas qu'elle lui porte un quelconque intérêt, elle danse, c'est tout.

Mais je ne peux m'empêcher de la regarder intensément. On se dévisage, je remarque ses pupilles qui brillent, son sourire charmeur. Son attention vers moi est détournée par le fameux Black qui passe à l'action. Je sens une pointe de jalousie monter en moi, mais je dois la faire taire. Une jolie blonde se place devant moi, m'apportant une distraction bienvenue. Je réponds à son sourire et entame une danse avec elle. Mais rapidement, mon attention se reporte sur Callie. Le dragueur qui la colle ne l'intéresse absolument pas. Elle me regarde. Elle me sourit et me fixe en mordant sa lèvre. Elle continue de danser, le type derrière elle, mais j'ai l'impression qu'elle le fait pour moi. Et bordel ! Son corps qui bouge en rythme… Je sens le désir et l'excitation revenir et grimper en flèche.

Putain ! Qu'est-ce qu'elle danse bien, qu'est-ce qu'elle est belle ! Son corps ondule avec grâce, d'une main elle joue avec les quelques mèches de cheveux qui se sont échappées de son chignon, de l'autre, elle caresse sa cuisse et fait légèrement remonter sa robe. Oh, putain de bordel de merde ! Je suis dans de beaux draps.

Et là, stupéfait, je la vois abandonner le mec et venir droit vers moi. La jolie fille qui me colle semble vexée par cette intrusion, mais tourne tout de même les talons sans faire de crise. Je décoche mon plus beau sourire à Callie. Elle se met sur la pointe des pieds et se rapproche de mon oreille.

– Je me disais que tu n'oserais pas venir danser avec moi…

– Je préfère danser avec toi, pourtant.

– Moi aussi, souffle-t-elle en s'approchant un peu plus.

Je sens tout de suite son haleine fruitée et alcoolisée. Je me rends compte que je suis en train de jouer avec le feu et que je risque d'y perdre quelques plumes, mais je ne peux résister à la tentation. Je laisse Callie m'entourer la nuque de ses mains et resserrer un peu plus notre étreinte. Je réagis tout de suite quand sa poitrine vient se poser sur mon torse. Ma respiration se fait saccadée, mon pouls s'accélère, tape dans mes veines, dans mes tempes. Mon sang bout dans tout mon corps, tel un puissant carburant. Elle se met à bouger tout contre moi et je dois produire un effort surhumain pour ne pas laisser mon corps me trahir. Ma respiration se fait cependant encore plus rapide. Je suis envoûté par le velouté de sa peau quand je pose mes mains au creux de ses reins, par l'odeur de ses cheveux, son parfum, son souffle contre mon oreille.

– Est-ce que tu es saoule ? demandé-je.

– Peut-être un peu. Ne dis rien, je t'en prie. Je me sens bien, je veux juste profiter de la soirée, pas de reproche, s'il te plaît.

– D'accord.

Alors que les slows commencent, Callie se colle tout contre moi.

– Ne me laisse pas, s'il te plaît.

Cela ressemble à une supplication et je n'ai pas le cœur ni l'envie de la laisser ici, surtout si c'est pour voir d'autres types essayer de prendre ma place. Elle passe à nouveau ses bras autour de moi et pose sa tête sur mon épaule. Je tressaille à ce contact chaud et inattendu. Je sais pertinemment qu'elle est avec Adam, qu'elle ne fait pas partie de ces filles qui trompent sans gêne leur petit copain. Mais je ne sais pas trop comment interpréter le rapprochement entre nous depuis quelque temps. J'aimerais me rassurer en me disant que je ne ressens rien de plus qu'une amitié profonde, mais ce serait me mentir. Je suis en train de tomber amoureux d'elle. Et son attitude ce soir, comment dois-je l'expliquer ? C'est sans doute l'excès d'alcool qui parle et agit pour elle. Et moi, qu'est-ce que je fais ? J'en profite…

Quand la soirée se termine, Callie est un peu plus enjouée qu'au début, Eric et Beth encore plus amoureux, et moi toujours un peu plus confus. Un silence radio pèse dans la voiture. Eric nous dépose d'abord Callie et moi avant de repartir avec Beth. Ils ont visiblement décidé de profiter d'une nuit tranquille chez lui. Je le remercie mentalement, car je n'avais pas envie de les entendre baiser toute la nuit. Je ne sais pas ce qui lui prend, mais Callie se met à rire alors qu'on monte les escaliers.

– Chut, Callie, les voisins vont appeler les flics, si tu continues comme ça. Tu as les clés ?

– Oui, dans mon sac, fait-elle en me tendant la petite pochette noire.

J'ouvre maladroitement le sac et récupère le trousseau tout en tenant Callie par le coude. Elle ne marche plus très droit à cause de ses chaussures et probablement plus encore à cause de l'alcool. Je tourne la clé dans la serrure et ouvre la porte. Je la maintiens ouverte pour laisser Callie entrer. Mais au moment où elle passe l'entrée, son talon se prend dans le seuil et elle trébuche en avant. Je la rattrape in extremis, l'empêchant de s'écraser à terre. Même si on a été assez proches toute la soirée, je savoure malgré moi une nouvelle fois ce contact. C'est tellement agréable ! Le feu se fait de plus en plus vif et il devient de plus en plus dur pour moi de contenir le désir et l'excitation qu'elle suscite.

– Eh merde ! lâche-t-elle en se tenant fermement à mes bras alors que je la relève délicatement. Oh, non ! Mon talon s'est cassé !

Elle s'agenouille pour le récupérer dans le seuil.

– Tu ne vas pas te mettre à pleurer quand même ? plaisanté-je.

– Mais non ! T'es bête ! dit Callie un peu trop fort avant d'éclater de rire.

Je me penche pour la relever, je ne suis pas sûr qu'elle y arrive toute seule. Je referme la porte et constate qu'elle est toujours collée à moi, fixant le talon dans sa main. Je me demande si elle est consciente de ce qu'elle fait ou si c'est uniquement l'alcool qui la pousse à agir ainsi. J'aimerais que ce soit la première hypothèse, car cela signifierait que je ne suis pas seul à ressentir ce capharnaüm d'émotions.

– Je n'ai jamais compris comment vous faisiez pour marcher avec ça, dis-je en avisant la hauteur du talon.

– Oh, c'est une vraie torture, mais ça fait son petit effet, alors… susurre-t-elle.

– Son petit effet ?

– Ouais, enfin je crois, commence-t-elle en mordant sa lèvre. Tu aimes ça, les femmes avec de jolies chaussures, de hauts talons qui galbent la silhouette, affinent les jambes ?

Bordel !

Sa voix se fait sensuelle et réveille ma queue.

– Sur toi, oui, j'aime ça, avoué-je en plongeant mon regard dans le sien.

Callie sourit et colle son front au mien.

– Tu es un dragueur, Shane.

Son souffle est toujours fruité, envoûtant. Alors qu'elle s'avance vers moi, je retiens le mien, pensant qu'elle s'apprête à m'embrasser. Mais au dernier moment, elle se décale un peu et dépose un baiser sur ma joue. Il est doux, léger, mais tellement agréable.

– Tu peux monter seule dans ta chambre ?

– Oui, je peux. Tu peux toujours rester en bas et me rattraper au cas où, fait-elle avec un clin d'œil.

Elle envoie balader ses chaussures en bas des escaliers, et sur la pointe des pieds, rejoint le palier. Je n'aurai pas à la rattraper au vol. Je fixe du regard la chute de reins grimper les marches, la courbe de ses fesses se mouvoir, et c'est pour moi une torture. Impossible d'aller me coucher maintenant. J'imagine tout de suite Callie en train de se changer et ça n'est pas vraiment bon pour trouver le sommeil. Je préfère m'allonger sur le canapé devant un truc débile à la télé pour me changer les idées.

J'envoie valser mes godasses dans l'entrée, déboutonne les premiers boutons de ma chemise et m'affale dans le sofa. Je mets une chaîne au hasard et tente de faire le vide dans ma tête. Je suis distrait par un bruit dans la cuisine. Je n'ai pas entendu Callie redescendre chercher une bouteille d'eau.

– Eh bien ! Tu ne vas pas au lit ? demande-t-elle, toujours enjouée.

Je hoche la tête. Je ne peux pas répondre. Putain ! Non mais, elle se pointe devant moi comme ça ?! Je déglutis nerveusement sans bouger d'un pouce. Elle est simplement vêtue d'un shorty et d'un débardeur très, très près du corps, d'une matière presque transparente qui ne laisse que très peu de place à l'imagination. Je vois même ses mamelons pointer au travers du tissu. Oh, bon sang !

Elle me rejoint dans le salon, la bouteille dans les mains, et s'installe juste à côté de moi. Ses fesses viennent toucher ma jambe étendue. La réaction de mon corps ne se fait pas attendre. Putain ! Mais c'est dingue ça ! Elle s'en rend compte au moins ?

– Tu regardes quoi ? Ça va ? fait-elle en me jetant un œil.

Elle fronce les sourcils, voyant que je ne réponds pas.

Je suis tout bonnement halluciné, Callie ne semble absolument pas se rendre compte de l'effet qu'elle a sur moi. Est-ce que ça veut dire qu'elle s'en fiche royalement ? Qu'elle n'est même pas un tout petit peu attirée par moi ? Rien qu'à cette idée, je suis vexé. Ou alors, elle le sait et elle prend un malin plaisir à me torturer. Ouais, ça doit être ça. Mais non, elle n'est pas comme ça.

– Je sais que je suis censé faire attention à ma façon d'être en ta présence, parce que je te respecte énormément. Mais sincèrement, tu me penses courageux à quel point ? demandé-je.

– Pardon ?

– Callie, ne le prends pas mal, mais euh…

– Oh ! s'exclame-t-elle en réagissant subitement.

Elle se relève d'un seul coup. Bon, visiblement elle n'avait pas réalisé. Mon ego et ma fierté en prennent un gros coup.

– Je suis désolée. Je n'ai pas réfléchi. Je suis désolée.

Je ne peux détourner mon regard de ses formes. Elle me fixe aussi et le sien pèse sur chaque partie de mon corps. Est-ce qu'elle aussi sent une chaleur grimper en elle sous mes yeux remplis de désir ? Ou bien a-t-elle l'esprit trop embrumé par l'alcool pour s'en rendre compte ? Soudain, c'est trop pour moi, il faut que ça sorte, je ne peux pas faire comme si elle me laissait indifférent.

– Bordel, Callie ! lâché-je sans pouvoir me retenir. Tu es magnifique. Ton corps me donne envie. J'ai envie de te faire tout un tas de choses. Tu es une torture pour moi. Tu agites ça, dis-je en désignant son corps entier, devant moi et tu penses que je ne vais pas réagir ?

Callie se contente de me fixer sans ajouter un mot. Je devrais arrêter, me taire, mais je ne peux pas. Je ne peux plus. Je me lève et la rejoins.

– Est-ce que tu as la moindre idée de ce que tu me fais ressentir ? demandé-je en tendant une main vers son visage. Ce n'est pas que physique. Plus le temps passe et plus je… Tu me plais, vraiment, beaucoup. Tout chez toi me plaît et je ne sais pas, plus comment faire pour rester stoïque, mettre tout ça de côté. C'est dur, putain ! Quand je t'ai vue de dos au restaurant, alors qu'on partait, j'en ai eu le souffle coupé. Putain, ce que tu étais sexy ! Cette robe, à se damner ma parole. Et alors que je croyais que tu avais atteint le summum, tu te pointes comme ça.

Je franchis une ligne en passant un doigt sous une bretelle de son débardeur et elle ne peut retenir un frisson. Je vois sa poitrine se durcir, sa respiration se saccader. Je n'ai plus aucun doute à avoir, moi aussi je lui fais de l'effet.

– Là… commencé-je en m'approchant de son oreille pour lui murmurer la suite. Je t'imagine sans rien. Tu m'as déjà vu nu et j'ai très envie de te voir sans aucune barrière pour mes yeux.

Je respire le parfum de son cou et elle penche la tête sur le côté, comme pour m'offrir un accès direct à cette partie de son anatomie. Elle a la chair de poule, je ne fais pourtant que la frôler.

– D'ordinaire, j'arrive à me contrôler. Mais dès que tu es dans les parages, mon corps réagit au quart de tour, dis-je en me rapprochant de sa gorge. L'autre soir sur le canapé, avant que je te monte au lit quand tu t'étais endormie contre moi, la vue de ton décolleté m'a donné une envie du tonnerre. Je perds le contrôle sur mon corps quand tu es là. Ça n'est pas bon signe.

Pendant trois ans, j'ai été privé de tout ça, de la moindre tentation. Certes, mon imagination était là, mais c'est tellement loin du plaisir de la réalité, tout est tellement à des années-lumière de Callie. Malgré les quelques femmes qui ont défilé, aucune n'arrive à sa cheville, aucune ne suscite un tel désir, une telle envie. Quelque chose me dit qu'il ne faudrait pas grand-chose pour qu'elle cède, mais je n'ai pas le droit de la pousser à l'infidélité. Et j'ai envie d'être le seul et l'unique, je ne veux pas la partager, il en est hors de question.

– Tu n'as rien à dire ? demandé-je en laissant courir mes doigts sur son bras.

Elle pose à plat ses mains sur mon torse et prend une grande inspiration. Quelque chose dans l'air qui nous entoure change profondément. C'est comme si elle prenait un peu de courage avant de me confier un secret. Quand elle plonge son regard dans le mien, je me rends compte qu'elle est parfaitement lucide, bien moins enjouée que tout à l'heure, et je crains presque ce qu'elle s'apprête à dire.

– Je vais quitter Adam, murmure-t-elle.

Je recule sous le choc et ses mains quittent ma poitrine. Est-ce que j'ai bien entendu ?

– À cause de moi ? demandé-je, interloqué.

– Non, enfin, peut-être en partie, mais pas complètement.

– Callie, je…

– Tu n'y es pour rien, Shane. Je sais que je dois le faire depuis longtemps, mais je n'ai jamais trouvé le courage. Je ne peux plus vivre comme ça.

– Est-ce que… Tu as besoin d'aide ?

– Non, c'est quelque chose que je dois faire seule. Et puis, si je viens accompagnée, d'un homme en plus, ça se passera mal.

Je suis un peu bluffé par le retournement de situation. Pourquoi a-t-elle éprouvé le besoin de me le dire ? Est-ce pour me signifier que bientôt, plus rien ni personne ne se trouvera entre nous ? Que je pourrai laisser libre cours à mes envies, à mes sentiments pour elle ? Est-ce aussi sa façon de me dire qu'ils sont partagés ? Qu'elle aimerait ça avec moi ? Putain ! Tellement de non-dits ! J'aimerais accélérer le temps et pouvoir enfin tout lui confier, tout lui montrer, tout lui faire sentir. Mais il est hors de question de brûler les étapes. Raison de plus pour moi de patienter. Bientôt, quand elle le décidera, quand elle aura fait son deuil d'Adam, j'aurai peut-être ma place. Je suis prêt à l'attendre parce qu'elle en vaut la peine.

– Ne t'inquiète pas pour moi, tu veux ?

– C'est trop tard pour ça, Callie.

– Je sais bien, mais c'est mon histoire, je dois mettre un terme à tout ça seule.

– Je comprends. Sache juste que si tu as besoin de quoi que ce soit, je suis là.

– Je sais. Merci.

Le sourire qui se dessine sur ses lèvres me rend un peu plus amoureux. Elle se met sur la pointe des pieds et vient déposer un baiser tout léger sur ma joue.

– Bonne nuit, Shane, dit-elle avant de me laisser seul dans le salon et de regagner sa chambre.

***

En me levant, j'ai une drôle de sensation, un mauvais pressentiment. Mes tripes me font rarement défaut, alors je ne suis pas rassuré quand je descends les escaliers. En entrant dans la cuisine, je constate au silence qui règne dans la maison que je suis seul.

Et je le resterai jusqu'au soir, à l'heure de rejoindre le bar. J'ai tourné en rond toute la journée et mon stress ne s'est pas calmé. Je déteste quand je suis comme ça.

Le tour de service a commencé et pourtant Callie n'est toujours pas arrivée. Je trouve ça étrange, jamais elle ne manque un jour de boulot, même quand elle a la crève. Je vais me renseigner auprès de Beth, qui travaille exceptionnellement ce soir.

– Comment ça se fait que Callie ne soit pas là ? Quand je suis descendu, elle était déjà partie, je pensais qu'elle serait déjà ici.

– Elle a appelé pour dire qu'elle ne pourrait pas venir pendant quelques jours.

– Qu'est-ce qu'elle a ?

– Je n'en sais rien. C'est Josh qui l'a eue.

– D'accord. Tu penses qu'elle est malade ? Elle est à la maison ?

– Non, je crois qu'elle est avec Adam.

Un malaise m'envahit. Quand Callie m'a dit qu'elle allait rompre avec lui, je ne m'étais pas figuré qu'elle ferait ça dès le lendemain. Je me suis demandé si elle avait réfléchi à la façon dont elle allait s'y prendre, je comptais même réitérer ma proposition de l'accompagner. Je ne sais rien de ce qu'il a déjà pu lui faire subir, mais il est évident qu'il ne va pas bien prendre sa décision. Je ne pense pas que Callie en ait parlé à Beth, cette dernière me l'aurait dit et elle serait plus inquiète qu'elle ne l'est. Je m'en veux. Certes, c'est son histoire et je comprends qu'elle ait voulu agir seule, mais c'était irresponsable de ma part de la laisser l'affronter sans une présence à ses côtés. Putain !

– Shane, dit doucement Beth. Je vois que tu te fais du souci pour elle.

– Bien sûr. Tout ça me fait peur, lui avoué-je sans crainte.

– Moi aussi. Mais elle n'a jamais été aussi près de faire ce qu'il faut. Et quelque chose me dit que tu n'y es pas pour rien.

Beth me rend mon sourire et on retourne au boulot. En rentrant après notre service, on est obligés de constater que Callie n'est toujours pas rentrée. Je ne peux m'empêcher de ressentir une crainte un peu plus grande. Si elle a rompu avec Adam, cela ne lui a pas pris toute la journée. Où est-elle ? Où est-elle allée après ça ? Et s'il lui avait fait du mal ? Je m'empresse de lui envoyer un message. Peu importe pour qui ça me fait passer, je suis inquiet et j'ai besoin d'être rassuré. Si je savais où vit ce connard, j'irais tout de suite, mais je ne suis pas sûr que cela serait du meilleur effet. Je dois être patient, mais ça n'a jamais été une de mes qualités. Je finis par aller me coucher toujours sans nouvelles de Callie et c'est une véritable torture.

***

Le lendemain en début d'après-midi, je suis dans la cuisine avec Beth en train de boire un café quand la porte d'entrée s'ouvre enfin. On aperçoit du coin de l'œil Callie qui monte directement dans sa chambre sans prendre le temps de dire bonjour. J'échange un regard ahuri avec Beth, mais préfère ne rien dire. Ma presque belle-sœur ne semble pas décidée à rester sans réagir. Je la regarde monter à l'étage et tends l'oreille pour suivre la conversation.

– Callie ? appelle-t-elle en cognant à la porte.

– Quoi ?

– Tout va bien ?

– Ouais.

– Tu m'ouvres ?

– Non.

– Qu'est-ce qui se passe ? demande Beth, inquiète.

– Rien. Je… j'ai mal dormi cette nuit et j'aimerais faire une sieste, si ça ne te dérange pas.

– D'accord, capitule Beth, sachant que Callie n'aime pas être harcelée. Je suis en bas avec Shane.

– Ouais.

Beth redescend, perplexe. Ça n'est jamais bon signe quand Callie se renferme sur elle-même. J'interroge Beth du regard, mais elle se contente de hausser les épaules. Je me demande un instant si les choses se sont passées comme Callie le voulait. Est-elle allée au bout ? A-t-elle rompu avec Adam ? A-t-il réussi à la convaincre de rester en lui promettant certaines choses ? Il doit savoir quoi lui promettre pour qu'elle reste avec lui malgré tout ça. Putain, je bous de ne pas savoir, de ne pas la voir.

Un peu plus tard, Eric débarque pour emmener Beth au ciné, mais elle ne semble pas plus emballée que ça, sans doute à cause de Callie.

– Allez, Beth, s'il te plaît, la supplie Eric.

– D'accord. Tu veux venir ? me demande-t-elle.

– Non, je vous laisse en amoureux. Et comme ça, je garde un œil sur Callie, ajouté-je pour la rassurer.

– Merci, c'est gentil, sourit-elle. À plus.

Après leur départ, je m'installe dans le canapé, un magazine dans les mains, les écouteurs sur les oreilles. Peut-être une heure après le départ de Beth et Eric, je surprends un mouvement du coin de l'œil. Callie est descendue et se trouve dans la cuisine. Je ne pense pas qu'elle se soit aperçue de ma présence. Je retire mes écouteurs, pose le magazine et pivote vers elle. Je ne la vois que de dos. Elle porte un tee-shirt à manches courtes et ses cheveux sont détachés.

– Ça va mieux ? demandé-je en la faisant sursauter.

– Shane ! s'exclame-t-elle. T'es là ? Tu n'es pas au ciné avec les autres ?

– Non, je les ai laissés en amoureux.

– OK, dit-elle sans pour autant se tourner vers moi.

– Tu vas bien ?

– Ouais.

Je me lève et la rejoins dans la pièce. Appuyé contre l'évier de la cuisine, je la détaille un peu plus. Elle est habillée avec un jogging informe que je n'ai encore jamais vu et qui ne lui ressemble pas vraiment. Elle semble nager dedans. Elle reste figée dans son coin et ne me porte aucune attention. Je reste à distance et ouvre le frigo pour prendre une bière.

– T'en veux une ? lui proposé-je.

– Non, merci.

Elle est bizarre. Elle fuit toujours le moindre contact visuel, regardant à l'opposé. Je m'apprête à commencer l'interrogatoire parce que je ne tiens plus, quand je remarque une marque autour de son bras. Je repose brutalement ma bière sur le comptoir.

– Callie… soufflé-je.

Alors qu'elle veut me fuir et quitter la cuisine, je l'attrape doucement par la main et la force à me faire face. Je glisse une main sous son menton, l'obligeant à me regarder dans les yeux. Je sens la colère monter dans mes veines, mon sang ne faire qu'un tour. Putain, le connard a osé !

Le visage de Callie est marqué. Son œil gauche est presque fermé, tellement il est tuméfié. Sa pommette gauche est également enflée. Sa lèvre supérieure est fendue et sa mâchoire gauche a aussi bleui sous les coups. Je ne peux m'empêcher de passer délicatement mes doigts sur les hématomes, comme si un simple contact pouvait suffire à éliminer toutes traces de coups.

Putain de bordel de merde !

– Callie.

– Je vais bien.

Elle parle doucement, mais je vois à son regard qu'elle pense vraiment ce qu'elle dit. C'est une affirmation et étrangement son expression est sereine. J'ai tout le mal du monde à croire ce qu'elle me dit, pourtant.

– Comment tu peux me dire ça ? explosé-je en la faisant sursauter.

Je sais qu'il faut que je descende d'un ton, je ne vais faire que l'effrayer à monter dans les tours comme ça.

– Bordel ! Désolé. Pourquoi y es-tu allée toute seule ? soufflé-je.

– Je devais le faire, Shane.

– Non, non. Tu savais ce qui allait se passer, hein ?

– Je savais qu'il ne prendrait pas très bien la chose, mais je devais l'affronter seule.

– Putain, non ! Aucune femme ne devrait affronter ça toute seule. Mon Dieu, Callie. Est-ce que tu te rends compte du risque que tu as pris ? Il aurait pu te tuer.

Elle se met à sangloter, les mains accrochées au bord du meuble de cuisine. J'hésite à m'avancer pour la prendre dans mes bras. Est-ce que j'en ai le droit ? Je ne sais pas comment agir, comment réagir. Mon premier réflexe est de quitter cette maison et d'aller trouver cette face de rat pour lui refaire le portrait. Il mériterait cent fois pire que ce qu'il lui a fait subir. Putain, quelle ordure !

Je respire profondément. Je ne suis pas Adam, j'ai fait des erreurs, j'ai payé pour elles, mais je ne suis pas comme lui. Je ne vais pas sortir de mes gonds, je ne vais pas faire peur à Callie, je dois être là pour elle, la soutenir de la manière dont elle le souhaite.

– Callie…

– Je vais bien, je t'assure. C'est juste impressionnant.

– Je n'arrive pas à croire que tu me dises que tu vas bien.

Elle me lance un regard qui me tue sur place. Je vois dans ses yeux qu'elle a raison. Physiquement elle est atteinte, mais elle s'est libérée de lui, alors elle doit avoir le sentiment d'aller bien.

– Est-ce que tu as vu un médecin ?

– Je suis allée dans un centre d'aide pour femmes battues. J'ai bien été prise en charge, ne t'en fais pas. C'est là-bas que j'ai passé la nuit.

– D'accord, d'accord.

Je me demande immédiatement s'ils ont essayé de la convaincre de porter plainte ou s'ils se sont contentés de la soigner et de l'ausculter.

– Tu y es arrivée.

– Oui, murmure-t-elle les lèvres tremblantes avant d'éclater en sanglots.

J'ouvre les bras et elle s'y réfugie immédiatement. Je suis tellement fier d'elle. Cela a dû lui demander un courage immense d'aller l'affronter et de mettre fin à leur histoire, sachant ce qu'elle risquait. Je savoure le moment parce qu'elle est là avec moi, et même s'il est encore trop tôt pour y penser, je me dis que maintenant plus rien ne se dresse entre nous. Je peux être celui qu'il lui faut. J'en ai tellement envie. Elle est tout ce que je désire.

Je ne sais pas combien de temps elle reste contre moi, mais hors de question que je batte en retraite. Je suis là pour elle. Quand enfin ses pleurs se calment, je recule légèrement et plante mon regard dans le sien.

– Tu es allée voir la police ?

– Non.

Je la lâche brusquement, stupéfait.

– Pourquoi ? Regarde ce qu'il t'a fait ! m'emporté-je.

Je ne comprends pas pourquoi elle ne veut rien faire. Bordel de merde, l'envie d'aller trouver ce fils de pute et de lui donner la raclée de sa vie se fait un peu plus grande. Adam ne tiendrait pas la distance contre moi. Je fais facilement une tête de plus que lui et je suis deux fois plus large. J'ai l'expérience, mes poings sont affûtés et j'ai connu la prison. Si je n'avais pas fait le poids, je ne serais plus là.

– Shane, arrête. Je sais que tu ne comprends pas, mais c'est déjà tellement une épreuve d'être allée jusqu'au bout, même si j'ai dû en passer par là. Ça serait beaucoup trop à gérer. Juste… Je ne peux pas.

– Je ne peux pas accepter qu'il s'en sorte comme ça ! Il n'a pas le droit. Je suis désolé, mais je…

Je souffle, je déteste me sentir si impuissant. Je serre et desserre les poings. Cela commence à grimper en moi, ce besoin, comme un manque.

– Shane, me supplie Callie. Je sais ce qui te passe par la tête. Ne fais pas ça, s'il te plaît. Il ne mérite pas que tu te mettes en danger pour moi.

– Bien sûr qu'il ne le mérite pas ! Mais toi, oui !

– Ça n'en vaut pas la peine. Jamais je ne me le pardonnerais s'il t'arrivait quelque chose par ma faute. Je te le demande, Shane.

Je prends vraiment sur moi pour ne pas perdre patience, j'ai envie de la secouer, de la forcer à faire le nécessaire pour que ce mec soit enfermé, mais je ne peux pas me le permettre. À la place, je serre les dents et sens les muscles de ma mâchoire se contracter. Elle essuie ses larmes et soupire longuement comme si soudain elle pouvait enfin prendre une respiration, une vraie, la sienne.

– Il faut que je sorte, lâché-je. Ne m'en veux pas,

peut-être que tu préférerais que je reste, mais je… j'ai besoin de prendre l'air.

Elle me regarde comme si elle essayait de jauger mes intentions. Je viens de lui dire que je ne ferai rien, mais elle est en droit de se poser la question.

Elle me lance un petit sourire et je la laisse à contre-cœur, mais j'y suis obligé, je ne peux pas me calmer si je l'ai sous les yeux, c'est impossible. Je récupère une veste dans l'entrée, enfile mes chaussures et quitte la maison.

Je sais que cette histoire ne me regarde pas, je ne suis pas la victime. Mais putain, j'enrage à l'idée qu'il va s'en sortir comme ça. Ce n'est juste pas possible ! Je me demande un instant s'il est autorisé que quelqu'un d'autre le fasse pour elle, j'en doute parce qu'un témoignage doit être obligatoire pour que le dossier tienne la route. Peut-être que, quand quelques jours seront passés, elle y verra plus clair et elle acceptera d'aller voir la police.

Putain, quelle merde ! A-t-elle seulement idée de ce que je ressens pour elle, comme c'est dur pour moi de rester en retrait, passif ? Comment suis-je censé rester stoïque alors que je la trouve dans cet état ? Putain, je vais devenir fou !

14

Callie

J'entends la porte d'entrée se refermer violemment, Shane vient de sortir. Je comprends sa frustration et sa colère, mais je n'ai pas à m'expliquer auprès de lui.

Les choses ont dérapé, mais maintenant je suis libre. Je savais ce que je risquais en y allant sans soutien, mais je voulais me prouver que j'en étais capable. J'ai tenu à faire cette démarche seule parce que je ne souhaitais pas que quelqu'un soit témoin de ce qu'il allait me dire, de ce qu'il allait me faire. C'était dur, mais j'ai survécu. Et même si je souffre physiquement, je me sens libérée d'un poids énorme. Je ne retournerai pas vers lui, j'en suis persuadée. Cela ne m'apporterait rien de bon. Mais je n'ai pas pu me résoudre à aller voir les flics. Je passe sûrement pour une folle ou une inconsciente, mais je connais Adam depuis très longtemps et je sais qu'il a des problèmes. Il n'a pas compris mon geste et s'est senti trahi, je ne veux pas accroître son désespoir. Je sais que je n'ai pas à lui trouver d'excuses, mais j'ai conscience que si je me lance dans une procédure judiciaire, cela prendra des mois et cela ne va pas m'aider à passer à autre chose.

Il est presque dix-neuf heures quand je perçois à nouveau du bruit dans la maison, les voix de Beth et Eric me parviennent. Ma meilleure amie rit.

Un petit coup à ma porte me sort de mes pensées.

– Callie ? demande Beth. Tu as faim ? On a rapporté des pizzas.

– Peut-être plus tard, merci.

– Tu es sûre que tout va bien ? insiste-t-elle.

– Oui, merci.

J'entends le bruit de ses pas alors qu'elle descend l'escalier. Je suis tellement concentrée sur les voix de mes amis que je sursaute quand mon portable annonce l'arrivée d'un texto. La main tremblante, je récupère l'appareil sur la table de chevet. C'est un message d'Adam.

[Maintenant, on est quittes.]

Je fronce les sourcils. Il y a une photo en pièce jointe, je la télécharge et découvre horrifiée le portrait d'Adam salement amoché. Quelqu'un l'a passé à tabac et visiblement Adam semble croire que j'y suis pour quelque chose.

Instantanément, Shane me vient à l'esprit. Est-ce qu'il aurait osé malgré ce que je lui ai dit et ce qu'il m'a promis ? Je n'y crois pas ! La peine se transforme en colère. Mais pour qui se prend-il ? Je n'ose pas répondre quoi que ce soit à Adam. Il a ce qu'il mérite après tout. Mais je ne supporte pas que Shane ait pu agir comme ça. Violence pour violence. Et puis, vu son passé de taulard, il pourrait risquer gros, mais visiblement il s'en fout, il n'a pas réfléchi. Comment serais-je supposée faire avec ce poids sur la conscience s'il lui arrivait quelque chose par ma faute ? Il m'a pourtant promis…

Dès que j'entends la porte d'entrée s'ouvrir et la voix de Shane me parvenir, je descends, furibonde. Je me plante dans le salon et le fusille des yeux. Beth se tourne vers moi et son visage se vide de toutes couleurs.

– Putain, Callie ! s'écrie-t-elle tandis qu'Eric reste bouche bée. Qu'est-ce que ?…

Je m'en veux de débarquer comme ça sans lui avoir parlé avant. J'aurais voulu faire les choses plus en douceur, mais je suis trop remontée pour ça.

– Ce n'est rien, l'envoyé-je balader. Est-ce que vous pouvez nous laisser une seconde ? Je te promets que je te raconterai tout dans une minute.

Elle pose un doigt sous mon menton et lève mon visage pour m'examiner. Elle fronce les sourcils et soupire exagérément.

– Ça n'est pas joli du tout. Bon sang, Callie, tu es allée voir un médecin ?

– Oui, je m'en suis occupée.

– Dis-moi que tu as rompu avec lui, supplie-t-elle.

J'acquiesce d'un petit mouvement de tête et elle me prend dans ses bras. Je la laisse faire, et au bout de quelques secondes, elle me libère enfin et me regarde avec une pointe d'admiration. Je jette un œil à Eric qui jauge son frère d'une manière peu avenante. Chacun son tour, moi d'abord et ensuite Eric, on aura tout le loisir de remettre Shane à sa place.

– Vous pouvez nous laisser ?

– Oui. Tu viens, Eric ?

J'attends qu'ils aient gagné l'étage pour m'approcher de Shane. Il est installé dans le fauteuil et me regarde en fronçant les sourcils. Il doit sûrement se demander pourquoi je tiens à me retrouver seule face à lui, pourquoi je suis énervée. Pourtant, il reste stoïque, attendant que j'attaque. Comment peut-il rester calme comme ça après ce qu'il a fait ?!

– Tu m'avais promis que tu ne ferais rien !

– Pourquoi est-ce que tu supposes que j'ai fait quelque chose ? demande-t-il calmement.

– Adam m'a envoyé une photo de lui, complètement défiguré, avec un texto : « Maintenant, on est quittes. » Ça veut dire quoi à ton avis ?

– Je n'en sais rien du tout ! Je ne lui ai rien fait.

Pourquoi est-ce qu'il nie comme ça ? Je pourrais lui accorder le bénéfice du doute, mais il ne semble pas spécialement surpris par la nouvelle. Ou alors il s'en fout, et dans ce cas, son indifférence m'énerve encore plus. Il ne se rend donc pas compte des choses, ou quoi ?!

– Tu es sorti tout l'après-midi.

– J'avais besoin de me calmer ! s'exclame-t-il en bondissant sur ses pieds. Qu'est-ce que tu crois que j'ai ressenti en te découvrant comme ça ? Bien sûr que j'avais envie de lui casser la gueule ! C'est ce qu'il mérite, mais je sais ce que tu as vécu, je sais comment j'étais par le passé et je me suis promis de changer. Je t'ai fait la promesse de ne pas le toucher et j'ai tenu parole.

Enfin une réaction à mes accusations. Je suis un peu désarçonnée par tout ce qu'il vient de me dire. Et je commence sincèrement à croire que je me suis bien trop vite emballée en l'accusant de la sorte.

– Shane… Je…

– Tu crois vraiment que j'agirais de la sorte en sachant comment il t'a traitée ? Callie, bordel !

Il passe rageusement la main dans ses cheveux et me supplie du regard. Je me sens de plus en plus mal. Il n'a fait qu'être présent à mes côtés, me rassurer et me réconforter. Je me rends compte que je me suis laissé aveugler par son passé violent et sans doute les premiers instincts qui l'ont traversé. Je l'ai mal jugé. C'est lui qui aurait tous les droits d'être en colère contre moi.

– Je ne suis plus ce mec, d'accord ? Mais tu veux que je te dise ? Il a eu ce qu'il méritait et je suis sûr que c'est bien en deçà de ce que je lui aurais fait. Il n'avait pas le droit, Callie, ni hier, ni jamais auparavant. Au final, peu importe ce que tu penses de moi, le principal c'est que tu aies eu le cran de lui faire face et de le quitter. Le reste, je m'en fous.

Il me foudroie du regard. Je porte une main à ma bouche et sens une larme rouler sur ma joue. Avec ses mots et finalement avec ce qu'il n'a pas fait, parce que je le crois, j'ai l'impression qu'il me montre combien il tient à moi. Ses promesses ont de l'importance.

– Callie, tu me crois ?

Je me contente de hocher la tête et pleure un peu plus. Il avance tout contre moi et je me blottis entre ses bras. Un sentiment immense de sécurité s'empare de moi et je crois ne jamais m'être sentie si bien. Il représente tout ce qu'un homme doit être pour une femme. Son visage plonge dans mon cou, je l'entends soupirer et il resserre notre étreinte.

– Je suis désolée de t'avoir accusé.

– Je peux comprendre pourquoi.

Il me libère et m'invite à rejoindre le canapé. Je ne résiste pas. Nous ne sommes qu'à quelques centimètres l'un de l'autre, nos genoux se touchent.

– Par le passé, je n'aurais pas réfléchi, j'aurais foncé et qui sait ce qu'il resterait d'Adam. À une époque, je ne valais sûrement pas mieux que lui. Mais je ne veux plus être cet homme. La prison a été mon électrochoc. Je ne veux pas que tu aies peur en ma présence, je veux que tu te sentes en sécurité. Je ne suis pas Adam, jamais je ne le serai.

– Je sais, Shane. Je suis désolée de m'être emportée. C'était le plus simple, le plus logique. Et je n'ai pas pensé qu'Adam pouvait me jouer un tour. Je suis sûre qu'il a dû abuser de l'alcool ou de la drogue et qu'il a cherché le mauvais type.

– Je suis vraiment désolé.

– Ne t'en fais pas pour ça. Je ne vais pas me laisser avoir si c'est ce qui te fait peur.

– Ça ne m'a pas effleuré l'esprit.

J'esquisse un petit sourire et nos regards s'accrochent. Le temps se suspend entre nous. Je ne peux rien lui promettre et j'ai peur de lui dire tout ce qu'il remue en moi parce qu'il est bien trop tôt, mais je veux quand même qu'il comprenne que moi aussi je tiens à lui.

15

Shane

La soirée était difficile émotionnellement. Callie a longuement discuté avec Beth. Je crois même qu'elles ont terminé toutes les deux en pleurs. Eric m'a bien entendu demandé une explication. Il voulait savoir pourquoi Callie était si remontée contre moi, et quand je lui ai expliqué, j'ai vu qu'il m'a cru un instant responsable, lui aussi. Mais je ne suis pas un menteur, je n'ai pas touché à Adam.

Eric et Beth sont partis il y a un peu moins d'une heure. Alors que j'arrive en haut des escaliers, je tombe nez à nez avec Callie. Elle sort de la douche et s'est enroulée dans une serviette. En d'autres circonstances, je l'aurais détaillée de la tête aux pieds parce qu'elle est magnifique. Mais ce soir, tout est encore bien trop frais pour que je me focalise là-dessus. Mes yeux trouvent immédiatement son regard et une fois de plus je suis halluciné de voir ce qu'il lui a fait. Son visage est toujours tuméfié, mais son œil a un peu désenflé. Le bleu des hématomes est toujours aussi vif, la voir comme ça me fait mal au cœur.

– Ne me regarde pas comme ça, s'il te plaît.

– Comme quoi ?

– Comme si je te faisais pitié, murmure-t-elle en plantant son regard au sol.

Je fais un pas vers elle et relève son visage pour qu'elle me regarde.

– Ce que je ressens pour toi n'a rien à voir avec de la pitié, Callie. Je suis en colère, inquiet, j'éprouve de la peine, mais certainement pas de la pitié. De l'admiration, de la fierté aussi. Tu as été particulièrement courageuse. Tu le sais ?

– Je n'aurais pas dû en avoir besoin, dit-elle amèrement.

– C'est vrai. Mais on est tous super fiers de toi. On est là pour toi, pour n'importe quoi.

– Je sais, sourit-elle.

Je porte une main sur sa joue abîmée, j'aimerais tellement qu'un simple contact fasse tout disparaître. Callie appuie son visage un peu plus dans ma paume. Ma peau est chaude, contrairement à la sienne, fraîche après la douche. Elle ferme les yeux un instant. Elle ne dit rien, mais j'ai l'impression qu'elle apprécie ce simple contact.

– Bonne nuit, dis-je en déposant un baiser sur sa joue intacte.

Callie pose sa main sur la mienne, toujours sur sa joue. Mon cœur accélère la cadence, comme s'il avait compris ce qui allait suivre. Je n'ai pas le temps d'analyser la situation, de me dire qu'il ne faudrait sûrement pas faire ça, qu'il est trop tôt, qu'elle est encore sous le coup de l'émotion, du choc, mais je suis tout simplement incapable de lui dire non, de la repousser. Est-ce que cela fait de moi quelqu'un de faible ?

Elle se décale doucement et ses lèvres se retrouvent sur les miennes. Je ne bouge d'abord pas d'un pouce, puis je lui rends son baiser délicatement, car je garde en tête qu'elle est blessée. Callie s'empare de ma nuque et resserre notre étreinte. Alors qu'elle se met sur la pointe des pieds, la serviette tombe à terre et mes mains se retrouvent à même son dos. Je ne suis pas inexpérimenté, pourtant toutes mes sensations me paraissent nouvelles avec elle : l'excitation, le désir, l'envie… Sa peau est douce et fraîche sous mes doigts, j'aime ce contact, j'adore. Je sais immédiatement qu'il m'en faut plus.

Elle se met sur la pointe des pieds et se plaque contre moi. Je devrais sûrement réfléchir un peu plus, mais je ne contrôle plus rien. Mon rêve devient réalité, la femme qui hante mon esprit, mes fantasmes, s'offre à moi. Mes mains glissent plus bas et je savoure le velouté de ses fesses. Notre baiser s'intensifie, Callie gémit, attrape mes cheveux. Sa langue joue avec la mienne et un grognement s'échappe de ma gorge. Je n'ai jamais connu pareil baiser.

Bien entendu, ma réaction primaire ne se fait pas attendre. Mais on ne peut pas rester sur le palier, même si nous sommes seuls et qu'on ne craint pas de se faire surprendre. Je l'entraîne alors dans ma chambre, la dépose sur mon lit et la dévore des yeux. Je l'ai souvent imaginée, mais j'étais bien loin du compte. Elle est parfaite, de la courbe de ses clavicules à sa poitrine, de sa taille fine à ses hanches plus larges, de ses jambes divines à ses pieds élégants. Tout me plaît en elle.

Je la vois rougir délicieusement, cela me plaît. Je veux prendre mon temps, la chérir, prendre soin d'elle. Je m'allonge tout contre elle et m'empare à nouveau de ses lèvres. Je ne me doutais pas que l'embrasser serait si transcendant, si excitant. Le désir grimpe brutalement en moi et je dois faire preuve d'un sang-froid hors du commun pour me maîtriser.

J'abandonne sa bouche pour descendre dans son cou. Elle laisse échapper un petit soupir de frustration, mais quand je commence à la caresser, elle gémit de bonheur. Mes mains parcourent chaque centimètre carré de sa peau. J'imprime en mémoire le moindre relief, le moindre grain de beauté. Je repère les endroits qui la font frissonner, gémir, comme quand mes lèvres sont à mi-chemin entre son épaule et son cou. Son gémissement fait tressauter mon sexe qui se tend douloureusement dans mon pantalon.

Je m'attaque délicatement à sa poitrine, elle me rend complètement fou. Et si j'en juge par la réaction de Callie, elle aime ce que je lui fais, alternant caresse, massage, baiser et coup de langue. Je tire délicatement sur un mamelon entre mes dents tout en pinçant l'autre entre deux doigts.

– Shane !

– Oui ? Dis-moi si tu aimes. Dis-moi ce que tu veux. Dis-moi.

– Continue, murmure-t-elle.

– Tout ce que tu veux.

Je continue sur ma lancée et m'arrête un instant sur son ventre. Sa peau est tellement douce. J'apprécie qu'elle ait des formes, son physique est si harmonieux. Je dépose un nouveau baiser sur sa hanche, son aine, lui arrachant un petit rire, j'ignore sciemment son sexe avant de poursuivre le long de ses jambes. J'embrasse l'intérieur de sa cuisse, caresse l'arrière de son genou, sa cheville, avant de faire le chemin inverse de l'autre côté.

Je dois me montrer doux et délicat, je sais que je peux le faire, parce que c'est elle. Je remonte vers son visage. Même si elle me sourit timidement, elle semble impressionnée, sans doute ne pensait-elle pas que j'étais capable de douceur. C'est vrai que cela peut trancher avec mon physique et mon attitude parfois brute. Pour cacher son trouble, elle s'empare violemment de mes lèvres et m'incite à venir plus près d'elle. Elle doit maintenant sentir mon érection tout contre son ventre.

Je me plaque contre elle, j'ai besoin qu'elle prenne conscience de l'effet qu'elle a sur moi, du pouvoir aussi. Quand elle pose une main sur ma joue, je me recule.

– Tout va bien ?

– C'est parfait, sourit-elle.

Elle caresse mon bras du bout des doigts. Elle n'a pas encore osé me toucher ailleurs que sur le torse ou le dos, mais je porte encore mon tee-shirt, alors forcément, cela m'arrache un frisson. Elle mordille sa lèvre tout en rougissant.

– Parle-moi, Callie. Que désires-tu ?

– J'ai envie de te voir, j'ai envie de te toucher.

Je dépose un baiser rapide sur sa bouche avant de me relever. En un éclair, je retire mon jean puis mon tee-shirt, mais garde mon boxer. Lentement, je m'approche d'elle à nouveau et son regard parcourt mon corps. Je suis là avec elle, pour elle.

Elle détaille avec intérêt mes tatouages. Elle lève la main et passe sur les contours de la fresque maorie.

– Raconte-moi leurs histoires.

– Celui-ci est mon premier, commencé-je en tendant le bras. J'ai côtoyé un gars originaire de Nouvelle-Zélande quand je suis arrivé sur Detroit. Il avait des tatouages polynésiens sur le torse et j'étais fasciné par les courbes, les figures géométriques. J'ai adoré quand il m'a raconté les histoires anciennes sur l'origine du tatouage maori, un peu mystique. Alors je suis allé trouver un artiste et je lui ai demandé de me faire quelque chose dans le même esprit. J'ai tenu à rajouter cette fleur au pli du coude et ce masque de guerrier sur mon pectoral pour casser un peu les lignes.

– Il est vraiment superbe. Et cette phrase ? demande-t-elle en passant sur l'intérieur de mon autre bras.

– C'est une citation d'André Malraux. Je l'ai découverte en lisant un bouquin en prison. Niveau occupation, on avait vite fait le tour : muscu ou lecture. J'ai appris certaines choses grâce à ça.

– Et celle-ci ? J'arrive à peine à lire ce qui est gravé sur ta peau.

– C'est fait exprès, dis-je en regardant les pattes de mouche sous la balafre sous mes côtes. « *You always pay the price.* » C'est volontaire que ce soit quasiment illisible, cette petite phrase ne s'adresse qu'à moi. C'est un rappel constant. La cicatrice en elle-même suffit, mais ce jour-là était particulier, alors cela s'est imposé à moi.

Elle la dessine maintenant du doigt et je sens qu'elle se retient de me demander ce qu'il s'est passé. Mais maintenant n'est pas le bon moment.

Je me place au-dessus d'elle, et tandis qu'elle m'embrasse dans le cou, je glisse une main entre ses cuisses et m'attaque à son bouton sensible. La réaction de Callie est immédiate. Elle lève les hanches comme si elle en voulait plus. Quand je glisse deux doigts en elle, je la vois sur le point de partir. Je me demande un instant si elle a déjà été comblée. N'a-t-elle jamais vécu quelque chose de si bon, de doux et passionné ? A-t-elle connu la tendresse, le respect ? Elle mérite tout ça et tellement plus.

Je me perds dans ses baisers, la douceur de sa peau, la légèreté de son souffle, sa beauté malgré les blessures.

Je me concentre sur elle, les sensations qu'elle éprouve. Elle serre les cuisses, relève le bassin, gémit de plus en plus fort. Alors j'accélère la cadence, pressant son clitoris avec mon pouce, embrassant sa poitrine. Je la sens se serrer autour de mes doigts et elle part enfin en roulant des yeux.

– Shane…

– Oui ?

– Approche.

Elle m'attire à elle en plongeant ses mains dans mon boxer. Je retiens mon souffle alors qu'elle caresse mon cul. Je bascule la tête sur son épaule et c'est maintenant à moi d'avoir le souffle court. Pourtant elle ne fait pas grand-chose ! Mais c'est déjà tellement. Un râle s'échappe de ma gorge quand elle en passe une sur le côté en direction de mon sexe.

– Tu n'es pas obligée, Callie.

– Chut, Shane. J'en ai envie. Tellement. Laisse-moi faire.

Quand ses doigts s'enroulent autour de mon membre, je bascule sur le côté, la tête enfoncée dans l'oreiller. Je suis incapable de me concentrer sur autre chose. Elle descend mon sous-vêtement et se blottit contre moi sans cesser ses caresses. Quand elle commence à déposer de légers baisers sur mon torse, je perds la tête, des petites étoiles commencent à danser sous mes paupières. Je résiste tant que je peux, mais je suis au bord du gouffre et chaque va-et-vient contre sa peau me pousse un peu plus.

– Callie ! Callie ! Arrête ! C'est trop…

Elle arrête ses mouvements, mais ne me lâche pas pour autant. Elle caresse maintenant en toute légèreté mon sexe. Je plonge mon regard dans le sien. Cette fin de soirée est tellement loin de tout ce que je pouvais espérer. Je ne veux pas profiter de la situation. Je ne sais pas ce qu'Adam a pu lui faire subir et surtout je ne veux pas qu'elle se sente forcée à quoi que ce soit. Elle doit lire mon inquiétude dans mon regard parce qu'elle se hisse tout contre moi et pose une main sur ma joue.

– J'en ai envie. Pas toi ?

– Bien sûr que si, ce n'est pas le problème.

– Je me sens bien dans tes bras, j'ai envie d'aller au bout. J'en ai envie parce que c'est toi.

Elle plonge sur mes lèvres et m'embrasse avec passion. Je tâtonne vers le tiroir de la table de nuit pour attraper un préservatif. Je me détache d'elle le temps de l'enfiler et reviens rapidement à elle. Je l'allonge sur le lit et viens me placer entre ses jambes. Elle les relève et les noue autour de ma taille alors que je la pénètre tout doucement. Je veux savourer chaque seconde passée en elle. Ne voulant ou ne pouvant pas affronter mon regard, Callie ferme les yeux et sa respiration se fait saccadée. Je parsème ses joues, son cou, ses épaules, sa poitrine de baisers durant mes va-et-vient.

J'ai souvent pensé à ce que ça serait de faire l'amour avec elle. Vraiment faire l'amour. Parce qu'avec toutes les autres, ce n'était pas ça. J'avais quelque chose à rattraper, un besoin, une envie à satisfaire, un amour naissant à étouffer. Avec Callie, c'est différent. Je me soucie vraiment d'elle. Elle n'est pas qu'un moyen pour moi de m'échapper. Je veux lui faire plaisir, je suis attentif à son corps, à ses réactions. Parce qu'elle est importante.

J'essaie de trouver son regard, mais elle garde les yeux fermés. Son visage me dit qu'elle prend du plaisir, mais j'aimerais partager ça les yeux dans les yeux. La prochaine fois peut-être. J'enfouis mon visage dans son cou, respire son parfum, sa peau, ses cheveux. J'accélère mon mouvement et sens le plaisir suprême venir. Les muscles de Callie se contractent tout autour de moi au moment même où je jouis. Nous gémissons ensemble, et à l'instant où je me redresse, je capte enfin son regard. Je me penche pour l'embrasser délicatement et elle me rend mon baiser tendrement.

– Je suis désolé, m'excusé-je tout contre sa bouche.

– C'était parfait, souffle-t-elle entre deux baisers. Je…

– Ne dis rien, viens, fais-je en m'allongeant sur le dos et en l'attirant tout contre moi.

Callie accepte l'invitation et se blottit contre mon corps, la tête sur mon épaule, mon bras dans son dos, posé sur sa taille, une de ses jambes enroulée autour des miennes.

Elle suit mes mouvements du regard alors que je retire le préservatif et le laisse négligemment tomber par terre à côté du lit. Lentement, je lui caresse le dos, lui arrachant des frissons. Peut-être qu'il faudrait qu'on ait une discussion, probablement, mais là maintenant, je suis tellement bien que ça me semble impossible. Je préfère me concentrer sur le corps chaud allongé tout contre moi. C'était tellement bon, bien au-delà de mes espérances et fantasmes. Je suis heureux.

Petit à petit, le sommeil me gagne et je crois que je m'endors en souriant.

16

Callie

Je me rends compte d'un certain nombre de choses alors je suis allongée auprès de Shane.

Cette nuit avec lui, tout ce que j'ai ressenti était nouveau. J'étais heureuse et excitée, je me perdais dans ses baisers, mon souffle était court, je retenais ma respiration pour me concentrer sur les sensations. Tout était intense, bon, trop bon. Jamais Adam ne m'avait fait l'amour avec tant de délicatesse. Je n'aurais jamais cru que Shane puisse être un homme capable de tant d'attention, de patience, de tendresse, comme s'il savait que c'était ce dont j'avais besoin. Je ne me suis pas vraiment montrée très entreprenante parce que je n'en ai pas l'habitude. Adam menait la danse, il exigeait, prenait.

Même ce moment-là après l'amour, se blottir l'un contre l'autre, simplement profiter de la présence et de la chaleur du partenaire, je ne le connais pas vraiment, ou du moins cela fait très longtemps que je ne l'ai pas expérimenté. Ça me fait drôle, mais je me sens bien.

Ce qui vient de se passer avec Shane n'était absolument pas prémédité. Quand je suis tombée sur lui sur le palier, j'ai pu lire tout un tas d'émotions dans son regard. J'ai eu l'impression qu'il me confiait un secret. Ce n'est sûrement pas facile pour un homme comme lui de parler d'une manière si touchante. Je suis fragile et vulnérable, alors peut-être que je n'ai pas réfléchi, j'ai juste écouté mon corps et mon cœur et j'ai foncé. Je savais qu'il ne dirait pas non. Est-ce que j'ai profité de lui ? Je n'en sais rien. Est-ce que j'aimerais plus ? Évidemment, mais la vérité, c'est que je suis plus perdue qu'autre chose.

Je m'écarte doucement de Shane, le regarde un instant. Il paraît presque vulnérable, paisiblement endormi. C'est un peu perturbant de voir cet homme tout en muscles parfaitement détendu, serein. Il est beau, son corps montrant sans honte ce qu'il a subi par le passé, les tatouages marquant ces épreuves, un peu comme une carte.

Cela m'a profondément émue qu'il ne se concentre que sur mon plaisir au début de notre étreinte. La façon dont il me regardait… J'ai eu l'impression de lire quelque chose qui se rapproche de l'amour et je ne suis pas prête pour ça, même s'il me plaît vraiment.

J'ai un pincement au cœur. À chaque fois que nous nous sommes rapprochés, je me sentais bien, heureuse. Je fais sûrement une erreur en quittant son lit, mais j'ai besoin de prendre un peu de recul.

***

Le lendemain matin, je me réveille en sursaut, me demandant si mes souvenirs sont réels. Je m'assieds sur le bord du lit, me frotte les yeux et prends conscience que oui. Eh merde ! Je ne sais pas comment va se passer la suite, il va probablement mal le prendre que je sois partie, ou bien il sera soulagé. Je ne peux pas me permettre de faire des suppositions, je verrai bien. En attendant, j'ai l'impression d'étouffer, je dois prendre l'air et j'ai besoin de voir Morgan.

Je trouve Beth déjà installée dans la cuisine devant un café. Elle lâche sa tasse et se précipite pour me prendre dans ses bras. On reste ainsi pendant quelques minutes, je ressens une émotion intense qui me prend aux tripes, comme si ma victoire était aussi la sienne.

– Mon Dieu, Callie, je suis si fière de toi.

– Beth, murmuré-je.

– Laisse-moi te regarder.

Comme hier, elle prend mon menton entre ses doigts et m'examine. Je n'ai pas pris le temps de m'observer dans une glace, mais j'imagine que ce n'est pas terrible.

– Tu ne souffres pas trop ?

– Non.

– C'est vrai, ce mensonge ?

– Oui. Ne t'en fais pas.

– Je n'en reviens toujours pas que tu l'aies affronté toute seule !

On s'installe l'une en face de l'autre sur les tabourets et elle prend mes mains dans les siennes.

– Je suis vraiment désolée…

– J'ai choisi de ne pas me disputer avec toi à ce propos parce que le résultat est là, mais quand même ! Il aurait pu t'arriver mille fois pire, j'aurais pu ne jamais te revoir. Mon Dieu, Callie !

– Je sais, fais-je en secouant la tête. Je… je ne dirais pas que je n'y ai pas réfléchi, c'est plus que je ne voulais pas penser aux « et si ». Ma décision était prise et il était hors de question que je perde du temps en analyses, sinon je risquais de me dégonfler comme je l'ai souvent fait auparavant. Je devais y aller. Maintenant je suis libre.

– Oui, tu l'es.

– Je sais que tout n'est pas résolu, je ne peux pas oublier ce que j'ai vécu, mais je me sens plus légère, bien. Cela faisait longtemps que ça ne m'était pas arrivé.

– Shane nous a dit que tu refusais de porter plainte…

– Oui, il s'est mis en colère et j'imagine que c'est ce que tu ressens. Mais je… je sais comment fonctionne le système, c'est la parole d'Adam contre la mienne. Le nombre de femmes qui portent plainte sans rien obtenir en retour, les courtes peines appliquées… Je l'ai quitté pour mettre un terme à tout ça, porter plainte signifie procès et cela durerait des mois, peut-être des années. Je ne veux pas vivre ça. Adam comptait sur ma faiblesse pour me garder auprès de lui, me perdre est un châtiment bien plus dur pour lui que la prison, crois-moi.

Je tais le fait que j'ai aussi peur d'être jugée et une trouille phénoménale de ne pas être prise au sérieux. Cette situation avec Adam n'est pas nouvelle, elle s'est installée sur des années et on me demandera forcément pourquoi j'ai attendu si longtemps avant de réagir. La vérité est que je n'ai pas de réponse à cette question. Tous les bons moments effaçaient simplement les mauvais, aussi horribles fussent-ils.

– C'est ton choix, ma chérie, et je le respecte. Je suis là pour toi quoi qu'il en soit.

– Je sais, je t'en remercie.

– Qu'est-ce qui t'a poussée à franchir le pas ?

Je baisse les yeux. Puis-je me confier à elle, lui parler de Shane ? Il fait partie des raisons, mais je n'ai jamais abordé directement le sujet avec Beth. Qu'est-ce qu'elle va penser de moi ?

– Plein de choses. Le fait que je reste avec lui ne

signifiait pas que je ne savais pas que quelque chose n'allait pas, mais je…

Je prends une profonde inspiration et lève les yeux au plafond, perdue dans mes pensées.

– Bien entendu, vous voir, Eric et toi… reprends-je après un instant. Vous êtes tellement…

– Callie…

– C'est vrai, Beth. Vous êtes mon modèle.

Je vois ses yeux briller sous l'émotion. Il n'y a pas de raison que je sois la seule à pleurer. Après réflexion, je choisis de taire tout ce qui se rapporte à Shane et surtout à cette nuit. C'est encore trop frais pour que j'en parle.

– Ça va aller ?

– Bien sûr. Je n'irai probablement pas bosser pendant quelques jours, je ferais sûrement fuir le client avec la tête que j'ai. J'appellerai Josh pour le tenir au courant.

– Ça ne posera aucun problème. On est tous avec toi.

– Une autre des raisons qui m'ont poussée à aller au bout. Je sais que je suis bien entourée.

Je jette un œil à la pendule dans la cuisine. Il ne faut pas trop que je tarde parce que je ne veux pas tomber sur Shane. Je prends une dernière fois Beth dans mes bras avant de me lever pour me servir un verre de lait.

– Tu as quelque chose de prévu aujourd'hui ? Tu veux qu'on traîne ensemble ? propose mon amie.

– J'aurais bien aimé, mais je dois voir quelqu'un. J'essaierai de ne pas rentrer trop tard.

– D'accord, ça marche.

Je rince rapidement mon verre et le mets à sécher. Beth me lance un petit sourire et je me demande comment j'aurais fait pour tenir si elle n'avait pas été là.

– Je t'aime, tu sais ça ? dit-elle.

– Moi aussi. J'espère qu'Eric n'est pas jaloux, ris-je pour détendre un peu l'atmosphère.

– Non, il sait qu'il n'a rien à craindre de toi, répond-elle en faisant un clin d'œil.

17

Shane

Je me réveille heureux, pour la première fois depuis bien longtemps. Mais ce bonheur ne dure pas longtemps quand je découvre la place vide à mes côtés. Callie s'est levée avant moi. Elle est peut-être allée prendre une douche, ou bien elle avait trop faim pour m'attendre et elle n'a pas osé me réveiller.

Ou bien elle a fui...

Je me lève en m'étirant, enfile un short et un tee-shirt, et sors. Je cogne d'abord à la porte de sa chambre. Pas de réponse. Je sais que je n'ai pas vraiment le droit, mais je tourne la poignée et pousse le battant en voyant que ce n'est pas verrouillé. La pièce est vide. Je passe une main dans mes cheveux et rejoins le salon. Toujours pas de Callie en vue. Je commence à avoir une boule au ventre. Je trouve Beth installée dans la cuisine, devant un magazine.

– Salut ! me lance-t-elle en levant la tête vers moi.

– Salut. T'es pas en cours ?

– Ils ne commencent qu'à quatorze heures. Ça va ?

– Ouais, super, dis-je, moyennement convaincant.

– Qu'est-ce qu'il y a ?

– Tu as vu Callie ce matin ?

– Oui, on a discuté un moment. Elle est partie il n'y a pas très longtemps.

Je devine aisément que Beth ne sait rien de notre nuit. Et je ne sais pas si ça me soulage ou si ça m'inquiète…

– Tu es sûr que ça va, Shane ? Callie avait l'air d'aller bien, dit-elle pour me rassurer.

– D'accord.

– Je sais que tu t'en veux, je suis comme toi, mais elle prend les choses plutôt bien étant donné les circonstances. Callie est parfois têtue, elle avait pris sa décision.

– Je sais.

C'est bien ce qui me fait peur, parce que j'ai le sentiment que je vais être logé à la même enseigne. J'aurais dû résister, j'aurais dû m'écouter, c'était trop tôt. Qui sait ce qui se passe dans sa tête ? On aurait dû se dire ce qu'on ressent au lieu de se jeter l'un sur l'autre en laissant parler notre désir, notre envie l'un de l'autre.

– Et elle sait qu'elle peut compter sur nous.

– Merci, Beth, mais tu sais que tu n'as pas à me rassurer, c'est Callie qui en a besoin, pas moi.

– Tu es sûr ? fait-elle avec un petit sourire entendu.

Je soupire légèrement sans rien ajouter, je n'ai pas vraiment envie de me lancer là-dedans. Je lui tourne le dos et me prépare à manger. Je suis sûr que cette fille lit sur les visages comme personne. Je n'ai sûrement pas besoin de ça, pas avant d'avoir parlé à Callie.

Je ne comprends pas pourquoi elle est partie comme ça. C'est bizarre. Est-ce que j'ai fait ou dit quelque chose ? Je commence à paniquer. Et si j'avais parlé pendant mon sommeil ? Peut-être que j'ai mentionné une autre fille… Non, ça ne me ressemble pas. Et puis, c'est Callie la femme qui peuple mes rêves la nuit, pas une autre. Et puis, je ne parle pas en dormant. Merde !

Je passe toute la journée à attendre son retour, en espérant qu'elle daigne rentrer à un moment donné.

Beth est partie, revenue avec Eric, et ils sont ressortis un moment avant de rentrer il y a peu de temps, mais toujours pas de Callie.

Putain !

Je commence à trouver le temps long et à devenir de plus en plus nerveux aussi. Il est presque vingt et une heures quand elle montre enfin le bout de son nez. Je suis assis dans le salon. Elle me jette à peine un regard et file direct à la cuisine.

– Callie, tu étais où ? demandé-je doucement en me relevant.

– Beth et Eric ne sont pas là ? répond-elle en évitant sciemment ma question.

– Ils sont sur la terrasse, fais-je en m'approchant d'elle.

Je la regarde s'affairer comme si de rien n'était, il ne faut pas être spécialement intelligent pour deviner qu'elle m'évite. Mais bordel ! Je suis en droit d'avoir une explication, tant pis si elle n'en a pas envie. Seulement je ne sais pas par où commencer, comment m'y prendre. Cela en dit long sur mon expérience des relations amoureuses.

– Callie, regarde-moi, s'il te plaît.

Je garde une distance raisonnable, je ne veux pas qu'elle se sente oppressée, mais je veux la voir en face, pas deviner ses réactions à travers son dos. À contrecœur, elle finit par se tourner vers moi. Son visage fait toujours aussi peur à voir, mais a légèrement désenflé. Si hier elle était ouverte, vulnérable à cause de ce qu'elle a vécu, aujourd'hui c'est loin d'être le cas. Son regard est presque glacial et elle se tient droite comme un I. Je vois très nettement le mur qu'elle a érigé entre nous et je n'ai aucune idée de ce qui l'y a poussée.

– Pourquoi tu es partie ?

C'est direct, mais c'est la seule question qui me taraude, alors j'y vais, même si la réponse risque de ne pas me plaire. Elle soupire franchement tout en secouant la tête.

– J'avais besoin de réfléchir.

– Réfléchir à quoi ?

– À tout ça, à ce qu'on a fait et je… je me pose des questions.

– À propos de quoi ? Callie…

Elle prend une profonde inspiration et ferme les yeux un instant.

– Nous deux, c'était peut-être une erreur, murmure-t-elle.

Je me suis pris un certain nombre de coups dans ma vie, mais c'est celui qui n'atteint pas mon corps qui me fait le plus mal.

– Je… j'étais perdue et je… je me suis servie de toi.

– Quoi ? ricané-je. Qu'est-ce que tu racontes ?

– Tu étais juste là et j'avais besoin de réconfort, c'est tout.

C'est tout ? Mais elle ne peut pas être sérieuse. C'est tout ce que je représente alors ? Je n'arrive pas à y croire. Je passe une main rageuse dans mes cheveux.

Calme-toi, Shane, calme-toi.

– Ne prends pas cet air, je t'en prie, souffle-t-elle.

– Quel air ? m'offusqué-je.

– Qu'est-ce que tu crois que les filles qui ont défilé dans ton lit ont pensé le matin en se levant et en voyant que tu n'étais pas là ?

– Qu'est-ce que ça vient faire dans notre conversation ?! Qu'est-ce que tu fais, Callie ?

– Je t'explique les choses, Shane, c'est tout.

– Et donc, tu es en train de dire quoi ? Que tu as pris la fuite parce que… tu pensais que j'allais te traiter comme les autres, c'est ça ?

Elle se tait et mordille sa lèvre inférieure. Putain, je n'y crois pas !

– C'est donc comme ça que tu me vois ? C'est ce que tu penses de moi ?

Je ne parviens pas à cacher la vive émotion dans ma voix. Elle n'a donc rien vu ? J'hallucine, c'est juste un cauchemar et je vais me réveiller. Je me retiens de la secouer et de la mettre face à mes sentiments. Mais qu'est-ce que j'y gagnerais ? Rien. Visiblement, elle me croit insensible et elle vient de me dire qu'elle s'était servie de moi. Les choses sont claires. Il n'y a rien entre nous, si ce n'est cet interlude sexuel. Ça me tue de l'admettre, mais ça n'a pas l'air de l'ennuyer outre mesure.

Mais putain ! Je ne veux pas que cela ne dure qu'un instant. Je ne veux pas de ça avec elle.

J'attends qu'elle poursuive, espérant qu'elle change d'avis, qu'elle comprenne que je ne suis pas celui qu'elle décrit, mais rien. Visiblement, elle a dit tout ce qu'elle avait à dire, alors je quitte la pièce et je me demande si elle sait qu'elle vient de piétiner mon cœur.

18

Callie

Moins d'une semaine a passé depuis mon agression et depuis que Shane et moi avons fait l'amour.

Je n'aime pas particulièrement rester à la maison, j'aime mon travail au bar, mais je préfère attendre un peu d'être plus présentable pour ne pas effrayer la clientèle. Josh s'est bien entendu montré très conciliant, c'est vraiment un amour. Je lui ai raconté ce qu'il s'est passé et il m'a immédiatement donné la semaine pour que je puisse récupérer et me reposer. En plus, il m'a promis qu'Adam ne remettrait plus les pieds au bar. C'était une promesse et je suis persuadée qu'il la tiendra.

Comme tous les soirs, j'angoisse en pénétrant dans la salle de bains. Je suis pétrifiée en découvrant une nouvelle fois mon visage. Les hématomes sont bien atténués, mais j'ai l'impression qu'il n'est plus comme avant. Comment ai-je pu laisser les choses dérailler à ce point ?

Je laisse mes longs cheveux dévaler sur mes épaules, dans mon dos, quitte rapidement mes vêtements et file sous la douche. Je n'ai pas envie de voir ça plus longtemps. L'eau chaude me fait tout d'abord un bien fou, comme si elle pouvait laver toutes mes blessures. Puis, petit à petit, les souvenirs me reviennent. Sous le jet d'eau, les larmes me montent aux yeux sans que je ne puisse rien contrôler. Au bout de trente minutes de pleurs interminables, je me sens fatiguée, vidée de toute mon énergie. Je sors de la douche et m'enroule dans une serviette.

Lorsque je m'avance devant la glace, je suis contente de la trouver complètement embuée, je n'ai pas à affronter à nouveau mon image. Je commence à m'essuyer et enfile rapidement une petite culotte propre avant de me retourner à nouveau vers mon reflet déformé.

Tremblante malgré la chaleur humide dans la pièce, j'essuie la buée sur le miroir. Pas très net, mon double se forme devant mes yeux. Et puis là, je dois à nouveau faire face à mon visage abîmé. Après quelques minutes, mon regard descend vers mon ventre et un précédent incident me revient en tête. Je jouais vraiment avec ma vie en restant auprès d'Adam. Je pense à toutes ces femmes qui meurent sous les coups de leur mari, conjoint, amant. Je suis en colère. Je reste là pendant dix bonnes minutes à observer mes cicatrices, ces marques indélébiles. J'ai eu la force et le courage de partir, de dire stop. Mais combien restent ? Combien subissent comme je l'ai fait ? Je pleure encore, un peu plus. Puis sans vraiment me contrôler, je donne un gros coup de poing dans le miroir. Bien entendu, cela me fait un mal de chien, et le résultat est là : dans un effroyable fracas, il se brise en plusieurs morceaux qui tombent en cascade sur le lavabo, puis au sol.

Je m'effondre et regarde, complètement anesthésiée, les fragments par terre. Ils sont tels qu'est ma vie en ce moment : éparpillés, brisés, mélangés.

– Callie ! Callie ! Qu'est-ce que tu fais ?! Ouvre-moi, exige Shane en cognant à la porte.

Je lève un regard absent vers le battant. La poignée

bouge, mais il ne peut entrer, j'ai fermé à clé. Je devrais lui répondre, le rassurer, mais je suis totalement immobile, comme si mon âme avait quitté mon corps et que je ne pouvais plus rien contrôler. Je fixe les petits bouts aux bords coupants qui me renvoient un portrait déformé. Je n'ai jamais envisagé de m'ôter la vie, malgré toutes les crasses que j'ai vécues, jamais je n'y ai songé.

Shane tambourine toujours. Voyant que je ne réponds pas, il donne un grand coup de pied et la porte sort de ses gonds dans un bruit sourd. Shane tombe aussitôt à genoux devant moi.

– Callie, ne pense même pas à ça, dit-il en éloignant les fragments tranchants.

Il se méprend sur mes intentions, je le fixe pourtant sans rien dire.

– Callie ! Regarde-moi, implore-t-il en me secouant doucement.

Je plonge mes yeux remplis de larmes dans les siens. Y voir mon reflet me bouleverse un peu plus. C'est quand il s'empare de ma main que je constate que je me suis blessée en frappant le miroir. Il attrape une petite serviette-éponge et l'applique sur ma blessure. Toujours en larmes, je me laisse aller tout contre lui alors qu'il s'assied par terre près de moi.

– Pourquoi t'as fait ça ?

– Je n'ai pas supporté mon reflet, dis-je en reniflant.

– Oh, Callie…

– C'est comme s'il m'avait marquée. Je ne sais pas si je guérirai un jour.

Alors que je pose mon front contre son torse, Shane s'empare de son portable et appelle Beth, lui demandant de venir en urgence. Après quelques minutes, il se redresse, me soulève et m'emmène dans ma chambre.

Je suis toujours comme paralysée, sous le choc. Il déniche un tee-shirt qu'il m'aide à enfiler et m'installe sur mon lit. Je glisse sous les draps et m'enfouis un peu plus sous les couvertures, à l'abri.

Il attend que je lui tourne le dos pour quitter la chambre sans ajouter un mot de plus. Je me demande si je l'ai perdu lui aussi. J'ai quitté Adam, essentiellement pour moi, mais aussi parce que j'ai des sentiments pour Shane.

Je ne me suis jamais sentie aussi seule, aussi perdue, aussi désemparée. Tout est de ma faute, je l'ai repoussé, je lui ai dit des choses que je ne pense même pas. Je n'ai pas discuté avec lui. La conversation qu'on a eue n'avait rien d'un échange. Il s'est juste senti blessé, je l'ai vu, et pourtant c'en est resté là. Je ne peux pas lui en vouloir. Comment pourrait-il lire entre les lignes, passer outre et exiger plus ? La vérité, c'est juste que je suis perdue. J'aurais pu lui dire ça tout simplement, il aurait compris, j'en suis sûre. Mais à la place, j'ai été injuste. Je ne sais pas comment faire pour réparer les choses.

Beth ne tarde pas à rappliquer. Je ne sais pas ce qu'elle faisait et je n'ose pas lui demander. Elle se précipite dans ma chambre et je passe un long moment dans ses bras à tenter de reprendre mon souffle et de faire cesser les larmes.

19

Shane

Le week-end est bien entamé et c'est toujours pesant entre Callie et moi. Même si je l'ai aidée l'autre soir, cela ne nous a pas rapprochés pour autant. J'ai préféré appeler Beth à la rescousse plutôt que de m'investir une nouvelle fois et que cela se retourne contre moi. Vu la tournure des événements, j'envisage sérieusement de me trouver un autre pied-à-terre.

Je suis sur le point de regagner la maison après une sortie en ville et une séance de boxe avec Ilian, quand je vois une jeune femme courir vers moi. Au fur et à mesure que la silhouette se précise, un grand sourire vient fendre mon visage.

– Shane ! fait-elle en se jetant à mon cou.

– Oh ! Lexi ! Putain ! dis-je en la serrant un peu plus fort. Ce que tu m'as manqué !

– Moi aussi, dit-elle en m'embrassant chaleureusement. Mon Dieu, que tu es beau !

– Viens là, dis-je en la reprenant dans mes bras.

– Je suis désolée de ne pas avoir pu venir plus tôt. J'ai eu pas mal de rendez-vous professionnels.

– Je comprends, ne t'en fais pas. Tu es arrivée quand ?

Je l'ai eue régulièrement au téléphone depuis que je me suis installé ici, mais on n'avait pas encore trouvé le temps de se voir. Je n'ai pas vraiment les moyens de m'acheter un billet pour aller chez elle à Chicago et elle est occupée de son côté. Peut-être qu'inconsciemment je lui ai aussi fait comprendre que je voulais me donner le temps de poser mes bagages, de trouver mes marques, avant de lui laisser entrevoir ma nouvelle vie.

Je l'observe tendrement. Ma grande sœur. Une seule année nous sépare, mais elle a toujours été bien plus mature que moi, et ce très tôt. Plus jeune, elle a été là pour moi, continuellement, inconditionnellement, notamment quand elle étudiait à Lansing. Même si on ne se ressemble pas vraiment – elle tient plus de maman qu'Eric et moi –, on voit quand même qu'il y a un air de famille. Elle est auburn, très jolie avec sa peau claire parsemée de taches de rousseur. Elle est grande, un peu moins que moi, et faisait du basket à l'université. Son intelligence, combinée à son physique, c'est un dangereux combo pour les hommes, même si elle en a longtemps douté.

– Ce matin. Eric est venu me chercher, j'ai pris une chambre dans un hôtel pas très loin de son appart'.

– Pourquoi vous ne m'avez rien dit ?

– On voulait te faire une surprise. Tu m'as manqué, tu sais, fait-elle, émue, en m'embrassant de longues secondes sur la joue. Eric m'a dit que tu serais chez toi. Il est sorti avec Beth, ils nous rejoignent plus tard. On aura un peu de temps rien que tous les deux comme ça.

– Ça me plaît, ris-je en passant un bras par-dessus ses épaules.

On rejoint en riant les escaliers et on grimpe les marches jusqu'à l'entrée. Alors que j'ouvre la porte, Callie s'apprête à monter à l'étage. Elle s'arrête net sur nous. Ses sourcils se froncent alors qu'elle nous observe. Ses yeux font un va-et-vient entre Lexi et moi, puis plongent dans les miens avant de se fermer. Elle tourne les talons et commence à monter.

– Attends, Callie ! m'exclamé-je en comprenant tout de suite le malaise.

– Oh, non ! Ça va, te fatigue pas, crache-t-elle en se retournant. Je n'ai pas envie de faire la connaissance de tes conquêtes, OK !

Lexi éclate de rire sous le regard médusé de Callie. Je serais bien tenté de rire aussi, mais je ne trouve pas la situation marrante du tout. Elle s'imagine que je ramène une femme à la maison alors qu'on a couché ensemble il n'y a pas si longtemps. Putain ! Cela montre à quel point elle me connaît et surtout à quel point elle ignore tout de mes sentiments la concernant.

– Je ne suis pas une de ses conquêtes ! Je suis Lexi, la sœur d'Eric et Shane. Enchantée.

Je vois une gêne passer sur les traits de Callie alors que le rouge envahit ses joues. Elle doit se sentir con d'avoir réagi comme ça. Elle redescend les marches en évitant sciemment mon regard et s'avance vers Lexi. Ma sœur ne se laisse pas démonter, et au lieu de lui tendre la main pour la saluer, elle fait un pas de plus et lui fait la bise.

– Je te présente Callie, dis-je faiblement. La meilleure amie de Beth, elle habite ici.

– Je suis désolée, marmonne Callie.

– Ce n'est pas grave. C'est plutôt un compliment d'imaginer que je pourrais être avec un homme comme lui, dit Lexi en me lançant un regard plein d'admiration que je ne mérite probablement pas.

– Je vous laisse, vous devez avoir plein de choses à vous dire, lance Callie à toute vitesse.

– Tu peux rester, soufflé-je.

– Non, je vous laisse, dit-elle avant de remonter en vitesse les escaliers.

Elle manque de trébucher sur la dernière marche, se rattrape maladroitement et file s'enfermer dans sa chambre.

– Elle a l'air gentille, fait Lexi en me regardant. Et d'avoir un sacré caractère aussi.

– Ouais.

– Qu'est-ce qui lui est arrivé ? demande ma sœur en faisant un pas dans la maison.

Je vais dans la cuisine, nous récupère deux bières et la rejoins sur le canapé.

– Son petit copain. Enfin, son ex.

– Merde.

– Ouais. C'est ce qu'elle a obtenu en rompant avec lui.

Lexi me lance un regard bizarre. Je sais ce qu'elle essaie de faire, je détourne aussitôt la tête histoire d'échapper à son radar.

– Comment tu as réagi ?

– Pas comme tu le penses, répliqué-je en prenant la mouche.

Réputation un jour, réputation toujours.

– Bien, c'est bien. Je suis fière de toi.

Je grogne et prends une gorgée de bière.

– Quoi ?

– Ne dis pas des trucs comme ça, bon sang, on dirait que j'ai 15 ans à nouveau et que tu es ma mère.

Lexi rit doucement, puis elle boit une gorgée tout en me fixant avec attention. Elle ne peut pas s'en empêcher, elle est psychologue, alors elle m'observe, me lit, elle voit tout : mes traits plus durs, mes nouvelles cicatrices, mon tatouage dans le cou, peut-être aussi ce qui est différent dans mon regard, bien que tout ne soit pas en rapport avec la prison. Callie ne me connaît que depuis quelques mois, elle ne peut pas avoir conscience de tous ces changements, mais Lexi si, elle le peut et elle le fait. Parce qu'elle est celle qui me connaît le mieux.

Je sens que je vais passer sur le gril, alors je prends les devants, histoire de gagner un peu de temps.

– Raconte-moi, demandé-je. Qu'est-ce que tu deviens ? Ça fait combien de temps que tu es sur Chicago ?

Elle me lance un petit sourire entendu, elle me connaît, elle sait bien que parler de moi n'est pas mon fort, cela ne l'a jamais été, mais elle est d'accord pour m'offrir un peu de répit. Même si on a pas mal parlé au téléphone, je ne sais pas grand-chose, enfin Eric m'a raconté plein de trucs, mais je veux tout entendre de sa bouche, parce que c'est sa vie.

– Presque un an.

– Mais tu n'as pas peur que…

– Il y a pas loin de trois millions d'habitants, les risques que je tombe sur lui sont minces, balaie-t-elle.

Lexi a vécu une histoire un peu difficile avec un mec quand elle était à la fac. Et ce mec s'avère être maintenant un des hockeyeurs professionnels des Blackhawks de Chicago, alors difficile pour elle d'échapper à son image.

– Pour le moment, je ne me suis pas encore posée professionnellement. Je prospecte, je profite un peu aussi, je découvre la ville, je me promène, je flâne. Les quatre dernières années ont été intenses et j'ai besoin de prendre un peu de temps pour souffler. Mon CV parle pour moi et je reçois quelques offres encourageantes. Mais j'ai le luxe de ne pas être pressée et de pouvoir bien étudier chaque proposition.

– Je suis heureux pour toi. Vraiment. Ça fait plaisir à voir. Savoir qu'Eric et toi réussissez est une grande fierté pour moi.

Elle me lance un petit sourire timide. On finit tranquillement notre bière en discutant de sujets légers, puis elle passe à l'offensive.

– Alors, dis-moi tout ! demande-t-elle en s'approchant de moi.

– Qu'est-ce que tu veux savoir ?

– Tout, répond-elle, impatiente, en souriant.

– Il n'y a pas grand-chose à dire. Je suis bien installé ici. Beth a été adorable. Elle s'est tout de suite proposé de m'accueillir. Elle s'est arrangée avec Josh, le proprio du bar en dessous et de la maison. Le travail est tranquille. Ça me plaît, ça me correspond.

– C'est tout ?

– Ouais. Rien d'autre. À vrai dire, je commence tout doucement à me refaire à la vie en société.

– Et Callie ? Tout va bien entre vous ?

– Pourquoi tu demandes ça ?

– Je ne sais pas, sa réaction tout à l'heure… J'ai l'impression que c'est tendu entre vous. Qu'est-ce qui s'est passé ?

– Laisse tomber, tu veux ? dis-je en haussant les épaules.

Elle n'insiste pas et on passe l'après-midi à rattraper le temps perdu. Je veux tout savoir, même les trucs les plus insignifiants, les plus ridicules.

Callie joue les fantômes, elle pense sûrement nous laisser une certaine intimité, mais elle n'est pas obligée de se cacher pour autant. Beth et Eric débarquent juste un peu avant dîner. Je propose de commander chinois pour le repas. Je laisse Beth se charger de prévenir Callie. Je ne vais sûrement pas aller la supplier de venir manger avec nous et de passer la soirée en notre compagnie.

Le livreur vient juste de repartir, c'est moi qui ai réglé, et au moment où j'entre dans le salon, un bruit de porte me laisse supposer que Callie va enfin descendre. Elle doit avoir suffisamment faim pour daigner se joindre à nous. Je pose les différents sacs sur la table basse et tends l'oreille. Je distingue les pas légers de Callie dans l'escalier. Je jette un œil discret et la vois franchir la dernière marche. Elle salue tout le monde d'un petit sourire et va s'installer sur un coussin de sol à l'opposé de moi. Acte volontaire ou pas, je ne peux m'empêcher de ressentir un pincement au cœur.

Contre toute attente, la soirée se passe plutôt bien. Tout le monde semble s'amuser, même Callie. Enfin, tout le monde, sauf moi, car je passe mon temps à regarder mon assiette ou Callie. Je fais illusion en riant à des conneries que sort Lexi sur notre enfance et en acquiesçant à deux ou trois questions, mais rien de plus. Je suis franchement en colère que Callie réagisse de la sorte, comme si rien ne s'était passé entre nous. Je bous sur place, je suis convaincu que Lexi a déjà tout lu en moi et j'ai de plus en plus de mal à tenir en place.

Il est hors de question que je reste ici plus longtemps. Je peux supporter d'être à ses côtés au bar, j'y suis suffisamment occupé pour ne pas être constamment obnubilé par elle. Mais ici, c'est différent, tous les soirs je m'endors à quelques mètres d'elle seulement, les lieux me rappellent forcément notre nuit. On a fait l'amour dans ma chambre, bordel ! Je ne suis pas maso à ce point. C'est décidé, cette semaine, je me mets à la recherche d'un appartement.

***

Il est presque minuit quand Callie se lève et s'excuse pour monter se coucher. Je la suis du regard sans répondre à son « bonne nuit » et commence à débarrasser tandis qu'Eric et Beth s'installent plus confortablement dans le canapé, devant la télé, en zappant entre les chaînes. Lexi me suit en récupérant les boîtes vides pour les mettre à la poubelle.

– Tu me sers un café ?

– Ouais, bien sûr.

Je récupère en silence une tasse, une capsule et enclenche la machine. Au début, je ne comprenais pas la nécessité d'avoir deux machines. Et puis j'ai découvert que Callie ne boit que du café qui vient de couler, du vrai café comme elle dit, tandis que Beth ne prend que le café en capsule. En moins de temps qu'il n'en faut pour le dire, je tends une tasse fumante à ma sœur qui me regarde tendrement. Je sais ce que ce regard signifie, elle n'en a pas fini avec moi, les choses sérieuses arrivent.

Je n'ai jamais été très fort au jeu de parler, de se confier. J'ai toujours préféré garder tout pour moi, pensant que je me suffisais amplement pour résoudre mes problèmes. Chose qui ne m'a vraisemblablement pas réussi. Quand Lexi étudiait à Lansing, je lui rendais souvent visite, et déjà à l'époque, elle voyait quand quelque chose n'allait pas. Elle était la seule à qui je parlais, parce qu'avec elle tout est facile. Elle possède un véritable don, elle ne s'est pas trompée de voie. Alors même si je n'ai pas encore décidé si je voulais discuter de ce qui se passe avec Callie, je ne crains pas vraiment ce qui pourrait suivre. C'est ma sœur, elle ne veut que mon bien.

– Tu viens avec moi sur la terrasse ?

On prend place dans les fauteuils en osier. Dans un premier temps, elle se contente d'être à mes côtés, le regard plongé dans les étoiles. La nuit est vraiment magnifique, pas un nuage, les astres brillent de mille feux. Puis elle pose sa tasse sur la table et se penche vers moi.

– Est-ce que tu veux me dire ce qui te chagrine ? demande-t-elle après un silence.

– Qu'est-ce qui te dit que j'ai envie d'en parler ? demandé-je avec un air de défi.

– Parce qu'il y aurait longtemps que tu m'aurais envoyée bouler gentiment et fermement dans le cas contraire. Je suis sûre que tu veux te libérer de ce poids, ça te fera du bien, tu verras.

Après un moment de silence pesant, je détourne à nouveau mes yeux vers le ciel. Qu'est-ce que j'ai à perdre ? Rien. Lexi me connaît suffisamment pour se douter qu'il ne s'agit pas d'un problème d'adolescent, je n'ai pas à avoir peur de son jugement.

– Dès que je suis arrivé ici, elle m'a tout de suite plu. Bon, forcément, après ma sortie de taule, j'aurais sauté sur tout ce qui bouge.

Je ne les vois pas, mais je devine le regard désapprobateur de ma sœur et son air désabusé. Je dis que j'ai changé, mais certaines choses sont restées les mêmes, et oui, j'aime les femmes et Callie m'a tout de suite tapé dans l'œil, je ne vais pas m'en cacher. Alors peu importe ce que ma sœur peut penser, je lui raconte les choses telles qu'elles sont.

– Au tout début, j'étais très sage. J'aurais pu draguer Callie, elle est tout à fait mon genre de femmes, mais j'ai su presque immédiatement qu'elle avait un copain, donc il était hors de question que j'aie des vues sur elle. J'ai ramené un certain nombre de filles à la maison, mais ce n'était que pour une nuit, rien d'autre. Elles étaient d'accord, c'était clair dès le départ. Enfin, pour certaines peut-être un peu moins… Alors ouais, je partais avant qu'elles se réveillent. C'était plus facile. Ma vie d'avant… Tu me connais. Je n'ai jamais vraiment eu envie de construire quelque chose. Je ne te parle pas forcément d'une relation amoureuse. Je n'ai jamais eu envie de me poser, je ne voulais pas penser au futur, je vivais au jour le jour et ça m'allait bien. Avoir une copine avec le genre de vie que je menais, ça n'était pas compatible, mais ça me convenait.

– Mais Callie est différente, n'est-ce pas ?

Je déglutis nerveusement et me lève.

– Je n'ai jamais envisagé quoi que ce soit avec elle, parce qu'elle avait un mec, parce que c'est la meilleure amie de Beth, et notre coloc'. Puis tout a changé.

– Qu'est-ce qui a changé ?

– J'aime passer du temps avec elle. Elle a formidablement bien réagi quand je lui ai raconté mon passé. Elle a le sens de la repartie, elle connaît deux trois trucs en mécanique et puis elle est gentille, drôle parfois, elle cuisine divinement bien. Quand j'ai appris ce qu'elle vivait avec son mec, je ne comprenais pas pourquoi elle s'enfermait là-dedans. Mais je n'avais pas vraiment le droit de m'en mêler. Si Beth n'y arrivait pas, je n'allais pas pouvoir faire grand-chose.

Appuyé contre la rambarde de la terrasse, je fixe Lexi qui m'écoute attentivement. Elle ne fait aucun commentaire, se contente de hocher la tête.

– Plus ça allait et plus j'avais envie de la protéger de ce type, de lui faire comprendre qu'elle méritait mieux que lui. Mais comment j'étais censé faire ça ? Je me suis contenté d'être là, quand elle en avait besoin, lui apportant un semblant de sentiment de sécurité. Bien sûr, c'était trop peu pour moi, mais je devais m'en contenter. Je me suis efforcé de ne pas réagir pour ne pas la mettre mal à l'aise. J'ai arrêté de ramener des filles quand elle m'a fait une remarque là-dessus. Je ne me doutais franchement pas que ça pouvait la gêner. Et puis, il y a eu cette nuit où elle m'a avoué avoir peur et m'a demandé de rester avec elle. Il ne s'est rien passé, mais je…

Je me passe une main dans les cheveux, puis sur le visage, avant de secouer violemment la tête.

– J'aurais dû prévoir ce qui allait suivre, mais je ne pouvais pas faire marche arrière. Elle ne faisait rien pour, pourtant elle m'apparaissait toujours tellement sexy dans son attitude, dans ses gestes, dans sa façon d'être, je devenais fou. Et puis, il y a eu cette soirée, il y a une semaine. Bordel, quand j'y pense ! J'ai fait preuve d'un sang-froid phénoménal. Elle portait cette robe, mon Dieu, je n'avais jamais rien vu de pareil. Elle était heureuse ce soir-là, affirmé-je. Elle riait gaiement, elle me jetait des regards. Je ne sais pas si c'est à ce moment-là que je suis définitivement tombé amoureux, mais en tout cas, j'ai su que j'étais foutu.

Je détourne un instant mon regard de Lexi, j'ai besoin de reprendre mon souffle, de me calmer un peu, je viens de mettre des mots forts sur ce que je ressens, cela me fait tout drôle.

– On a dansé ensemble en boîte, je savais qu'elle était légèrement saoule, je n'avais aucun moyen de savoir si elle était sincère, et surtout je ne voulais pas profiter de la situation, son mec faisait toujours partie de l'équation. On est rentrés, et puis c'est là que c'est parti en sucette, enfin si on peut dire ça comme ça.

– Vous avez couché ensemble ? demande Lexi en prenant enfin la parole.

– Non. Pas à ce moment-là, précisé-je. Je ne voulais pas coucher avec elle tant qu'elle était encore avec le salaud qu'elle considérait comme son petit ami. Et je sais qu'elle ne l'aurait jamais fait non plus. J'étais allongé sur le canapé et elle est descendue pour prendre une bouteille d'eau. Et putain ! Je ne sais pas ce qui s'est passé exactement, mais il y a eu quelque chose entre nous ce soir-là, même si on ne s'est ni touchés, ni embrassés. Et puis, elle m'a tué. Elle m'a dit qu'elle allait quitter Adam. L'excitation est descendue d'un seul coup, et tout ce que je ressentais, c'était de l'inquiétude et de l'espoir aussi. Est-ce que ça fait de moi un connard ?

– Non, ça fait de toi un être humain, Shane.

Je secoue la tête et prends une profonde inspiration. Mettre des mots sur tout ça me demande beaucoup d'efforts, plus que je ne l'aurais pensé.

– Le lendemain, j'ai eu une boule au ventre toute la journée. Quand elle est rentrée le soir, j'ai vu ce qui s'était passé. Elle a tout de suite lu en moi, elle savait ce à quoi je pensais : aller le trouver et faire justice moi-même.

– Donc, tu y as pensé.

– Bien sûr ! Comment veux-tu qu'il en soit autrement ? Callie n'aurait pas été là, elle ne m'aurait pas fait promettre, Adam ne serait plus de ce monde. Mais elle m'a convaincu et je lui ai donné ma parole.

Lexi enroule son bras autour du mien et vient poser sa tête contre mon épaule. Je soupire et penche la mienne tout contre elle.

Putain ! Jamais je ne me suis confié comme ça à personne, ça craint. Pourquoi est-ce que j'accepte de me livrer de la sorte ? Ça ne sert à rien en plus. Pourtant, je continue sans me forcer, parce que c'est Lexi, ma grande sœur, et je lui dois tellement. Peut-être qu'elle n'a pas tout à fait tort dans le fond, j'ai besoin d'extérioriser tout ce que je garde pour moi depuis un bon moment maintenant.

– Je sais que tu n'aimes pas qu'on te le dise, mais je vais le faire quand même. Je sais comment tu étais par le passé, j'imagine très bien ce qui t'a conduit en taule et je suis sciée par les changements que je vois. J'ai toujours cru en toi, je suis tellement fière de toi.

J'embrasse le sommet de sa tête avant de lui sourire tendrement.

– Qu'est-ce que tu ne me dis pas ? murmure-t-elle.

– Tu veux vraiment tout savoir ? Comme si tu ne t'en doutais pas.

– Bon, tu peux me passer les détails, je n'ai effectivement pas besoin de les connaître. Ce que je veux savoir, c'est comment vous êtes passés d'un rapprochement à une presque totale ignorance.

– Je n'ai jamais vécu avec personne ce que j'ai vécu avec elle. Le lendemain, elle a disparu. Pas de message, ni de coup de fil. Elle est rentrée le soir comme si de rien n'était. Elle m'a d'abord dit qu'on avait fait une erreur, qu'elle s'était servie de moi pour oublier. Et puis, elle a fait allusion aux filles avec qui j'ai couché. Donc pour elle, cette nuit n'était rien de plus qu'un coup comme ça pour s'échapper. Elle a ramené ça à une histoire de cul. Elle était froide et distante. C'est comme ça depuis.

– Pourquoi tu ne lui as pas dit ce que tu ressens ?

– Tu te fous de moi ?! Pour quoi faire ? Callie ne m'aime pas, la façon dont elle me considère… ça me…

– Ça fait mal, finit-elle pour moi. Tu veux mon avis ?

– Pas particulièrement, ricané-je en sachant pertinemment que ça ne l'empêchera pas de me le donner.

– J'ai vu sa réaction quand je suis entrée dans la maison. Elle a tout de suite été sur les nerfs, parce qu'elle croyait que j'étais une conquête. J'ai vu de la jalousie et de la peine dans ses yeux. Une personne qui ne ressent rien ne réagit pas comme ça.

– Qu'est-ce que tu essaies de dire ?

– Callie est aussi amoureuse de toi que tu l'es d'elle.

– C'est n'importe quoi, balayé-je en secouant la tête.

– Réfléchis bien, Shane. C'est en partie parce qu'elle s'est rapprochée de toi au cours de cette soirée qu'elle a quitté son copain après. Tu t'en doutes quand même. Et même si elle doit avoir d'autres raisons, comme se protéger, je suis sûre que c'est parce qu'elle a développé des sentiments pour toi. Tout est allé très vite, peut-être trop vite, ni elle ni toi n'êtes responsables. Parfois, les émotions, la situation font qu'on ne peut pas analyser raisonnablement les choses.

– Certes, mais comment peut-elle croire que je ressens ça pour elle ? Que je me permettrais d'agir de cette façon avec elle ? C'est dingue quand même !

– Tu ne lui as rien dit.

– Pourquoi j'aurais dû ? Elle ne m'a rien dit non plus, à ce que je sache.

– Qu'est-ce que tu comptes faire ?

– Moi ?! Rien. J'en ai fait assez. J'arrête les frais.

– Tu es trop con.

– Ouais, bien sûr. J'ai tous les torts dans cette histoire, hein ?! Non, affirmé-je, bien décidé. Je vais chercher un appart' ailleurs. Je pourrai peut-être échanger avec Eric. Peut-être que j'arriverai à le convaincre de s'installer avec Beth.

Lexi comprend parfaitement que je viens de mettre un terme à notre conversation sur Callie et moi en déviant le sujet sur notre frère et Beth. On est interrompus par Eric qui passe la tête à travers la baie vitrée.

– On va rentrer. T'es prête ? demande-t-il à Lexi en bâillant.

– Ça va aller ? me demande-t-elle en me lançant un dernier coup d'œil.

– Ouais, bien sûr. J'ai un cœur de pierre… Après tout, une toute petite fissure ne devrait pas être un problème, lâché-je, amer.

Lexi me fait un petit sourire contrit avant de m'embrasser sur la joue.

– Je suis là pour une semaine. Je ne vais pas te lâcher, je serai ton pansement, si tu veux.

– Ouais, ça marche, fais-je en lui rendant sa bise.

Je les regarde quitter la maison et décide de rester en bas. Je n'ai pas envie de monter à l'étage, je veux être le plus loin possible de Callie.

20

Callie

Aujourd'hui, personne ne travaille, et avec la complicité de Beth, à qui j'ai fini par tout raconter, j'ai organisé quelque chose pour ce soir. Elle est chargée d'occuper Shane pour l'après-midi pendant que je prépare à dîner. J'ai eu toute la semaine pour réfléchir, analyser ce que j'ai vécu avec Adam, et surtout avec Shane. Je m'en veux énormément. Et c'est à moi de me bouger pour arranger la situation.

Beth est censée le raccompagner à la maison et ressortir aussitôt pour rejoindre Eric. J'angoisse à l'idée que Shane ne veuille pas rentrer après et préfère passer la soirée dehors. Je me rends bien compte qu'il essaie par tous les moyens de m'éviter.

Ma tension s'accroît quand je reçois un texto. C'est Beth.

[Désolée pour le retard.]

Je referme à la hâte le téléphone quand j'entends la porte s'ouvrir et se refermer. Mais je suis pétrifiée, je fixe nerveusement le couloir. Au bout de quelques secondes, Shane apparaît enfin. Il m'observe en fronçant les sourcils, puis je le vois prendre une grande inspiration pour humer l'air ambiant.

– Tu as cuisiné ?

Je me contente de hocher la tête. Bon ! Il faut que je me ressaisisse.

– En quel honneur ? demande-t-il, méfiant, curieux et un peu jaloux. T'attends quelqu'un ?

Je descends du tabouret, remplis les deux verres, fais le tour et sors le plat du four. Oh, mon Dieu, je n'aurais jamais pensé que ça serait si dur. Il doit me prendre pour une idiote.

– Callie ? fait-il sur un ton plus doux en faisant un pas vers moi. Qu'est-ce qui se passe ?

Je me tourne enfin vers lui et prends une grande inspiration.

– Je suis désolée. Je... commencé-je. Je ne sais pas pourquoi j'ai réagi comme ça. Enfin si... Mais je... je n'aurais pas dû. Je n'avais pas le droit de m'en prendre à toi. Je ne pensais pas tout ce que je t'ai dit. Je sais que tu ne m'aurais pas traitée comme ça. Mais je... j'ai eu peur et je n'ai pensé qu'à me protéger.

Son regard est profond, compréhensif.

– Et tu t'es dit qu'en me préparant un dîner je te pardonnerais ?

Je lui jette un regard perdu, je n'arrive pas à savoir s'il est sérieux ou s'il plaisante. Il doit s'en rendre compte, car il fait immédiatement un pas vers moi et me sourit.

– Tu dois me connaître suffisamment pour avoir compris qu'on peut m'acheter avec de la nourriture, rit-il. Surtout s'il s'agit de la tienne.

– Tu me pardonnes d'être si nulle ?

– Oui.

Il semble sur le point d'ajouter quelque chose, mais il se tait et fixe le verre de vin qui l'attend.

– C'est pour moi ?

J'acquiesce en souriant et il le récupère. Je m'empare des assiettes et y dépose une grosse part de lasagnes pour Shane, une plus petite pour moi. Je m'installe à ses côtés et vide mon verre. Je sens le rouge me monter aux joues.

Je suis tellement soulagée de voir que la soirée se passe bien. Cependant, on se contente durant tout le dîner de parler de tout et rien et je me demande si c'est normal après ce qui s'est passé entre nous. On termine le dessert et je ressens le besoin de me confier à lui, parce qu'il a le droit de savoir.

– Je ne sais pas si Beth te l'a dit, mais je… je suis allée porter plainte.

– C'est vrai ? s'exclame-t-il.

– Oui. Je sais ce que je t'ai dit et j'ai certainement eu l'air catégorique, mais après réflexion, après avoir discuté avec Beth et un ami, j'ai su que c'était la chose à faire. J'ai pris conscience que si je voulais tirer un trait définitif sur tout ça, il fallait que j'aille au bout. J'ai également compris que je ne pouvais pas prendre le risque qu'Adam répète le même schéma avec une autre femme.

– Je suis fier de toi.

– Merci. C'était encore plus dur que d'affronter Adam, mais j'ai réussi. Je suis tombée sur une policière adorable. Elle m'a vraiment soutenue, accompagnée. Cela m'a beaucoup aidée.

– Tu y es allée toute seule ? Encore ?

– Non, non. Beth était là.

– Tant mieux. C'est bien.

– Ça t'a plu ? demandé-je pour changer de sujet après quelques secondes de flottement.

– Oui, c'était très bon. Laisse, je vais finir. Va sur la terrasse, j'apporte le café.

– Si tu veux, dis-je en posant les assiettes dans l'évier.

Quand Shane apparaît sous le porche, je suis installée sur la banquette.

– Tiens, dit-il en me tendant un mug fumant et en s'asseyant à côté de moi.

Je prends deux gorgées de café en restant silencieuse. J'ai peur d'engager la conversation, peur de dire une connerie, de le faire fuir, c'est un peu ma spécialité ces derniers temps…

– À quoi tu penses ? demande Shane en rompant le silence.

– À rien, mens-je.

– Si, vas-y, dis-moi.

– Je voulais te remercier d'avoir été là pour me soutenir durant cette épreuve. Je sais aussi que ça n'a pas été facile pour toi de rester en retrait, de combattre ton instinct primaire et de tenir ta promesse envers moi. J'en suis consciente et je… Voilà, je voulais juste que tu le saches.

Il hoche doucement la tête. Pendant quelques minutes, on ne se dit rien de plus. Pensive, je mords ma lèvre, les pensées fusent dans mon cerveau, j'ai tellement de choses à lui dire et si peu à la fois. Mes sentiments sont là. Mais après ce qui s'est passé, après mes mots, mes actions, en est-il de même pour lui ? Est-il prêt à me pardonner réellement ?

– On ne sait quasiment rien de l'autre, lancé-je d'un coup.

– C'est de ta faute, souffle-t-il en me prenant de court. Je veux dire… je t'ai parlé de moi, de la prison, mais toi de ton côté, tu es la personne la plus secrète que je connaisse. Jamais tu ne parles de toi.

– C'est parce qu'il n'y a rien à dire.

– Non, je ne te crois pas. C'est juste que tu ne veux pas dire les choses. Pourquoi ?

– Parce que ce n'est pas intéressant.

– C'est toi qui dis ça. Écoute… On a passé tout le dîner à parler de choses et d'autres, la pluie, le beau temps. Tu as amorcé quelque chose de plus personnel en me disant que tu es allée porter plainte. Si tu veux poser des questions personnelles, ça va être donnant, donnant… laisse-t-il en suspens.

Je ne m'attendais pas à ça. Je n'avais pas vraiment prévu de m'étaler sur ma vie privée, sûrement sur des choses dont je n'ai absolument pas envie de discuter. Mais la proposition me semble assez juste.

– Très bien, donnant, donnant. Ça marche.

– Je vais être galant et te laisser commencer. Que veux-tu savoir ?

– Est-ce que c'est ce que tu avais imaginé pendant que tu étais en prison ? Ta vie en sortant, je veux dire.

Shane me fait un petit sourire. Il finit son café et pose la tasse sur la table.

– Je n'avais pas forcément pensé à quoi que ce soit. Je voulais juste sortir. Le temps passe très lentement quand tu es enfermé, tu ne regrettes la liberté qu'une fois que tu l'as perdue. Je n'avais pas particulièrement d'attentes, si ce n'est reprendre contact avec ma famille en espérant que les ponts n'étaient pas rompus au point qu'elle ne veuille plus de moi.

– Est-ce que ça s'est bien passé ?

– Il est encore trop tôt pour le dire.

– Trop tôt ? Mais tu es sorti depuis trois mois.

– Peut-être, mais je ne suis pas encore allé les voir. J'ai un passé compliqué avec mes parents. Ils m'ont mis à la porte parce que ça n'allait plus, qu'ils n'en pouvaient plus. Je me suis précipité sur Detroit et ça ne s'est pas amélioré. Quand ils ont appris pour la prison, cela n'a pas arrangé les choses. Ils ont refusé de venir me voir, et de toute façon, je ne crois pas que je les aurais laissés faire. De la même façon, j'ai refusé qu'Eric et Lexi me rendent visite. Ils ont essayé pourtant, mais je ne voulais pas qu'ils me voient dans cet univers, et surtout, je voulais qu'ils se concentrent sur leur avenir. Dans ma tête, je veux respecter une liste d'engagements avant de retrouver mes parents, tu vois ? Mettre en ordre les choses. Je ne veux pas qu'on puisse me faire des remarques sur ce qui n'allait pas avant. Ma vie sens dessus dessous, les bagarres, le job merdique. Je veux assurer sur tous les tableaux avant de les affronter pour leur montrer que je m'en sors. Tu dois trouver ça idiot.

– Non, pas du tout. Et pour l'instant, tu as réussi à respecter tout ce que tu voulais ?

– Tout ce que je voulais, non. Une grande partie, oui.

Je me demande un instant quels sont encore les blancs qui apparaissent sur sa liste, parce qu'en y regardant bien, je trouve qu'il s'en sort convenablement, je ne vois pas trop ce que ses parents auraient à redire. Il y a peut-être plus dans cette histoire, quelque chose qui s'est passé il y a longtemps, qui a fragilisé leur entente.

– Ça fait combien de temps que tu ne les as pas vus ?

– À peu près quatre ans. Une année à enchaîner les déboires sur Detroit et les trois ans de prison.

– Ça doit être dur.

– Ça l'est, mais j'ai été tellement infect avec eux… Ils savent que je suis sorti, Eric leur en a parlé. Ils attendent que je fasse le premier pas, je sais que c'est à moi de le faire et je vais le faire, mais je ne suis pas encore prêt.

– Tu as déjà envisagé de quitter Detroit ?

– Cette ville, c'est ma vie, je ne sais pas si j'aurai un jour le courage de partir. Je n'ai peut-être pas grandi ici, mais j'y ai été façonné. Cela dit, j'aimerais bien. Je ne partirais pas forcément très loin, mais suffisamment pour ne pas être happé de nouveau. Je me souviens de ce petit village, Baldwin, dans le comté de Lake, dans le nord-ouest de l'État, à une cinquantaine de kilomètres du lac Michigan. On y a passé des vacances une fois avec mes parents. J'avais adoré. Cet endroit pourrait m'offrir tout ce dont j'ai besoin.

– Qu'est-ce qui te plaît là-bas ?

– Son emplacement idéal déjà : en plein cœur de la forêt nationale de Manistee. Après avoir vécu dans une ville qui a pris trois ans de ma vie, j'aimerais me trouver un endroit calme, où je pourrais réapprendre à aimer la vie, des choses simples. Dans l'idéal, je me vois bien trouver une maison à retaper isolée dans la forêt. Ensuite, pourquoi pas un emploi dans la scierie à une trentaine de kilomètres ? Je me l'imagine très bien.

Je le vois partir pendant quelques instants dans ses pensées, et c'est idiot, mais je me dessine parfaitement ce qu'il vient de me décrire, cette forêt, le calme de la nature, l'odeur des arbres… Je m'y vois à ses côtés. Peut-être y voit-il aussi une femme. Il a déjà connu la solitude et il ne voudrait peut-être pas y vivre tout seul.

– Pourquoi ne pas avoir tenté tout de suite à ta sortie de prison ? Tu as l'air d'avoir pensé à tout.

– À cause de ma famille. Trois ans d'absence, c'est long. Je ne pouvais pas disparaître comme ça. Quand selon moi tout sera réglé, je pourrai envisager les choses différemment, mais pour le moment, je reste.

Son regard se perd un instant, puis il revient à moi et je sais que c'est à mon tour de passer sur le gril.

– Et toi alors ? Qu'attends-tu de la vie ?

– Moi ? Tu vas sans doute me trouver cynique au plus haut point, mais je n'attends rien. J'ai cessé d'attendre quoi que ce soit d'elle il y a bien longtemps, dis-je, amère.

Shane ne me connaissait sans doute pas ce trait de caractère. Il ne peut s'empêcher de me regarder avec surprise.

– Comment en es-tu arrivée là ? demande-t-il. Ça a un rapport avec tes parents ?

– Entre autres, oui. La vie ne m'a pas vraiment fait de cadeau, j'ai fini par me convaincre que c'était ce que je méritais, que je n'aurais jamais le droit à autre chose.

– Que s'est-il passé ?

– Mes parents sont morts quand j'avais 14 ans. Le jour de mon anniversaire pour être précise. On se disputait dans la voiture, je ne sais même plus pourquoi ! Un chauffard nous a coupé la route. Je m'en suis sortie sans aucune égratignure, absolument rien. Pas eux. Une seconde, on hurlait dans la voiture, et celle d'après, ils n'étaient plus là. Une partie de moi a cessé de vivre ce jour-là.

– Ce n'est pas de ta faute, Callie.

– Non, bien sûr que non. Je n'ai jamais pensé que ça l'était. C'est juste que… rien.

Shane me regarde tristement. Ça lui fait vraiment de la peine, je le vois bien.

– J'ai cru comprendre que tu avais perdu tes frères aussi…

– Oui. Ils sont morts aussi, murmuré-je sous son regard insistant.

Je me relève, les larmes aux yeux. D'une manière générale, je refuse de parler de tout ça parce que c'est beaucoup trop douloureux, mais aussi parce que je refuse de lire de la pitié dans le regard des gens. Je ne sais pas pourquoi, mais Shane ne réagit pas comme tout le monde et ça me bouleverse un peu plus.

– Ils étaient avec toi dans la voiture ? Lors de l'accident ?

– Non. Ils étaient plus vieux que moi. Quand mes parents sont décédés, ils étaient déjà à la fac, sur le point de s'engager dans l'armée. Ils étaient jumeaux, huit ans de plus que moi. Ils sont morts deux ans après mes parents, en Afghanistan. À 16 ans, je me retrouvais toute seule, sans famille.

– Mais qui s'est occupé de toi ?

– À la mort de nos parents, comme mes frères ne pouvaient pas se charger de moi, avec leurs études et tout, j'ai été provisoirement placée. J'ai changé plusieurs fois de famille d'accueil, ça n'allait jamais vraiment, j'étais trop grande pour susciter un quelconque intérêt. Je n'étais pas maltraitée, mais c'était leur travail, tu comprends. Ils étaient là pour m'offrir un toit, des vêtements et à manger, point barre. Je n'ai jamais tissé de véritables liens avec quiconque. Ensuite, à la mort de mes frères, je n'avais plus besoin de personne.

– Mais tu n'avais que 16 ans.

– Et alors ? fais-je en haussant les épaules. Je savais très bien m'occuper de moi toute seule.

– Et après ?

– À ton avis ?

– Tu as rencontré Adam, hasarde-t-il.

– Ouais, Adam… J'aurais préféré qu'il me laisse d'autres souvenirs, mais je vais devoir faire avec.

– Je suis vraiment désolé de ce qu'il t'a fait vivre, tu ne méritais pas ça, personne ne le mérite.

– Ouais. Eh bien, maintenant j'ai eu le courage de le quitter, donc je m'efforce d'oublier ce que c'était que d'être avec lui. On porte chacun notre lot de marques, constaté-je en portant une main à sa tempe droite.

– Oui, dit-il alors que ses doigts remplacent les miens. La différence entre nous, c'est que pour la plupart j'ai cherché à les avoir.

– Raconte-moi.

– J'en ai pas mal. La plupart, parce que j'étais très bagarreur plus jeune. Certaines, je me les suis faites plus tard, parce que je n'ai jamais vraiment cessé de l'être.

– Ta plus récente ?

– Celle-ci, répond-il en soulevant son tee-shirt.

Il désigne la grosse balafre qui barre son flanc droit. J'ai eu l'occasion de la voir les nombreuses fois où il s'est promené torse nu, celle avec le tatouage *« You always pay the price »*, celle que j'ai dessinée du bout du doigt avant qu'on fasse l'amour. Son rappel.

– Que s'est-il passé ?

– Un type en prison m'a agressé.

– Que lui est-il arrivé ?

– Il est mort.

– Est-ce que tu… Est-ce que tu l'as tué ?

– Non. Un autre s'en est chargé. En prison, c'est la guerre constante. Un coup, tu es ami avec un type, le lendemain, tu es son ennemi. Le mieux, c'est de ne compter que sur soi.

– Ça n'a pas dû être facile.

– Non.

– Désolée de te refaire penser à ça.

– Oh, tu sais, pas besoin de toi pour ça, sourit-il faiblement.

– Tu étais toujours du genre à chercher la bagarre, plus jeune ?

– Bien souvent, oui, mais en général, c'était plus pour défendre mon frère et les copains, ça me donnait une bonne excuse pour participer. Je ne dirais pas que j'allais au-devant des ennuis, mais j'en ai vraiment fait voir de toutes les couleurs à mes parents. C'était plus fort que moi.

– Qu'est-ce que tu as fait ?

– Tu es sûre que tu veux que je te parle de ça ?

Je vois qu'il n'est pas spécialement fier de ses péripéties de jeunesse, mais ça ne m'effraie pas.

– Je sais que tu as fait de la prison, Shane. Qu'est-ce qui pourrait être pire que ça ?

– Tu as raison, concède-t-il. La plupart de mes conneries passaient inaperçues. J'étais suffisamment malin pour faire ça en douce et discrètement. Comme fracturer une voiture pour voler ce qui se trouvait à l'intérieur, un portable par exemple. Ou bien entrer dans un camion de chantier qu'on avait laissé ouvert pour voir s'il n'y avait pas quelque chose à piquer.

– Eric était avec toi ?

– Non. Il était déjà très intelligent et traînait moins avec moi, il bossait ses cours. Et puis, je ne l'aurais pas laissé faire. Je m'en serais voulu s'il lui était arrivé quelque chose par ma faute. J'avais ma bande, un ami plus proche que les autres, Antonio. C'est avec lui que je faisais le plus de conneries. Je pétais un câble dès qu'on s'en prenait à l'un d'eux. C'était plus fort que moi. J'ai défendu Antonio un jour et l'autre a eu mal, très mal. Il a fini à l'hôpital, je crois qu'il a eu plus de dix-neuf points de suture. Mais ce qui s'était passé avant était particulièrement moche, alors il n'a eu que ce qu'il méritait.

– Tes parents n'en savaient rien ?

– Non. J'arrivais toujours à rentrer et à camoufler du mieux que je pouvais les blessures. Du sable dans les plaies pour arrêter les saignements, je jetais mes fringues… Ça marchait la plupart du temps. Sauf une fois, ils ont réellement pris conscience de l'ampleur du problème. J'étais encore une fois avec Antonio, on était dans un magasin et mon pote a piqué un truc. On faisait ça souvent et ça aurait pu s'arrêter là, mais il s'est fait repérer par le chef du rayon qui s'en est violemment pris à lui. Certes, c'était légitime, mais nous étions mineurs, et lui un adulte, même si on était costauds, la réaction était vraiment disproportionnée, alors j'ai riposté. Ça a tourné en baston et les flics ont été appelés. On a fini au poste et on a passé vingt-quatre heures en garde à vue. Heureusement pour nous, ça s'est arrêté là, comme on était encore mineurs… Mais ils ont dû appeler nos parents. Ça a été particulièrement difficile. Lire la déception, la colère, tout ça… Mais le pire là-dedans, c'est que ça ne m'a pas découragé de continuer. La suite, tu la connais.

Nous restons quelques instants sans rien ajouter de plus. On vient de se confier l'un à l'autre d'une façon assez intense, un grand pas en avant a été fait.

– Est-ce que j'ai tout gâché ? Entre nous ? précisé-je faiblement. À avoir réagi comme je l'ai fait ?

– Non.

– Tu m'as pardonné alors ? demandé-je, pleine d'espoir.

– Il me faudra peut-être encore un peu de temps, mais c'est en bonne voie.

– Est-ce que tu envisages toujours de quitter la maison ?

– Comment tu sais ça ? tique-t-il immédiatement en se redressant.

– Je t'ai entendu en parler, avoué-je.

– Quand ? demande-t-il, suspicieux.

– Quand tu discutais avec Lexi dehors.

– Qu… quoi ?! Tu m'as espionné ?

– Non, bien sûr que non, me défends-je. Ma fenêtre était ouverte parce que j'avais chaud et j'ai entendu votre conversation. J'aurais dû refermer, je sais… Mais je…

– Je n'y crois pas. C'est pour ça, ce dîner ? Tu espères quoi ?

– Mais non, absolument pas. Je me sens mal depuis le départ, depuis que je me suis enfuie de ton lit, ça n'y change rien.

Shane secoue la tête, dans l'incompréhension la plus totale.

– Et qu'est-ce que tu attends de moi ? Tu t'en veux parce que j'ai dit vouloir partir ? Parce que tu penses que c'est de ta faute ?

– Oui, un peu.

– Le problème n'est pas là, Callie. Le problème est que nous ne voulons pas la même chose. Tu t'es méprise sur mon compte et tu regrettes. Le problème est là ! Maintenant quoi ? Je te fais pitié, c'est ça ?

– Mais non, bien sûr que non, tenté-je de me défendre.

Seulement, je n'ai pas l'impression qu'il va me laisser en placer une. Il est vraiment remonté.

– Tu sais quoi ? J'en ai marre. C'est injuste ce que tu fais là ! Je n'ai pas envie d'être une putain de roue de secours, OK ?! Tu as fait ton choix à la seconde où tu as préféré partir plutôt que de me parler. J'aurais compris tes doutes, on aurait pu discuter. Mais visiblement tu n'as même pas envisagé cette solution. Tu t'es trompée à mon sujet, mais je… C'est…

Il cherche ses mots sans les trouver. Il se relève brusquement et me regarde durement.

– Je suis vraiment navré, Callie, navré pour ce que tu as vécu par le passé, avec Adam. Tu penses peut-être que je suis à l'épreuve des balles, mais ce n'est pas le cas quand il s'agit de toi. Je suis vraiment désolé, mais je… je ne peux plus faire ça, murmure-t-il avant de me laisser seule sur la terrasse.

Je sens les larmes me monter aux yeux. Comme il vient de me le dire, je l'ai blessé. Et je ne sais pas comment lui faire comprendre que moi aussi j'ai des sentiments pour lui.

***

Le lendemain même, Beth se précipite sur moi pour savoir comment s'est passé le dîner. À part « pas terrible » pour désigner la soirée, je ne sais pas trop quel terme employer. Elle me laisse me servir un café avant de continuer.

– Mais comment c'est possible ?

– Qu'est-ce que tu veux que je te dise ? soufflé-je en m'installant sur un tabouret face à elle. À un moment, j'ai fait une bourde et il a fini par apprendre que j'avais surpris sa conversation avec Lexi, celle où il lui confiait ce qu'il ressent pour moi, celle où à la fin il lui dit qu'il va chercher un autre logement, qu'il n'en peut plus. Il ne l'a pas très bien pris. Il croit que c'est la raison qui m'a motivée à préparer ce dîner, parce que je me sens coupable.

– Mais tu ne lui as pas dit ce que tu ressentais ?

– Il ne m'en a pas laissé le temps et puis il pense que je le considère comme une roue de secours. Alors je ne suis pas sûre que le lui dire arrange les choses non plus.

– Franchement, vous m'énervez tous les deux ! Je ne comprends pas la bêtise qui vous empêche d'être ensemble. Shane s'énerve, tu n'oses pas aller au bout, et au final, retour à la case départ !

– Je ne vois pas trop quoi faire. Il ne m'écoutera pas.

– S'il ne t'écoute pas, il n'écoutera personne.

Je suis bien d'accord avec elle, mais je n'ai pas de solution.

– Peut-être qu'à un moment donné, quand il sera plus accessible, tu pourras te jeter à l'eau.

– Oui, en espérant que ce soit avant son départ.

– Mais oui, j'en suis sûre. Bon, ce n'est pas que discuter avec toi m'ennuie, mais je dois passer l'après-midi avec Eric avant de prendre mon service. Je vais finir de me préparer.

– Ça marche. Merci d'être là pour moi, en tout cas.

– De rien, c'est normal.

Elle se penche pour déposer un petit bisou sur ma joue et rejoint l'étage. Je l'entends saluer Shane dans les escaliers. Il entre dans la pièce, me salue vaguement avant de s'installer dans le canapé et de lancer un truc à la télé. Voilà où nous en sommes rendus, une politesse forcée, le minimum syndical. Excellentes relations !

21

Shane

Alors que Beth sort, je lance un regard vers Callie, toujours rivée sur son téléphone. Elle semble en conversation avec quelqu'un. J'aimerais bien ne pas en être réduit à ça, mais je suis jaloux, je me demande immédiatement qui c'est, ce qu'il représente pour elle, parce que c'est forcément un homme, évidemment. Je m'en veux d'être faible à ce point, je sais que je suis ridicule. Soudainement, elle abat son portable sur le comptoir et se précipite vers les toilettes du bas.

Je me redresse rapidement en tendant une oreille. Elle est malade, je l'entends vomir. Je m'approche de la porte des toilettes, restée entrouverte. Même si je suis en colère, je ne peux m'empêcher de m'inquiéter pour elle.

– Tu as besoin de quelque chose ? demandé-je doucement.

Callie s'assied violemment au sol, contre le mur, et récupère du papier toilette pour s'essuyer la bouche.

– Je veux bien de l'eau, s'il te plaît.

Je m'exécute et reviens deux secondes plus tard avec un verre d'eau fraîche.

– Tu veux que j'appelle un docteur ?

– Non, ça va aller. Je me sens mieux maintenant, dit-elle en souriant faiblement.

Je veux bien la croire, mais elle est blanche comme un cachet d'aspirine, elle fait peur à voir. Je l'aide à se relever.

– Il faut que j'aille à la salle de bains.

– T'as besoin d'aide pour monter ?

– Non, ça va aller. Merci.

– Tu es sûre ?

Elle acquiesce d'un petit hochement de tête et passe devant moi pour rejoindre l'étage. J'attends quelques secondes, puis entends le robinet s'ouvrir. Je retourne m'asseoir pour feuilleter mon magazine. Au bout de dix minutes, Callie réapparaît. Elle a repris quelques couleurs. Elle va directement à la cuisine pour récupérer son téléphone.

– Tu es sûre que ça va ? demandé-je en essayant de garder un air détaché.

– Ouais, ça va mieux. Je sors aussi. On se voit ce soir au bar.

– Ouais, me contenté-je de répondre.

Cette situation m'est de plus en plus insupportable. Je récupère mon portable et ouvre une page Internet afin de me lancer dans la recherche d'un petit studio. Trois annonces retiennent mon attention, je note les différents numéros de téléphone des agences sur le bloc-notes qui traîne sur la table basse et aussi quelques particularités. Je ne manquerai pas de demander à Eric s'il n'est pas partant pour échanger sa place, mais je doute qu'il accepte, sinon il l'aurait fait depuis longtemps. Cela me soulage de faire ça, je me dis que c'est la meilleure solution à mon problème. Je ne vais pas rester ici et souffrir en silence. Ce n'est pas mon genre.

Du coup, j'arrive le premier au bar, même avant Josh. Beth débarque juste avant l'ouverture et s'attaque tout de suite à la mise en place. Callie apparaît peu après, accompagnée d'un inconnu. Putain ! Qui c'est ce type ? Je ne l'ai jamais vu ici. Je ne peux détacher mon regard de la scène qui se joue tout près des portes. Callie est en grande discussion avec lui. Le mec lui caresse le bras, ensuite pose une main sur sa joue, Callie lui sourit pour finalement le prendre dans ses bras.

Eh bien, il ne lui aura finalement pas fallu beaucoup de temps pour qu'elle se remette d'Adam, de moi et de notre nuit ensemble. Putain ! Je suis fou. Je fais tout mon possible pour ne pas ruminer pendant la soirée, mais c'est difficile. Je suis d'une humeur de chien et ça se voit. Je suis soulagé quand le bar ferme enfin ses portes. Beth ne met pas longtemps à s'éclipser, elle doit rejoindre Eric, bien sûr. Callie me demande si on remonte ensemble, mais je n'en ai pas le courage. J'ai besoin d'aller faire un tour pour me changer les idées.

Ma petite escapade aura finalement duré deux heures. Le cœur lourd, je remonte les escaliers. Je m'apprête à rejoindre l'étage quand quelque chose attire mon œil à droite : Callie installée dans le canapé. Je m'approche doucement et l'observe dans le silence de la maison.

Je n'ai jamais été amoureux, alors je ne sais pas si ce que je ressens est normal, si avec le temps cela va passer, si je vais pouvoir oublier tout ça… Et je ne suis même pas sûr de le vouloir. Je me penche vers le fauteuil pour récupérer le plaid et le dépose ensuite sur Callie. Au moment où je m'apprête à la laisser, elle émet un petit gémissement qui me tord les entrailles. Je m'accroupis immédiatement devant elle et caresse sa joue.

– Callie, Callie, murmuré-je à son oreille. Callie, réveille-toi.

Lentement, elle émerge, et l'espace d'un instant, je vois qu'elle se demande où elle est. Elle cligne rapidement des yeux, comme pour chasser ce qui la perturbait, avant de plonger son regard dans le mien et de se redresser. Elle a l'air triste et je me demande immédiatement pourquoi.

– Pourquoi est-ce que tu es ici et pas dans ta chambre ?

– Je pensais réussir à t'attendre.

– Tu faisais un cauchemar ?

Elle acquiesce d'un petit mouvement de tête alors que je prends place à ses côtés. Je garde une distance raisonnable entre nous même si je n'ai qu'une envie : la prendre dans mes bras et la réconforter. Mais dorénavant, je ne sais plus ce que je suis en droit de faire. Elle a les yeux rivés sur ses mains croisées sur ses genoux.

– À quel propos ? Adam ?

– Oui.

– Tu n'en as pas fait jusque-là. Pourquoi maintenant ?

– Je… Je l'ai vu aujourd'hui.

– Il t'a fait du mal ? demandé-je en sentant poindre la colère.

Putain, si ce sale fils de pute a osé la toucher…

– Non, non, souffle-t-elle. Je… j'étais avec un ami. Adam était sur le trottoir d'en face. Mais je… Tu aurais vu le regard qu'il m'a lancé. Il doit savoir maintenant que j'ai porté plainte.

– Il ne peut plus te faire de mal, Callie. Je te le promets.

Elle reste un instant le regard dans le vide.

– Si tu montais te mettre au lit ? Tu y seras mieux qu'ici.

Elle acquiesce et commence à se lever. Toutefois, elle stoppe son mouvement quand elle remarque que je reste enfoncé dans le sofa.

– Tu ne montes pas ?

– Non, je vais rester encore un peu ici.

Je m'attends à ce qu'elle poursuive son chemin, mais au lieu de ça, elle me lance un regard que je n'arrive pas à décrypter. C'est complètement con, parce que je suis en colère, j'ai toujours du mal à digérer la façon dont les choses se sont passées entre nous. Pourtant, je ne dis rien et je la laisse faire alors qu'elle s'empare de ma main.

– L'autre jour après le dîner, tu étais en colère et tu es parti sans me laisser la moindre chance d'aller au bout.

– Et qu'est-ce que tu aurais bien pu me dire ? répliqué-je.

Je fixe ses lèvres alors qu'elle les humidifie, je la vois déglutir, signe qu'elle est nerveuse. Et surtout, elle ne me regarde pas moi, elle se focalise sur ma main, elle suit du bout des doigts mes veines. Je me demande où elle veut en venir, et comme je redoute un peu ce qui va venir, je ne dis rien. Je retiens mon souffle et j'attends, la peur au ventre. Je crois que je n'ai jamais eu aussi peur. C'est stupide, n'est-ce pas ?

– Je t'aurais dit à quel point je suis désolée d'avoir réagi comme ça, j'ai juste eu peur de souffrir. J'ai été bête. Tout était tellement inattendu après Adam. Tu es inattendu. Tu m'as ouvert les yeux, c'est ce que je ressens pour toi qui m'a poussée à quitter Adam, tu le sais. Il est encore trop tôt pour moi pour mettre un véritable nom sur mes sentiments, mais tout ce que je sais, c'est que je tiens énormément à toi, tu me manques et j'ai envie de ça entre nous. Je te veux dans ma vie, intimement.

– Tu quoi ? Regarde-moi, je t'en prie.

Est-ce que je suis en train d'imaginer cette conversation ? Est-ce que je me suis endormi sur le canapé et que je rêve ? Le réveil pourrait être douloureux dans ce cas.

Quand elle plonge enfin son regard dans le mien, je prends conscience que tout est vrai. Je n'y crois pas ! Mon cœur accélère la cadence et je lui souris amoureusement. Elle veut être avec moi. Toute ma peine disparaît en un battement. Je pose une main sur sa joue et je ressens toute l'affection qu'elle éprouve pour moi. Le sourire qu'elle me renvoie panse mes dernières blessures.

Elle se penche vers moi et pose sa bouche sur la mienne. Elle commence à caresser mes lèvres avec sa langue et je m'empare de son visage. Nos langues se cherchent, se trouvent. Le baiser se fait de moins en moins timide, de plus en plus passionné. Tandis que Callie s'empare de ma nuque et de mes cheveux, je pars à la découverte de sa chute de reins, de ses fesses.

Mon cœur bat de plus en plus vite, j'ai du mal à croire que c'est vraiment en train d'arriver. Elle est là avec moi, pour moi. Nos baisers sont maintenant enflammés, je sens le désir grimper et je prends conscience de l'endroit où nous sommes.

Un peu laborieusement, on rejoint l'étage et on se dirige vers sa chambre. Une fois à l'intérieur, Callie passe ses mains sous mon polo et le remonte doucement tout en savourant la douceur de ma peau, elle en gémit de plaisir. Je fais glisser une à une les bretelles de son débardeur. Des millions de frissons la parcourent instantanément alors qu'elle se retrouve seins nus tout contre moi. Elle se blottit contre mon torse brûlant de désir. Je savoure le satin de sa peau. Elle se libère de notre baiser et bascule la tête en arrière pour m'offrir sa gorge que je prends immédiatement en otage.

Pendant que je m'affaire à la couvrir de baisers, elle s'attaque à ma ceinture, les mains tremblantes. Je me débarrasse de mon jean et Callie en profite pour glisser les mains sous mon boxer afin de caresser mes fesses. Je ne peux retenir un grognement rauque qui lui arrache un petit rire de satisfaction.

Après avoir retiré nos sous-vêtements, on s'allonge lentement sur le lit. J'essaie de me faire encore plus tendre que la dernière fois. Je veux lui montrer que je ne suis pas Adam et surtout qu'elle est spéciale à mes yeux. Chacun part à la recherche du corps de l'autre, voulant le couvrir de caresses, de baisers.

Contrairement à notre première fois, Callie se fait moins timide. Elle n'est pas sur la retenue et participe pleinement à notre étreinte. Ses mains passent de mes fesses à mon dos, puis sur mes épaules avant de parcourir mon torse. Quand elles terminent leur ascension plus bas, je roule des yeux tellement la sensation est intense.

– Oh, bon sang ! grogné-je, lui arrachant un petit rire.

En réponse, elle accélère son mouvement et j'ai tout le mal du monde à ne pas stopper mes mouvements pour me concentrer sur mon plaisir. Mais je n'ai jamais été égoïste en amour, alors je me penche et embrasse sa poitrine tout en m'aventurant vers son sexe. Elle soupire quand je m'attaque à son clitoris.

– Shane ! s'exclame-t-elle en levant les hanches.

Callie est de plus en plus impatiente, mais je ne suis pas pressé. Elle voit clairement que j'ai envie d'elle, mon corps ne peut mentir, mais je prends mon temps. J'insère deux doigts en elle et elle réplique en caressant mes bourses de son autre main. La coquine !

J'aime bien ce petit jeu, on essaie clairement de rendre l'autre complètement dingue. Seulement, au bout d'un moment, c'est beaucoup trop dur de me contenir. J'essaie en vain en l'embrassant passionnément, mais quand elle se frotte contre moi et se met à gémir bruyamment, je cède.

Je me dégage un moment, le temps d'enfiler un préservatif et reviens sans perdre un instant de plus vers elle. Je m'empare de sa nuque, puis violemment de ses lèvres. Elle attrape ma nuque et gémit contre ma bouche alors que ma main se dirige à nouveau tout en bas. Elle retient son souffle quand je recommence à la caresser, sa respiration se fait saccadée, son cœur bat à la chamade contre le mien. Je me plaque au-dessus d'elle, la couvrant de tout mon poids. Cela ne semble pas la déranger, elle est comme moi, elle veut me sentir sur chaque parcelle de sa peau, elle veut s'unir à moi.

– Dis-moi que je ne rêve pas, murmuré-je dans son oreille alors que je la caresse plus profondément.

– Ce n'est pas un rêve, Shane, dit-elle d'une voix suave.

Je fonce sur sa bouche tout en la pénétrant. La sensation me submerge de toute part, plus intense, plus étourdissante que tout ce que j'ai connu. La douceur a laissé place à un désir féroce, une envie incontrôlable. Je crains que ce ne soit trop pour Callie, elle a peut-être besoin de plus de tendresse, alors je ralentis, mais elle me lance un regard contrarié. Elle plante brusquement ses talons dans mes fesses, m'ordonnant silencieusement de reprendre mon rythme. Je ne lui fais pas peur, elle sait qu'elle ne craint rien avec moi. Et cela m'excite qu'elle soit suffisamment en confiance pour exiger comme elle le fait.

Je m'empare de ses mains et maintiens fermement ses poignets au-dessus de sa tête tandis que j'accélère la cadence. J'aime ce que je lis dans son regard : désir, envie, amour, passion, ferveur. Callie me rejoint dans le pur moment de plaisir et je m'effondre sur elle. Les mains libérées, elle m'enlace alors que je reprends mon souffle, toujours enfoui en elle.

Je me redresse lentement, m'appuie sur un coude et reste à la fixer pendant quelque temps. Elle parcourt du bout des doigts mon visage si dur parfois, parsemé çà et là de quelques cicatrices et grains de beauté. Je dépose un baiser rapide sur le bout de son nez et me retire.

À mon retour, Callie se blottit immédiatement tout contre moi. Sa chaleur, sa présence suffisent à me faire sombrer dans un profond sommeil où elle ne tarde pas à me rejoindre.

***

Beth n'a pas vraiment semblé surprise de nous voir nous remettre ensemble, comme si elle savait que cette brouille entre nous deux n'allait pas durer très longtemps.

Selon ses propos, nous sommes mignons. Je ne suis pas sûr d'apprécier le terme. Toujours selon Beth, Callie est soi-disant plus épanouie que jamais. En ce qui me concerne, je suis super protecteur, jaloux comme il se doit. Mais quand on bosse dans un bar, ce n'est pas franchement facile de passer à côté d'hommes pas toujours très discrets ou délicats. Cela amuse Callie et me fait enrager. Mais on a trouvé un moyen de régler ces différends le soir en rentrant. Beth nous a d'ailleurs surpris une fois, ça lui suffit pour toute la vie. Donc entre Callie et moi, tout va parfaitement bien.

Dès qu'on a un moment de libre, on en profite. Ce soir, soirée en ville. Avec Eric, on a prévu d'emmener les filles dans un petit restaurant avant de rejoindre le Palace d'Auburn Hills où se déroule un match de basketball de la division centrale de la NBA. Les Pistons de Detroit affrontent les Pacers de l'Indiana dans le cadre d'une rencontre amicale au profit d'une association caritative, Eric a réussi à obtenir quatre places. Malgré une qualification des Pistons au terme de leur saison régulière, les *playoffs* ont pris fin en avril, quand ils se sont fait sortir au bout de quatre matchs lors de la première ronde par les Cavaliers de Cleveland. Ce sont d'ailleurs eux qui ont remporté la compétition. On sait qu'on a pris un risque en choisissant un thème sportif pour notre soirée de repos, mais bon… on espère que les filles seront contentes malgré tout.

Pendant tout le repas au restaurant, on tient notre langue avec Eric, on ne veut pas entendre de protestations qui nuiraient à l'ambiance de la soirée.

Le sourire ne quitte pas le visage de Callie. J'adore la voir comme ça. Comme à chaque fois, elle rit à toutes les blagues, qu'elles soient excellentes ou douteuses. Rien que ça me rend heureux. Revoir l'insouciance et le bonheur tout simplement… Comme lors de notre précédente sortie au restaurant, mon frère et moi quittons les premiers la table pour régler l'addition. Cette fois-ci, Callie n'essaie pas de payer sa part, je lui lance un regard de braise qui suffit à la consumer sur place.

– Alors, on fait quoi maintenant ? demande Beth en souriant et en prenant Eric par la taille. Il est encore tôt.

– C'est fait exprès, explique mon frère. Il ne fallait pas qu'on sorte trop tard.

– Pourquoi ? s'enquiert Callie en me regardant avec intérêt alors que je lui souris nerveusement.

– On va voir un match de basket au Palace.

– Quoi ?! demande Beth, ahurie. Vous n'avez pas trouvé mieux ?

– Moi, ça ne me dérange pas, glousse Callie en se blottissant dans mes bras.

– Trahie par sa meilleure amie, décidément la vie m'en veut… ricane Beth.

– Oh, allez, ma puce. Tu vas voir, tu vas adorer. L'ambiance, les supporters, de beaux mecs musclés sur le terrain, un beau mec musclé à tes côtés…

– Ouais… De toute façon, à trois contre un, je n'ai rien à dire, je crois. Je capitule, fait-elle en levant les mains en l'air, une moue sur son visage.

Eric la remercie par un long baiser qui ferait rougir les plus timides.

– Allez, on va être à la bourre, dis-je en poussant Eric vers la voiture.

Les deux jeunes femmes s'installent à l'arrière tandis que je prends place devant à côté de lui. Il met le moteur en route et prend la direction de la salle omnisport située dans la banlieue nord de Detroit. Alors que nous arrivons à quelques mètres de la salle, la circulation se fait un peu plus dense. Eric préfère se garer plus loin, histoire de ne pas tourner en rond. Il sait que les places juste à côté sont rares, à moins d'une réservation, alors nous ferons le reste du chemin à pied.

Après avoir montré patte blanche à l'entrée, on pénètre dans le Palace et on va rejoindre les gradins. On n'est pas trop mal placés, ni trop haut, ni trop au ras des joueurs. Je me mets à côté de mon frère, si bien que les filles se retrouvent séparées. Cela n'a pas l'air de déranger Callie plus que ça, alors je ne dis rien, et Beth boude un peu dans son coin. Mais rapidement, elle se rend compte qu'Eric n'avait pas menti, l'ambiance est impressionnante. La foule retient son souffle dès qu'une action s'accélère, les gens se lèvent dès qu'un panier est marqué, s'ensuit un brouhaha assourdissant. Et finalement, Beth fait comme le public, elle participe, le sourire aux lèvres. Je suppose que si elle s'est montrée un peu réticente, c'était juste pour la forme.

– Je suis contente d'être là, glisse-t-elle à l'oreille d'Eric pendant la mi-temps.

– C'est vrai ? dit-il en souriant de toutes ses dents. Tu ne dis pas ça pour me faire plaisir ?

– Non, je te jure, assure-t-elle en le convainquant d'un baiser.

– Eh bien, je crois que ça, ça va te plaire encore plus alors… dit-il en posant son front sur le sien.

Je souris bêtement, parce que je sais ce qui va suivre.

– Quoi donc ? demande-t-elle, piquée au vif.

– Beth ! Beth ! Regarde ! hurle Callie un peu plus fort en désignant du doigt l'écran central.

Beth tourne la tête, un peu fébrile, et ne peut se retenir d'ouvrir la bouche et de lâcher un énorme « Putain ! ». Juste au-dessus du terrain, l'écran central affiche une vue sur eux deux et un message est inscrit juste à côté :

« Beth Holton, je t'aime. Veux-tu m'épouser ? »

Pendant quelques secondes, les yeux de Beth jouent au ping-pong entre l'écran et Eric qui est agenouillé comme il le peut devant elle, un petit écrin ouvert dans les mains. Elle porte une des siennes à sa bouche en se penchant et découvre une magnifique bague de fiançailles. Elle a conscience d'être observée par la salle entière et que tout le monde attend une réponse, aussi. Incapable de prononcer le moindre mot, elle se contente de hocher très rapidement la tête pour lui dire oui. Eric se relève et la prend dans ses bras sous les hurlements, sifflements et applaudissements de tous les spectateurs.

– Tu es fou, murmure Beth à l'oreille d'Eric.

– De toi, oui, répond-il avant de lui glisser la bague au doigt.

Beth, qui n'a absolument rien vu venir, ne peut s'empêcher d'avoir les yeux brillants de larmes. Callie se précipite pour prendre son amie dans ses bras avant d'embrasser Eric. De manière un peu moins exubérante, j'embrasse à mon tour Beth et donne une franche accolade à mon frère, tellement heureux pour lui. Je ne pourrais être plus fier de lui.

22

Shane

– À plus, Ilian !

– Salut, Shane.

On échange une solide poignée de main.

– C'était vraiment sympa cette petite séance.

– Moi aussi, j'ai bien apprécié. On se revoit à la fin de la semaine ?

– Avec plaisir. Bonne journée à toi.

– Merci, toi aussi. Bye !

C'est devenu une routine. J'arrive toujours à caler plusieurs séances de boxe hebdomadaires et la plupart du temps je retrouve Ilian. On s'entend vraiment bien et c'est agréable de boxer contre lui. Il ne se prend pas la tête et on a pas mal de points en commun, notamment des problèmes de famille. Alors forcément, cela nous a rapprochés. Et puis il a toujours plein de bons conseils, notamment en ce qui concerne la respiration. Je suis beaucoup moins essoufflé qu'à mes débuts après une séance et c'est grâce à lui.

Je rentre de bonne humeur à la maison. Comme souvent, je balance mon sac dans l'entrée et me déchausse. Mon regard tombe immédiatement sur Callie installée au salon en compagnie d'un homme. Cet inconnu avec lequel elle est arrivée au bar, le soir avant notre réconciliation.

J'avance d'un pas en leur direction et le détaille sans gêne. Il est assis, mais je dirais qu'il est assez grand, svelte. Il porte un pantalon noir, une chemise en jean et des Converse. Brun, cheveux courts sur le côté, plus longs sur le dessus. Il a un piercing à une oreille et un autre à l'arcade sourcilière. Ses yeux m'étudient à leur tour. Il me sonde véritablement et je déteste ça. Qui est-ce ?

Je refoule la jalousie qui s'empare de moi, je ne vais pas taper un scandale pour rien, je connais Callie, elle ne ferait rien pour me blesser. Ils se lèvent d'un seul bloc alors que j'avance vers eux.

– Shane, je te présente Morgan. Morgan, voici Shane.

– Salut, dit-il en me tendant la main. J'ai beaucoup entendu parler de toi.

Je la lui serre sans grande conviction et me retiens de demander à Callie pourquoi à l'inverse je n'ai jamais entendu parler de lui.

– Morgan est un ami, explique doucement Callie.

Je suis sûr qu'elle voit que je n'apprécie pas vraiment cette rencontre matinale. Mais je ne vais pas non plus faire semblant.

– On aura sûrement l'occasion de faire plus ample connaissance ultérieurement. Je ne vais pas t'embêter plus longtemps, dit-il à Callie. Tu me raccompagnes ?

– Oui, bien sûr.

– Shane, à une prochaine.

– Ouais.

Je les regarde rejoindre l'entrée et reste comme un con dans le salon. Je me demande ce qu'il faut que je fasse. Je décide d'attendre que Callie revienne et de voir ce qu'elle va me dire. Il ne lui faut que quelques minutes pour dire au revoir à son ami. J'essaie de ne pas être désagréable, mais je suis jaloux, je n'y peux rien. Alors forcément, elle ne passe pas à côté de mon regard peu chaleureux.

– Je suis désolée que tu sois tombé comme ça à l'improviste sur nous. Ce n'était pas prévu.

– Tu as le droit de voir tes amis, Callie.

– D'accord. Qu'est-ce qui te gêne alors ?

– Eh bien, déjà, le fait qu'il ait beaucoup entendu parler de moi, alors que moi non. Je suppose que c'est quelqu'un qui compte pour toi, je me trompe ?

– Non, tu as raison. Mais Morgan n'est qu'un ami, je te promets. Disons que c'est spécial parce qu'on s'est rencontrés dans des conditions particulières.

Le son de sa voix, douce et émotive, coupe toute jalousie. Je prends place dans le canapé et plante mon regard dans le sien.

– Est-ce que tu veux bien me raconter ? lui demandé-je en tendant une main vers elle.

Elle s'en empare et vient prendre place à mes côtés.

– Je ne veux pas te forcer, mais maintenant que nous sommes ensemble, j'ai envie de tout connaître de toi. J'ai l'impression que tu en sais bien plus à mon sujet et la balance n'est pas très équilibrée.

– Je sais. Mais ce n'est pas facile pour moi de parler de tout ça. Beth ignore tout de cette partie de ma vie.

Je ne suis pas forcément surpris. Il lui a fallu un certain avant de se confier au sujet de la mort de sa famille. Mais je me demande bien de quoi il peut s'agir pour qu'elle préfère taire cette partie-là. Elle prend une profonde inspiration, puis se lance enfin, sans lâcher ma main.

– Morgan est mon parrain. Il m'a aidée à m'en sortir. J'ai commencé la drogue environ un an après la mort de mes frères, j'étais perdue. Adam était un drogué, il l'est toujours et il m'a entraînée avec lui. J'étais faible et j'avais besoin de quelque chose pour me sentir vivante. Il y a cinq ans, j'en ai eu marre. Avec Adam, ça ne s'arrangeait pas et c'est là que j'ai rencontré Morgan. C'est grâce à lui si je suis toujours en vie aujourd'hui. Il m'a soutenue dans chaque étape. Ça n'a pas été facile, j'ai fait plusieurs rechutes, mais maintenant je suis clean. Depuis moins de trois ans. Cela m'a pris plus d'une année entière pour sortir de cette merde. Je n'ai pas réussi à en sortir Adam, et à partir de là, les choses ont empiré. Il me reprochait d'être clean, de me sentir supérieure à lui. J'aurais dû me sevrer de lui en même temps, Morgan me l'a toujours demandé, mais je ne pouvais pas le laisser. Il était avec moi depuis le début et je ne me voyais pas l'abandonner. Il n'a pas toujours été violent.

– Tu étais avec Adam depuis tout ce temps ? demandé-je, ahuri par ces révélations. Depuis tes 17 ans ?

– Oui. Certes, j'ai connu Morgan à cause de mon passé de junkie, mais je ne pourrais pas vivre sans lui. J'espère que tu le comprends ? demande-t-elle, la tête blottie contre mon épaule. On se parle très souvent, il prend des nouvelles, j'en prends aussi. Parfois, j'ai des coups de blues et j'ai besoin de lui parler, parce qu'il comprend, il sait.

– Je comprends, Callie. Je ne te demande rien. Il fait partie de ta vie, il est important pour toi, alors il l'est pour moi.

– Je ne te dégoûte pas ? demande-t-elle d'une toute petite voix.

– Quoi ?! Rien de ce que tu as pu faire ne pourrait me dégoûter, tu entends ? affirmé-je en prenant son visage dans mes mains. On a tous un passé, plus ou moins glorieux. Et je serais bien mal placé pour exiger quoi que ce soit. Je t'aime, Callie. Rien de tout ça n'y change quoi que ce soit.

Le sourire qu'elle me lance me fend le cœur.

***

Je ne l'ai jamais sentie aussi bien dans notre relation depuis qu'elle m'a livré son lourd passé. Peut-être qu'elle ne s'en croyait pas capable et qu'elle avait peur de ma réaction, mais le résultat est là, positif, et j'en suis très heureux.

Elle se sent tellement bien depuis son aveu qu'elle s'est décidée à me présenter officiellement Morgan, et inversement. Je comprends sa démarche, Morgan est une personne très importante pour elle, il est normal que je le rencontre. On a convenu de se retrouver au centre-ville à l'Hudson Cafe pour le petit déjeuner. Il fait beau, on pourra profiter de la terrasse. Callie m'a dit qu'elle aimait bien cet endroit, elle y vient souvent apparemment. On est installés et on attend Morgan, ce qui fait grimper mon anxiété.

– Ça va ? demande Callie alors que j'observe la rue.

– Oui, oui, dis-je en reportant mon regard sur elle.

– Il ne va pas te sauter dessus, tu sais.

– Ouais, mais bon… Je suis sûr que ce type ne m'aime pas beaucoup.

– Pourquoi tu dis ça ? À cause de ton passé ? Tu sais, Shane, lui comme moi on est mal placés pour juger. Je lui ai raconté, je te fais confiance, alors lui aussi. Ne t'en fais pas pour ça. Ah, le voilà ! s'écrie-t-elle en se relevant pour aller à sa rencontre.

Elle le prend dans ses bras, l'embrasse sur les deux joues et l'invite à rejoindre notre table. Je me lève en repoussant ma chaise et m'avance d'un pas, la main tendue.

– Salut, fais-je en me raclant la gorge.

– Salut.

Sa poignée de main est ferme, mais son sourire chaleureux. Bon, eh bien, je me suis peut-être effectivement fait du souci pour rien. Il ne semble pas me juger ou se méfier. Je lui rends son sourire et tout le monde prend place. Rapidement, une serveuse vient prendre la commande.

– Comme d'habitude ? demande-t-elle en fixant Morgan.

– Oui, *huevos rancheros*, mais avec un jus d'orange cette fois.

– Très bien.

– Pour moi aussi, comme d'habitude, fait Callie en souriant.

– Pancakes *red velvet* ? demande la serveuse, souhaitant tout de même une confirmation.

– Oui, avec un chocolat chaud.

– Et vous ? demande-t-elle en se tournant vers moi.

– Une omelette *chicken pomodoro* avec un *iced tea*, s'il vous plaît.

– Très bien, c'est noté.

– Vous avez l'air d'être des habitués, lancé-je pour engager la conversation alors que la serveuse récupère les cartes.

– Oui, on vient souvent. C'est sympa, dit Morgan en souriant affectueusement à Callie.

La serveuse revient sans tarder avec nos assiettes. Nos plats semblent très appétissants et Callie ne met pas longtemps à attaquer ses pancakes. On l'imite et on commence à discuter de tout et de rien.

La nourriture rassemble souvent les gens, elle satisfait l'appétit et délie les langues. Il me suffit de jeter un œil à Callie pour deviner qu'elle est heureuse de voir deux hommes importants dans sa vie parler ainsi. Elle sourit même quand on commence à parler mécanique. Elle se met à rire alors que je raconte la fois où elle a presque blessé mon amour-propre de mécano quand elle m'a suggéré de faire contrôler la transmission de ma voiture qui faisait un bruit du tonnerre.

– Cette fille est étonnante, finis-je par dire en la regardant avec des yeux pleins d'amour.

– Merci, souffle-t-elle.

– Ça fait plaisir à voir, commente Morgan.

Je déglutis nerveusement. Morgan ne semble pas avoir d'arrière-pensées. Il dit probablement juste ce qu'il pense. Et ça se voit qu'il est heureux pour son amie.

Alors que les assiettes et les verres sont vides et que la matinée est presque terminée, Callie insiste pour nous inviter. Je tente vaguement d'intervenir, mais elle a déjà quitté la table et entre pour régler la note. Je souris bêtement. J'aime quand elle fait des choses comme ça. J'aime quand elle me tient tête et décide.

– Elle tient à toi, fait Morgan en me tirant de ma rêverie.

– Et je tiens à elle, dis-je, sérieux.

– Je n'en doute pas. Ça se voit. Je voulais te dire quelque chose… commence-t-il. À propos d'Adam… Je n'ai pas pu intervenir, je ne savais que le tiers de ce qu'il lui faisait subir. Savoir qu'elle est allée l'affronter toute seule, je n'en reviens toujours pas.

– Moi non plus.

– Merci d'avoir été là pour elle après. Beth et toi êtes un soutien infaillible et ça compte beaucoup pour elle.

– C'est parce qu'on tient à elle.

– Je m'en doute. Elle m'a raconté qu'elle s'était emportée en pensant que tu avais quelque chose à voir avec le passage à tabac d'Adam. Elle est soulagée que tu n'y sois pour rien, mais j'imagine qu'elle a pensé que tu étais capable d'en être responsable, vu ton passé.

Je plante mon regard dans le sien, je ne vois pas trop où il veut en venir. En quoi ça le regarde ? Je le jauge un instant. Aurait-il joué un rôle là-dedans ? Après tout, c'est un mec qui a de l'affection pour Callie, il pourrait l'avoir fait tout aussi bien que moi.

– Quand j'ai vu l'état dans lequel elle était à l'idée qu'il pourrait t'arriver quelque chose… C'était peut-être pire pour elle que ce qu'elle venait de subir. Bref, quand je l'ai vue réagir ainsi, c'est à ce moment-là que j'ai compris qu'il y avait quelque chose entre elle et toi. Elle ne voulait peut-être pas l'admettre, mais je le savais.

Je souris à cet aveu.

– Mais je tiens à te prévenir quand même. Si tu la fais souffrir de quelque façon, tu auras affaire à moi. Callie en a déjà assez bavé comme ça.

– Je n'ai aucune intention de la faire souffrir, affirmé-je d'une voix déterminée.

– Je ne dis pas que tu le feras, mais si ça arrive, je serai là. Et d'une manière générale, tu as intérêt à bien te comporter avec elle, elle mérite ce qu'il y a de mieux.

– Je suis bien d'accord.

Je fais de mon mieux pour rester calme. Ce n'est pas vraiment le bon moment pour étriper ce type. Je suis convaincu que Callie ne le prendrait pas très bien et puis ce serait un peu disproportionné comme réaction. Morgan exprime juste ce qu'il ressent et je suis d'accord sur le fait que Callie mérite d'être heureuse.

Callie est de retour, le sourire aux lèvres. On se lève en même temps. J'observe Morgan la prendre dans ses bras et l'embrasser, puis il se tourne vers moi et me tend la main. C'est une poigne ferme que je rencontre.

– Ravi de t'avoir rencontré, Shane, sourit Morgan alors qu'il relâche ma main.

– Ouais, moi aussi.

– On aura sans doute l'occasion de se revoir. À bientôt, Callie, lui dit-il en l'embrassant une dernière fois sur la joue. Merci pour le p'tit déj'.

– De rien. À bientôt.

Callie s'empare de ma main et on regarde Morgan s'éloigner. Alors que je m'apprête à partir dans la direction opposée pour rentrer, Callie se jette à mon cou.

– C'est en quel honneur ? demandé-je en riant.

– Je suis heureuse, c'est tout. Je suis contente que tu l'aies enfin rencontré. Ça s'est bien passé, assure-t-elle en me lâchant.

– Oui, très bien.

Elle m'embrasse à nouveau, elle est vraiment heureuse, alors je le suis également.

23

Callie

On est installés dans le salon, Beth, Eric, Shane et moi. Je feuillette avec ma meilleure amie des magazines de robes de mariée tandis que Shane énumère les différents trucs qu'il envisage de mettre en place pour l'enterrement de vie de garçon de son frère.

Beth est stressée parce qu'ils n'ont pas encore annoncé la bonne nouvelle aux parents d'Eric, ils ont préféré attendre de planifier un week-end de visite pour leur dire de vive voix. Ça me fait sourire, parce que je sais qu'ils adorent Beth, alors je ne vois vraiment pas pourquoi elle se met dans un état pareil. Eric essaie de la rassurer, et à voir comme ça marche bien, Shane se marre en silence. Je les laisse un instant pour aller me chercher à boire dans la cuisine. Je sursaute en découvrant Shane installé sur un tabouret au comptoir.

– Tu veux quelque chose ?

– Ouais, je veux bien. Une bière, s'il te plaît.

Je fais un pas vers le frigo, récupère une bouteille et la lui tends. Je le regarde fixement parce que je le trouve bizarre. Il est en train de la fixer comme si elle pouvait s'ouvrir toute seule.

– Est-ce que tout va bien ?

– Bien sûr ! répond-il un peu trop vite à mon goût.

– À quoi tu penses comme ça ? demandé-je d'une

voix douce en me servant un verre de jus d'orange.

– Euh… eh bien… au week-end prochain.

– Ouais ? fais-je en ne voyant pas de quoi il parle.

On va se retrouver seuls dans la maison, je compte bien en profiter. On a tous les deux posé deux jours de congé pour être tranquilles.

– Eh bien… je me disais que… c'est peut-être le moment pour renouer avec mes parents. Eric pense que c'est une bonne idée. Je ne voulais pas profiter du week-end où ils vont leur annoncer leur mariage pour réapparaître, mais peut-être que c'est malgré tout le moment idéal.

– Il faut que tu te sentes à l'aise avec ça. Il ne faut pas y aller à contrecœur. Tu penses avoir rayé tout ce qui se trouve sur ta liste ?

– Depuis que nous sommes ensemble, oui, affirme-t-il. Tu pourrais rencontrer mes parents. Nous sommes en couple et je…

– Je les connais déjà, réponds-je spontanément.

– Vraiment ? répète-t-il, stupéfait.

– Oui. Ils sont venus passer les deux derniers Noëls ici. Ils avaient réservé une chambre à l'hôtel, mais ils sont venus dîner ici, Beth a tenu à m'inviter pour le repas. Ils sont très gentils, dis-je pour le rassurer.

– Oui, mais… Ce n'est pas vraiment ce que je voulais dire… Enfin, si, bien sûr… Bon, tu les connais… mais… je pensais que…

– Quoi, Shane ? Pourquoi tu bafouilles comme ça ? demandé-je en souriant.

– Il veut que tu viennes avec lui… avec nous, le week-end prochain, explique à voix haute Eric en lui coupant l'herbe sous le pied, atterré de voir son frère patauger dans la semoule comme ça.

Shane le foudroie du regard et je souris en me sentant bête de ne pas avoir compris ce qu'il essayait de me dire.

– Putain, Eric ! Je ne t'ai rien demandé ! s'énerve mon chéri.

Je fais le tour du comptoir et me place entre ses jambes. Je lui souris tendrement et pose une main sur sa joue. Il s'en empare et glisse ses doigts entre les miens.

– Je me disais que ça pourrait nous faire du bien et puis ça serait l'occasion de te présenter à eux comme ma petite amie… précise-t-il tout bas. Je me sentirais bien mieux en sachant que tu es là à mes côtés pour me soutenir. Tout est tellement mieux depuis que je t'ai rencontrée.

Il sourit avant de s'emparer de mes lèvres.

– Le jour où ta vie a basculé, plaisanté-je.

– Tu n'as pas idée, répond-il en prenant cette affirmation très au sérieux.

– Menteur, fais-je en lui donnant une petite tape sur le torse.

– Je ne sais pas si je suis tombé amoureux tout de suite, mais en tout cas, tu ne m'as pas laissé indifférent, c'est sûr, dit-il en se souvenant de ce moment.

– Obsédé, ris-je alors qu'il me prend par la taille.

– Non, Callie, je ne parle pas de ça. Il n'a jamais été question que de ça. Tu le sais.

– Oui, je le sais, je te taquine, dis-je en lui arrachant un baiser.

– Eh, oh ! Prenez-vous une chambre ! s'exclame Eric.

– Oh, ça va, toi ! grogne Shane. Tu peux parler.

***

Après avoir passé une semaine un peu stressante, nous y sommes. Vendredi soir. Beth et Eric doivent arriver dans un peu moins d'une heure. Shane patiente sur le pas de la porte alors que je tente de refermer ma valise.

– On ne s'en va que deux jours, pas un mois, dit-il en secouant la tête.

– Oh, ça va ! Tu dis ça parce que tu n'es pas une fille.

– Ouais, ça se voit, je pense. Et ça se sent, aussi, susurre-t-il en venant se placer derrière moi alors que je suis penchée au-dessus de mon bagage.

– Shane ! m'exclamé-je en sentant son érection contre mes fesses. T'es dingue, je te jure !

– Quoi ? Tu es là à m'exciter, penchée en avant comme ça, et tu crois que je ne vais pas réagir ? s'offusque-t-il alors que je me redresse. Ton petit cul… (Il passe une main chaude sur mes fesses.) Ta poitrine… (Il caresse mes seins à travers mon tee-shirt moulant.) Est-ce que tu as seulement idée de l'effet que tu me fais ?

Il s'attaque maintenant à mon cou en déposant de petits baisers et en léchant un endroit particulièrement érogène. Shane est conscient qu'il me fait aussi de l'effet quand je penche la tête pour lui donner un meilleur accès à ma gorge. Je ferme les yeux et soupire. Je passe une main entre nous deux et vais à la rencontre de son érection à travers son jean. J'aime effectivement l'effet que je lui fais. Il grogne et me retourne vers lui en une pirouette qui m'arrache un petit cri.

Il s'empare de ma bouche et m'embrasse passionnément. J'en ai le souffle coupé, mon cœur s'accélère. Je glisse mes mains dans ses cheveux et resserre notre étreinte. Alors que Shane fait un pas en avant, comme s'il voulait rejoindre le lit, je m'arrache à ses lèvres.

– Ma valise ! J'ai mis du temps à tout bien ranger, ne va pas la renverser, le préviens-je.

– Sinon quoi ? demande-t-il, taquin.

– Pas de sexe pendant un mois.

– Ce n'est pas un peu sévère ? réplique-t-il en posant une main sur ma nuque pour récupérer ma bouche. Et puis, je ne suis pas sûr que tu tiennes non plus… Mais comme tu veux, on ne touche pas au lit alors. Déshabille-toi.

Je lui souris, et après une seconde, je fais passer mon tee-shirt par-dessus ma tête. Je me dandine pour retirer mon jean. Au moment où je mords ma lèvre inférieure et commence à vouloir retirer mes sous-vêtements, Shane me fait signe de m'arrêter. C'est lui qui s'occupe de ça.

Mais avant, il se déshabille à son tour pendant que je le dévore des yeux. Le sexe fièrement dressé, il s'avance vers moi et part en exploration. Il dépose une multitude de baisers dans mon cou, en passant par mes épaules, mon décolleté. Il retire mon soutien-gorge d'une main experte tout en continuant de m'embrasser. Arrivé à mon ventre, il s'attarde sur mes hanches, m'arrachant au passage un soupir de bonheur. Lentement, il fait glisser mon string en parsemant mes jambes de caresses légères. Je lève un pied puis un autre, et en un éclair, Shane me fait à nouveau face. Il s'empare de mes fesses et me pose tout contre lui. Je noue mes jambes autour de lui et on rejoint le mur près de la porte.

– Tu me fais confiance ?

– De quoi ? fais-je en secouant la tête.

– Tu as confiance en moi ? répète-t-il.

– Oui, réponds-je sans hésitation, même si je ne comprends pas vraiment où il veut en venir.

Il doit le voir dans mon regard parce qu'il me sourit

tendrement avant de venir placer délicatement le bout de son sexe à l'entrée du mien.

– Tu prends la pilule ?

– Oui.

– Tu as déjà passé des tests contre les MST ?

– Régulièrement depuis que j'ai arrêté la drogue, oui.

– Moi, pareil, quand j'étais en prison. Tu n'as rien à craindre de moi.

– Toi non plus.

Il me lance un dernier regard, celui qui me laisse une porte de sortie, celui qui me laisse le choix, celui auquel j'ai rarement eu droit. Mais au lieu d'ajouter quoi que ce soit, je l'attire à moi en l'attrapant par la nuque, et sans le moindre effort, Shane me pénètre en laissant échapper un juron. Je retiens mon souffle : sans cette fine couche de latex entre nous, la sensation n'a rien à voir.

J'agrippe ses cheveux violemment, lui indiquant qu'il doit se montrer puissant. Si j'adore quand l'amour avec lui est doux et tendre, j'apprécie aussi énormément quand il est fort et fougueux. Tout en me fixant intensément du regard, il accentue de plus en plus ses mouvements de va-et-vient pour mon plus grand bonheur.

Son plaisir ne tarde pas à venir. Ça fait un moment qu'il m'observe et qu'il doit avoir envie, mais il se retient jusqu'à sentir que je suis sur le point de le rejoindre, et à ce moment précis seulement, il explose. Il grogne alors que je gémis. Heureusement qu'on est tout seuls dans la maison, car il n'y a aucun doute sur ce que nous sommes en train de faire.

Shane s'écrase tout contre moi alors que je l'embrasse dans les cheveux. On resterait bien ainsi encore quelque temps, mais la porte d'entrée s'ouvre et se referme violemment.

– Callie ! Shane ! On est là, hurle Beth d'en bas.

– On arrive, les informe Shane en poussant un peu la porte, m'assurant plus d'intimité pour que je me rhabille.

J'ai les joues rouges. Une fois que je suis présentable, Shane fait un pas vers moi pour m'aider à fermer la valise qui me donne tant de mal.

– Je t'aime, murmure-t-il au creux de mon oreille avant de déposer un baiser sur ma tempe.

Un bagage dans chaque main, il descend deux par deux les marches. Je les rejoins et insiste pour faire un dernier tour en bas afin de vérifier que tout est bien fermé.

– C'est bon, fais-je en arrivant dans l'entrée.

– Oui, j'avais déjà vérifié, précise Shane en souriant.

– Bon, allez ! On y va, fait Beth, visiblement excitée comme une puce par ce petit voyage.

Shane a gagné le combat sur qui prendrait sa voiture. Il ouvre le coffre, les bagages y sont déposés et tout le monde grimpe dans son SUV : Beth et Eric à l'arrière, et moi à ses côtés à l'avant.

Il nous faut environ trois heures pour rejoindre la côte ouest de l'État du Michigan. Muskegon est la plus grande ville de la côte est du lac Michigan, située à peu près en face de Milwaukee de l'autre côté du lac, dans l'État du Wisconsin. Muskegon est devenu ces dernières années un important centre universitaire, culturel et touristique. Les parents d'Eric et Shane habitent une charmante petite maison dans le quartier de Beachwood Bluffton, au nord de la commune. Elle est parfaitement située, entre le lac Michigan et le lac Muskegon.

– Et voilà ! On y est, s'exclame Shane en coupant le moteur.

Il est le premier à sortir, suivi par moi et enfin les amoureux. Il ouvre le coffre et dépose les sacs au sol. Eric récupère le leur tandis que je me penche pour récupérer ma valise. Eric et Beth sont déjà en train de cogner à la porte alors que Shane ferme la voiture à clé. Il s'empare de son sac, me prend ma valise et me fait signe en souriant de le précéder dans l'allée de dalles qui mènent à la porte d'entrée. J'aimerais bien lui serrer la main pour le rassurer parce que, même s'il semble détendu, je sais qu'il appréhende énormément ces retrouvailles.

À peine la porte s'ouvre-t-elle qu'Emily saute au cou de son fils. Eric a juste le temps de laisser tomber le bagage au sol pour prendre sa mère dans ses bras.

– Oh, mon Dieu ! Que je suis contente de vous voir ! Ça fait trop longtemps ! dit-elle, émue, en lâchant Eric pour se tourner vers Beth. Que tu es belle ! Entrez, entrez. Callie ! Quelle surprise ! Ça fait plaisir de te voir.

Elle me prend également dans ses bras et Shane entre en dernier. Il pose les affaires par terre avant de refermer la porte derrière lui. Emily marque un temps d'arrêt en le regardant de la tête aux pieds, comme si elle jaugeait son droit d'aller vers lui ou pas.

– Maman, souffle-t-il.

Ils sont tous les deux sur la réserve. J'ai du mal à me dire que cela fait quatre ans qu'ils ne se sont pas vus. Shane se demande s'ils seront capables de lui pardonner ses écarts, mais je suis persuadée qu'en tant que parents on peut pardonner énormément de choses. Il amorce timidement un premier pas vers elle et rapidement elle réduit à néant les centimètres qui les séparent. Il ouvre les bras en grand pour l'accueillir.

– Mon grand, murmure-t-elle à son oreille.

Elle recule un peu, pose une main sur sa joue et l'embrasse. Ses yeux brillent d'une vive émotion, et quand je me tourne vers Shane, je peux lire la même chose dans les siens.

– Que tu es beau, constate-t-elle, un éclat de fierté dans les yeux.

J'essaie de retenir mes larmes, mais je suis émue par ces retrouvailles. Shane est très câlin dans notre intimité et en général, mais quelque chose me dit que sa mère n'a pas eu droit à sa tendresse quand il était plus jeune.

Elle s'avance de nouveau vers lui et le reprend dans ses bras. Quand elle se met à pleurer discrètement, mon cœur se met à battre un peu plus fort. Je ne peux même pas imaginer ce qu'ils peuvent ressentir. Je suis tellement heureuse pour Shane.

Emily libère son fils et prend une profonde inspiration avant de lui sourire tendrement.

– Votre père est dans le jardin, à l'arrière, il a commencé à allumer le barbecue, on se disait que vous n'alliez pas tarder. On s'occupera de ça plus tard, ordonne-t-elle en désignant les bagages maintenant entassés au sol.

Je prends la main de Shane alors que toute la petite troupe la suit sur la terrasse. Shane m'a confié que c'étaient les retrouvailles avec son père qui l'effrayaient le plus parce que c'est avec lui que les choses ont particulièrement mal tourné. Les mots ont été vraiment durs, les reproches aussi.

Jake est effectivement en train de lancer une allumette dans le charbon quand on entre sur la terrasse.

– Bonjour ! s'exclame-t-il en se retournant vers nous.

Eric s'avance sans hésiter, rapidement suivi par Beth. Puis Jake me fait face.

– Quelle surprise ! Ça fait plaisir de te revoir, Callie.

– Moi aussi, je suis ravie, souris-je gentiment.

Son regard passe rapidement sur nos doigts entrelacés avant de se poser dans les yeux de Shane. Maintenant qu'ils sont face à face, je suis subjuguée par leur ressemblance. Un affrontement silencieux débute et Jake finit par s'avancer vers Shane en lui tendant la main.

– Bonjour, papa.

– Shane.

Je ne suis pas vraiment surprise de cette retenue mutuelle. Je pense qu'il faudra encore un peu de temps avant que les liens se recréent.

– Tu vas bien ?

– Je vais bien, merci.

– Bien.

– Installez-vous, dit Emily avec enthousiasme. Je vais chercher les boissons, vous devez avoir soif après cette route ! Allez, allez.

Elle pousse ses deux garçons vers les fauteuils. Eric est le premier à s'asseoir, Beth prend place à ses côtés. Shane et moi, nous nous installons en face d'eux, laissant ainsi les places aux extrémités pour la maîtresse et le maître de maison. J'espère que ce week-end va bien se passer. Shane en a besoin. Je serai là pour lui quoi qu'il en soit.

Le fil de mes pensées est interrompu par Emily qui arrive les mains chargées d'un plateau. Dessus sont disposés bouteilles de bière, pichet de limonade et canettes de coca. Jake vient s'asseoir entre ses fils et leur fait la distribution sans leur demander ce qu'ils veulent. Les trois hommes se retrouvent donc avec une bière à la main.

– Qu'est-ce que vous voulez, les filles ?

– Limonade, merci, répond Beth.

– Pareil, dis-je en souriant.

Emily nous sert et prend place entre nous.

– Vous avez fait bonne route ? Qui a conduit ? demande-t-elle.

– Shane, réponds-je en lançant un regard amoureux à l'homme à mes côtés.

– Et ça a été ? Il n'y avait pas trop de monde ?

– Non, ça a été, répond Shane en posant la bouteille devant lui. Ça aurait mieux été si j'avais eu un peu de compagnie pendant la route, mais au bout de trente minutes, il n'y avait plus personne, tous endormis.

– Désolée, marmonné-je en baissant les yeux sur mes mains jointes.

– Ce n'est rien, fait Shane en posant instinctivement une main sur les miennes. Je plaisante.

Je vois Emily lancer un regard tendre à Shane. Je me tourne vers l'homme à mes côtés, celui qui m'a poussée à reprendre ma liberté, qui réussit à faire taire ses démons, ses pulsions pour tenir la promesse qu'il m'a faite, celui qui me rend heureuse un peu plus tous les jours. Il me retourne mon sourire et je sens une chaleur envahir mon corps et mes joues. Je n'ai jamais ressenti ça avec Adam, jamais je ne me suis sentie si aimée.

– Je ne veux pas paraître indiscrète, mais… ça fait longtemps, tous les deux ? demande-t-elle.

– Deux mois, dit Shane en serrant mes mains un peu plus.

– Je suis heureuse pour vous, dit Emily, m'arrachant un immense sourire.

– Moi aussi, je suis heureux, ajoute Shane.

Je pose une main sur la sienne et penche la tête sur le côté pour trouver son épaule. Il dépose un baiser sur mes cheveux.

– Je suis bien contente, cela m'évitera d'avoir à préparer la chambre d'amis ! s'exclame Emily en faisant de l'humour, ce qui fait rire tout le monde.

Alors que la braise est bien prise, Emily va en cuisine et rapporte la viande à Jake. Il y en a pour un régiment, mais qu'importe.

– Vous avez besoin d'aide ? demande Beth en la voyant repartir en cuisine.

– Non, non. Restez ici, reposez-vous.

Quelques secondes plus tard, Emily revient les mains chargées de deux salades composées. J'écarquille les yeux en voyant toute la nourriture, mais plus tard, je me rends compte qu'avec ces trois hommes-ci à table, ce n'est pas forcément de trop.

L'odeur du barbecue, les rigolades à table, être entourée de personnes formidables… cela sent bon les vacances. Je ne parle pas beaucoup, me contente d'écouter et de rire aux petites anecdotes qui sont racontées.

Avec Beth, on insiste pour aider Emily à débarrasser alors que les hommes sont en train de parler du match de base-ball qui se joue demain soir. Beth apporte les assiettes à dessert et je dépose la salade de fruits sur la table, tandis qu'Emily arrive avec un magnifique gâteau.

– Oh, là ! s'exclame Eric. Mon préféré.

– Je sais, chéri, répond dans un sourire Emily en le regardant avec amour. Donne ton assiette.

Elle fait la distribution et chacun se retrouve donc avec une part de gâteau accompagnée d'une louche de fruits. Je me serais largement contentée des fruits, mais je n'ai pas voulu blesser la maîtresse de maison et donc je fais honneur au gâteau préparé avec amour. Et je dois dire qu'il est délicieux. Les garçons n'émettront aucun bruit durant toute la dégustation. Je vois Emily sourire de toutes ses dents. Visiblement, cela suffit à son bonheur.

Jake se propose d'aller faire le café et ainsi de laisser Emily tranquille à table. Tout le monde en prend, sauf moi. Alors que Jake est en train de servir les tasses, Eric se racle bruyamment la gorge et lance un regard nerveux à Beth. Je comprends que c'est pour maintenant et je ne peux m'empêcher de sourire à ma meilleure amie.

– Papa, maman, on a quelque chose à vous annoncer, commence Eric d'une voix qui essaie d'être posée.

Jake et Emily rivent en même temps les yeux sur leur fils qui tient fermement la main de Beth dans la sienne.

– Beth et moi… on va se marier, annonce-t-il d'une toute petite voix en fin de compte, ce qui fait immédiatement rire Beth.

– Oh, mon chéri ! Beth ! C'est merveilleux ! s'exclame Emily en se levant immédiatement.

Le visage de Beth s'illumine automatiquement. Elle n'aurait pu espérer meilleure réaction. Emily la prend dans ses bras avant de s'occuper d'Eric.

– Montre-moi, dit-elle en reportant son attention sur Beth.

Timidement, Beth lui tend sa main gauche et Emily observe avec minutie la bague de fiançailles.

– Elle est très jolie, dit-elle en posant une main sur l'épaule de son fils. Je suis tellement contente !

– Félicitations, les jeunes ! dit enfin Jake en les prenant en même temps dans ses bras.

– Allez ! Racontez-nous comme ça s'est passé, demande Emily, le regard pétillant d'excitation.

Pendant le récit de la demande en mariage, Beth ne

quitte pas Eric du regard. Tant d'amour, ça fait chaud au cœur. Emily sourit, tellement heureuse. Elle ne pouvait espérer mieux pour son fils sans doute, Beth est la belle-fille parfaite, douce et aimante, tendre et attentionnée. Emily partage notre sentiment et félicite Eric pour son audace et sa demande exceptionnelle. Beth s'en souviendra toute sa vie.

Beth et moi finissons de débarrasser la table. Mon amie s'apprête à rejoindre la terrasse, mais je la retiens par le bras.

– Qu'est-ce qui se passe ?

– Regarde.

Je fais un mouvement du menton pour l'inciter à regarder ce qui se passe dehors. Eric s'est rapproché de Shane et a passé un bras par-dessus ses épaules. Je suppose qu'il lui apporte tout son soutien alors que Shane s'est lancé dans le récit de ce qu'il a vécu depuis son départ de Muskegon. Son année à Detroit où il a sombré petit à petit, finalement blessé par le rejet de sa famille, et ses trois années de prison. Bien entendu, je ressens le besoin de montrer que je suis là pour lui, mais je pense qu'ils ont réellement besoin de ce moment en famille. Shane a des choses à dire, à se faire pardonner. Même si c'est difficile pour lui d'affronter tout ça, je vais patienter et je lui montrerai que je le soutiens tout à l'heure.

On s'installe dans le salon pour leur offrir un peu d'intimité, et peu avant minuit, nous sommes rejointes par la famille Hollner. J'ai l'impression que la conversation a été rude, très forte en émotions. Même Jake semble avoir été particulièrement touché.

– Tout va bien ? demandé-je d'une petite voix en rejoignant Shane.

– Oui, affirme-t-il en embrassant ma tempe.

– Tant mieux.

Les parents nous embrassent tour à tour, ne manquant pas de féliciter à nouveau Beth et Eric. Les garçons récupèrent les bagages dans l'entrée et chacun va rejoindre sa chambre d'enfant. En entrant dans celle de Shane, je suis surprise, car elle ne ressemble en rien à une chambre d'enfant ou d'ado. Enfin, je ne m'attendais pas non plus à trouver les jouets de son enfance, mais je pensais trouver quelques souvenirs tout de même ou des photos. Mais rien de tout ça. Les murs sont propres, bleu pâle, et surtout nus. Aucune décoration pouvant laisser penser qu'un garçon a vécu ici. Rien. Tout paraît si impersonnel.

– Qu'est-ce qu'il y a ? demande Shane en se rendant compte de ma tête.

– Rien. Je… je n'imaginais pas ça, dis-je en levant les bras.

– Ouais, je sais. Je… Disons que j'ai eu une sale période plus jeune et la chambre a subi les conséquences de ma stupidité.

– OK, me contenté-je de dire.

Il pose le sac par terre et s'assied sur le lit.

– Tout va bien ? Ça s'est bien passé ?

– J'angoissais, mais oui, ça a été. C'était dur, vraiment. On a chacun énormément souffert de la situation, mais peut-être qu'on en avait besoin. Bien entendu, ce n'est pas ce que les parents souhaitent pour leur enfant, mais c'est comme ça. Je ne commettrai plus jamais les mêmes erreurs. Je pense qu'ils l'ont compris.

Son regard se perd devant lui. Je le rejoins et le prends dans mes bras.

– À quoi tu penses ?

– À la dernière fois que je les ai vus, avant que mon père me foute dehors. C'était vraiment dur.

– Tu ne m'as jamais raconté.

– Parce que ça s'est vraiment mal passé. La veille, j'étais rentré dans un sale état, je m'étais battu et c'était moche. J'avais l'intention de partir en catimini le matin, mais tout le monde était levé, et en plus, Lexi et Eric étaient de passage. Alors mon père m'a obligé à venir les saluer. Quand ils ont vu la tronche que j'avais, maman s'est inquiétée et mon père est monté dans les tours. Je revois toute la scène, j'entends toutes ses réflexions. Il était tellement en colère, il était las de mon attitude, de mon indifférence.

– Je suis sûre qu'il ne pensait pas tout ce qu'il t'a dit.

– Si, il le pensait. Et moi-même, je n'ai pas été sympa. Il a même cru que j'allais le frapper. Selon lui, je devenais une petite merde, il avait honte de moi, et il a fini par dire qu'il n'avait plus qu'un seul fils. Je l'ai attaqué sur son boulot, je les ai accusés de ne pas m'avoir désiré, parce que je suis un accident. J'étais tellement remonté par tout ça. La fin était inévitable. J'ai vécu l'enfer, mais maintenant, je pense que c'était nécessaire.

Je l'embrasse sur la joue et le serre un peu plus fort.

– Je suis content que tu sois là. Vraiment, grâce à toi, tout est plus facile.

– Je suis heureuse d'être à tes côtés, Shane.

– Ma mère est contente pour nous.

– Ah oui ? Elle te l'a dit ?

– Oui. Elle t'apprécie beaucoup et elle est heureuse qu'on se soit trouvés. Elle m'a dit que mon visage changeait quand je te regardais, marmonne-t-il.

Cela me fait doucement rire.

– Ah bon ? Ça te donne l'air idiot sans doute, le taquiné-je.

– Hey, dis donc, toi ! Attention à ce que tu dis, tu pourrais finir dans la chambre d'amis, me menace-t-il.

– Ah ouais ?! Tu n'as pas envie de voir ce que j'ai apporté dans ma valise que j'ai eu tant de mal à préparer ? demandé-je d'une voix sensuelle.

Au moment où je croque ma lèvre, c'en est trop pour Shane qui fonce sur ma bouche. Je gémis faiblement en entourant son cou de mes bras.

– Je ne suis pas vraiment à l'aise pour faire l'amour dans ta chambre, sous le toit de tes parents, dis-je enfin alors qu'il relâche légèrement notre étreinte.

– Eh bien, pourquoi tu as apporté des trucs, alors ? demande-t-il en haussant un sourcil.

– Je n'ai pas vraiment réfléchi, je pense. Et puis, je dors tout le temps avec des trucs comme ça.

– Oui, je sais. Si tu y tiens, je peux me montrer très sage. Et même si on ne fait pas l'amour, on peut faire d'autres trucs, dit-il de sa voix de séducteur.

– Ah ouais, quels trucs ? susurré-je en le dévorant du regard.

– Eh bien, je peux m'occuper de toi, tu sais que je ne peux te résister si tu te promènes devant moi dans un déshabillé sexy.

– Oui, je sais. C'est peut-être pour ça que j'ai apporté ça, dis-je, provocante.

– D'accord, d'accord. Je vois que tu as pensé à tout en fin de compte. Avoir du plaisir et me torturer.

Une fois de plus, Shane sait m'écouter et il me comprend. C'est dur de ne pas craquer parce qu'il s'applique vraiment à prendre soin de moi, mais c'est aussi ce qui rend ce moment si agréable. Nous nous cajolons, nous nous embrassons, nous nous caressons et nous finissons par nous endormir blottis dans les bras l'un de l'autre. Un petit moment de bonheur.

***

La journée du samedi passe super vite. Super agréable. Les garçons nous emmènent faire un tour en ville pour nous montrer tous les coins importants de Muskegon. Ils nous font part de diverses anecdotes, ravis de nous montrer les lieux de leurs différents exploits, notamment le fameux dojo, et sans oublier la maison des McAllisters. Comme d'habitude, on éclate de rire à leurs bêtises. Visiblement, vivre avec eux, enfants, n'a pas dû être de tout repos ! Et même si c'est Shane qui a eu de sérieux problèmes, Eric ne semble pas avoir démérité !

La visite de la ville commence par Terrace Point Marina où ils nous montrent le réputé hôtel Shoreline Inn face au grand bâtiment aux parois de verre noir de la SPX Corporation. Puis ils nous emmènent au centre-ville. Je reste ébahie en découvrant la place très colorée où se rejoignent West Western Avenue et la Troisième. La sculpture en son centre est impressionnante. Érigé en 2008, l'objet d'art s'intitule *Muskegon, Together Rising*. Eric récite cette explication comme s'il lisait un dépliant touristique. Il ajoute tout de même à la fin, en toute humilité, qu'il ne sait absolument pas ce que ça veut dire et encore moins ce que c'est censé représenter. Shane éclate de rire, Eric est supposé être le plus intelligent des deux et il est soulagé de voir que son frère n'a pas la science infuse !

Ils proposent de se garer ici et de se promener un peu. On passe tout près du Centre Frauenthal pour les arts de la scène. Avec Beth, on examine un instant avec attention la statue de l'acteur américain Buster Keaton, devant l'entrée, puis on descend vers Hackley Park. Là-bas, on découvre un monument plus impressionnant encore, un *war memorial*. La signification est cette fois fournie, pas besoin de dire quoi que ce soit.

On s'arrête manger en ville, et en fin d'après-midi, on regagne la maison. Mais le petit tour n'est pas terminé. On se dirige à pied vers la baie fermée qui encadre l'entrée du port vers le canal de Muskegon donnant accès au lac Muskegon. On reste un instant en admiration, moi blottie dans les bras de Shane et Beth dans ceux d'Eric. D'immenses digues s'étendent de chaque côté. On peut distinguer un phare à chaque extrémité. Eric nous confie que vu du ciel, l'endroit ressemble presque à un cœur. Eric a toujours été romantique, Beth m'a confié une fois qu'elle adorait ce trait de caractère chez lui. Elle l'embrasse tendrement et on reprend notre marche vers la jetée centrale qui mène au célèbre phare rouge de Muskegon, en passant tout près du poste des garde-côtes.

J'apprécie beaucoup cette balade. J'aime être dans la ville d'enfance de Shane.

Quand on rentre enfin, Jake est déjà devant la télé. Le match ne va pas tarder à commencer. Une bière attend chacun des garçons sur la table basse. Shane et Eric tombent en même temps lourdement sur le canapé, ce qui me fait rire. Beth rejoint Eric qui se serre un peu pour lui faire une place. Je m'approche derrière le canapé, prends Shane par le cou et murmure à son oreille :

– Je vais dans la cuisine avec ta maman lui donner un coup de main.

– D'accord, répond-il en tendant le cou pour m'embrasser sur la bouche.

Un petit bisou tout à fait chaste, mais qui m'arrache tout de même un petit soupir. Qu'ils soient passionnés, fougueux, tendres ou impatients, tous les baisers de Shane me font de l'effet, et ce, malgré moi. C'est vraiment dingue d'imaginer à quel point je suis si peu maîtresse de mon corps quand il s'agit de désir, d'excitation, d'envie. Je souris en pensant au pouvoir qu'il exerce sur moi. Je sais qu'il en va de même pour lui, mais quand même. Cela a commencé au tout début, j'ai eu beau essayer de combattre tout ça, c'était bien plus fort que moi.

Je pénètre dans la cuisine en silence et découvre Emily qui chantonne en s'affairant sur le plan de travail. Je prends le temps de l'observer un instant, à la dérobée. C'est encore une très belle femme. Avec Jake, ils forment un couple très séduisant et vraiment assorti. Les garçons ont hérité des traits de leur père, la forme de ses yeux, de son nez, de son visage, mais de la couleur des yeux et des cheveux de leur mère. Un joli mélange. À l'inverse, Lexi est le portrait craché de sa mère, depuis ses traits fins à ses magnifiques cheveux auburn, en passant par ses beaux yeux verts.

– Callie ! s'exclame Emily en m'apercevant enfin. Vous avez passé une bonne journée ?

– Très bonne. Ça m'a fait plaisir de découvrir la ville où ils ont grandi. Je n'ai pas souvent l'occasion de quitter Detroit, alors j'apprécie d'autant plus. Vous avez besoin d'aide ?

– Non, je te remercie. Mais tu peux rester un peu, on va papoter. Ça me fait tellement plaisir d'avoir du monde à la maison.

Je lui souris gentiment. Cette femme est vraiment adorable. Elle me rappelle maman sur de nombreux points. Je m'installe près de l'îlot central pendant qu'Emily s'affaire à découper les tomates pour la salade.

– Je suis vraiment heureuse de voir Shane avec quelqu'un comme toi, avec toi. Il semble très heureux. Je suis contente.

– Je suis heureuse aussi. Ça faisait longtemps que cela ne m'était pas arrivé.

Emily me lance un regard plein de tendresse. Je suis touchée par cette marque d'affection.

– Ça n'a pas été trop dur l'éloignement avec Shane ? demandé-je d'une petite voix.

Emily lève de grands yeux vers moi. J'espère ne pas avoir ravivé une flamme douloureuse, mais tout ce que je lis, c'est un profond soulagement.

– Oh, tu sais, rien n'a jamais été facile avec Shane. Ce n'est pas comme si j'avais souhaité cela, mais au fond de moi, j'ai toujours su que ça arriverait.

Je la regarde, étonnée. Comment peut-elle prendre ça avec tant de facilité ? Mais je n'ai pas le temps de me poser plus de questions, je devine au regard qu'elle me lance qu'elle est plongée dans le passé.

– Trois enfants, c'est forcément du boulot. Mais Lexi a toujours été en avance sur son âge, elle ne s'est jamais vraiment mêlée aux garçons. Elle est légèrement plus âgée qu'eux et je pense que ça l'embêtait quand ses petits frères venaient la rejoindre. Elle a rapidement mené sa vie dans son coin, ses études, ses passions. Elle avait son petit groupe à elle. Alors les garçons étaient tout le temps ensemble. Ils se sont toujours très bien entendus. Sûrement grâce à leur faible différence d'âge. Toujours à se chamailler, à faire les quatre cents coups. Parfois à nous faire tourner en bourrique. Mais malgré cette complicité extrême, ils étaient très différents. Eric avait de grandes facilités à l'école, ce n'était pas le cas de Shane. Il n'a jamais été jaloux, mais il a vite baissé les bras. On essayait de faire de notre mieux pour l'aider, l'encourager, mais il n'avait pas vraiment la motivation. On ne voulait pas faire de favoritisme, ça n'aurait pas été juste, mais forcément on était fiers d'Eric. De ce point de vue là, il ressemblait beaucoup à Lexi, qui a toujours très bien réussi à l'école. Plus le temps passait et plus Shane le prenait mal. Il n'en voulait pas à son frère ou à sa sœur, non, loin de là. Il était aussi fier d'eux qu'on l'était. Il était juste furieux, en colère que la vie ne l'ait pas gâté un peu de ce côté-là. Il ne comprenait pas pourquoi il n'y arrivait pas aussi bien qu'eux. On avait beau lui expliquer qu'il était meilleur à d'autres choses, notamment dans le sport ou les travaux manuels, rien ne le rassurait, ne l'apaisait. Au lycée, ça a empiré. On a cru qu'il allait complètement lâcher le système, surtout quand il a appris qu'il redoublait sa terminale. Si jusque-là, il était toujours passé de justesse, pour la dernière année, ça n'a pas fonctionné. Il s'est donc retrouvé en cours avec son frère qui, ayant sauté une classe, se retrouvait en terminale lui aussi. Lexi était à la faculté à Lansing, elle ne pouvait pas être là pour son frère de la même façon. Eric l'a donc soutenu plus qu'on pouvait le faire. Ils ont bossé ensemble, j'étais fière de mes garçons. Ils ont eu le bac tous les deux. Shane était fier de ce qu'il avait accompli, il avait au moins réussi ça. Son frère a été son moteur. Sans lui, je ne pense pas que Shane aurait tant donné de sa personne.

Emily verse les tomates coupées dans un saladier, jette les déchets à la poubelle et se retourne pour poser la planche à découper dans l'évier. Je la vois regarder par la fenêtre, l'esprit vagabondant toujours dans le passé.

– Même s'il avait réussi ça, Shane n'avait pas changé pour autant. Toujours aussi révolté, aussi bagarreur, aussi vindicatif. Je ne reconnaissais plus mon fils. Son père et moi ne savions pas quoi faire. On ne voulait surtout pas le forcer à quoi que ce soit, on savait qu'il avait besoin de liberté, de faire ses propres choix. Il a toujours été un électron libre. Quand Eric est entré à la fac de droit, sur le même campus que Lexi, Shane a d'abord traîné entre ici et East Lansing, mais il a vite compris que s'il restait trop longtemps avec son frère, il l'entraînerait avec lui, et il ne voulait pas ça. Il ne voulait pas le détourner de son but, être une distraction. Alors il a commencé à travailler à droite et à gauche, à se faire de l'argent, de l'expérience. Ça ne le dérangeait pas de se coltiner les trucs ingrats, il pensait n'être bon qu'à ça. Ça me faisait du mal de le voir convaincu de n'être qu'un bon à rien. Je ne sais pas ce qui a pu se passer pour qu'il pense ça. Je me demande si on est responsables d'une quelconque façon. On n'a jamais eu de discussion à propos de ça.

Je l'entends réprimer un sanglot. Ça me fait de la peine ce récit, j'ai l'impression que cela ravive de douloureux souvenirs. Je n'imaginais pas que Shane ait vécu une adolescence comme ça.

– Il a travaillé à la ferme, au garage du coin, et quand il a eu 21 ans, il a trouvé une place de barman. Je n'aimais pas cette idée, j'avais l'impression que mon fils s'éloignait peu à peu. Mais comme il était adulte, qu'est-ce qu'on pouvait lui dire ? L'alcool aidant, les bagarres n'ont fait qu'augmenter. Il rentrait très tard dans la nuit, je le découvrais le lendemain blessé. Les mains égratignées, un œil au beurre noir, la lèvre fendue, des bleus plein le torse. On a supporté ça pendant presque trois ans. Lexi et Eric n'étaient que vaguement au courant. On ne voulait pas trop les mêler à ça, nous étions les parents. Eric se concentrait sur ses études et Lexi poursuivait son bonhomme de chemin. Et puis un jour, c'est à peine s'il tenait sur ses jambes. Mon fils était devenu un voyou qui ne songeait qu'à se battre, à provoquer. Eric et Lexi étaient présents le jour où Jake a explosé. C'était plus qu'on ne pouvait supporter. Bien entendu, Shane n'a pas compris ce qu'on essayait de lui dire, il a explosé à son tour. Ils n'en sont pas venus aux mains, mais presque. Tous les reproches que Shane nous faisait… Mon Dieu, quand j'y repense, c'était horrible. Jake l'a mis à la porte, et ce jour-là, j'ai perdu mon fils.

– Je suis vraiment désolée que vous ayez dû vivre ça.

– C'est gentil, ma chérie. L'année qui a suivi, on continuait à avoir régulièrement des nouvelles parce que Shane est resté en contact avec Lexi qui était sur Detroit. Il évitait de voir Eric, encore étudiant. On ne savait rien de ce qu'il faisait et c'était sans doute mieux. Et puis, quand on a reçu cet appel de l'avocat commis d'office, ça nous a fait un choc. Notre fils était devenu un étranger, on ne le reconnaissait plus. On a longuement discuté avec Jake sur l'attitude à avoir. Bien entendu, j'avais envie d'aller le voir, qu'il sache qu'il n'était pas tout seul. Mais nous n'y sommes pas allés. Je me suis rangée derrière Jake. Voir notre fils en prison nous mettait également face à nos erreurs et c'était difficile à admettre. Lexi a essayé d'aller lui rendre visite, mais Shane a refusé. Nous avons supposé qu'il en serait de même pour nous. On ne pouvait pas se permettre de faire le trajet régulièrement non plus, alors on a choisi de rester en retrait. Je regrette parce que j'ai eu l'impression d'abandonner mon fils, mais c'était tellement compliqué. On ne pouvait pas non plus le forcer à quoi que ce soit.

– Je comprends parfaitement et je pense que Shane aussi, ne vous faites pas de mal inutilement. Il a mis un certain temps avant de venir vous voir parce qu'il voulait vous montrer qu'il avait changé, qu'il s'était rangé et qu'il reconstruisait une vie honnête et tranquille. Les points sur sa liste qu'il voulait rayer avant de vous revoir, c'était pour lui, mais aussi pour vous. Cette séparation imposée, peut-être qu'il en avait besoin. Il fallait que cela vienne de lui.

Emily me sourit sans rien ajouter de plus. Je suis sûre qu'ils sont sur la bonne voie pour réapprendre à se connaître, créer de nouveaux liens et redevenir une famille. Je n'ai aucun doute là-dessus.

24

Shane

Installé sur un transat à l'arrière de la maison, j'attends Callie. Elle finit dans la salle de bains et cela me permet de réfléchir, seul. Ce week-end est tellement intense. Il y a longtemps que je n'avais pas vécu tant d'émotions, si je mets de côté tout ce que j'éprouve pour Callie, bien entendu.

Je sais qu'il me reste encore pas mal de chemin à parcourir pour me racheter auprès de mes parents, mais je pense être sur la bonne voie. Avec Eric et Callie à mes côtés, je sais que tout se passera bien.

– Coucou.

– Salut.

– Tu vas bien ?

– Oui, ne t'inquiète pas. Viens.

Je lui tends la main et l'invite à s'installer contre moi, entre mes jambes. Elle prend place confortablement et on observe le jardin joliment arboré et la vue au-delà, vers la forêt. Je plonge la tête contre la sienne et la respire. Elle sent divinement bon comme à chaque fois. Elle glisse ses doigts entre les miens et soupire.

– Tout va bien ? demandé-je.

– En fait, j'ai quelque chose à te dire. Cela fait quelque temps que j'y pense, et la semaine dernière, il s'est passé un truc qui pourrait m'aider.

– Vas-y, je t'écoute.

– Voilà. Tu te rappelles quand on a organisé la soirée speed dating au bar ?

– Oui.

– Josh m'avait demandé de préparer des choses à grignoter, des pâtisseries.

– Oui, je me souviens.

– Eh bien, figure-toi qu'une des participantes possède sa propre boulangerie au centre-ville et elle a demandé à Josh s'il était possible d'avoir mes coordonnées. Elle a été très impressionnée par ce qu'elle a goûté et elle voudrait qu'on se rencontre pour discuter.

– Mais c'est extra ! C'est une chance incroyable. Il faut que tu fonces, Callie.

– Bien entendu, j'en ai envie, mais cela veut aussi dire que je vais quitter le bar, et du coup, nos horaires seront complètement décalés. Je ne voudrais pas que…

– Callie, ma puce, écoute-moi. Cette femme sait certainement ce qu'elle fait. Tu es douée et elle veut travailler avec toi. Ne te pose pas de questions.

– Merci, Shane.

– Ne me remercie pas, Callie. Je ne fais que te renvoyer l'ascenseur. C'est normal. Tu ne t'en rends peut-être pas compte, mais t'avoir ici auprès de moi, ça veut dire tellement. Tu comptes beaucoup pour moi. Je t'aime, murmuré-je au creux de son oreille.

Elle tourne la tête pour m'embrasser sur la joue avant de pivoter pour me faire face. Elle s'empare à nouveau de mes mains et plonge son regard dans le mien. Sa voix est nouée par l'émotion quand elle prend la parole.

– Au cours de toutes les années passées auprès d'Adam, jamais il ne m'a soutenue dans une quelconque démarche. Quand j'ai fait le nécessaire pour sortir de la drogue, il l'a pris comme une trahison. À chaque fois que je refusais de le rejoindre dans son atelier parce que j'étais fatiguée à cause du boulot, il le prenait comme un affront ou un désamour. Il n'a toujours vu que son propre intérêt. Bien sûr, il y avait de bons moments, mais il y en avait encore plus de mauvais. Il ne voyait même pas les raisons pour lesquelles je restais, il ne me voyait plus. Auprès de toi, je vis quelque chose de nouveau, de si vivifiant. Je ressens chacune de tes paroles, quand tu me dis que tu m'aimes, quand tu m'encourages, je te crois et je sais que tu le fais parce que tu veux mon bonheur. Je sais bien que notre histoire est récente, et après ce que j'ai vécu avec Adam, je ne veux pas m'emballer, aller trop vite et faire des plans sur la comète, mais bizarrement ça ne me fait pas peur, parce que c'est toi et parce que je me sens bien. Je t'aime.

Je reste à fixer sa bouche alors que ces trois petits mots sont prononcés. Je ne pensais pas que mon cœur pouvait encore plus déborder d'amour pour elle, mais c'est tellement meilleur quand les sentiments sont vraiment partagés.

– Redis-le-moi.

– Je t'aime, sourit-elle.

Je presse mes lèvres contre les siennes et on reste ainsi pendant un moment alors que le soleil se couche au-delà des arbres. Ce week-end est définitivement intense et je n'en suis que plus heureux.

***

En rentrant à Detroit, je dépose Eric et Beth à l'appartement tandis qu'on rejoint la maison avec Callie. Elle me demande de monter les valises à l'étage pour pouvoir ranger ses affaires. Je jette mon sac en vrac dans ma chambre et décide de m'en occuper plus tard. La soirée est bien entamée, je me demande ce que Callie aimerait qu'on fasse. Je m'installe lourdement dans le canapé et bascule la tête sur l'assise.

– Shane ? m'appelle une voix douce.

– Tu as déjà fini ? demandé-je en rouvrant les yeux. Oh… waouh.

Callie ne porte rien d'autre qu'une petite nuisette en satin rouge avec bretelles en dentelle noire. Elle a remis de l'ordre dans ses cheveux et elle arbore un petit sourire coquin.

– J'ai très envie de toi, susurre-t-elle. On a été tellement sages ce week-end. Je veux rattraper le temps perdu.

Je ne trouve rien à dire à ce programme charnel. Je tends la main et l'invite à me rejoindre. Je dépose un tendre baiser dans sa paume et l'attire un peu plus à moi. Elle se place entre mes jambes et je pose ma tête sur son ventre. Elle glisse ses mains dans mes cheveux et ferme les yeux alors que je pose les miennes dans le creux de ses genoux. Puis délicatement, je remonte le long de ses cuisses pour m'arrêter sur ses fesses. Je découvre avec joie qu'elle ne porte qu'un string et elle gémit immédiatement sous mes caresses. Je fais de petits cercles qui accentuent encore plus sa chair de poule. Je monte un peu plus sur ses hanches et passe mes pouces sur le tissu pour lentement faire glisser le sous-vêtement le long de ses jambes.

Alors que je relève la tête pour observer sa réaction, elle se décale, envoie balader le string et pose une jambe de chaque côté des miennes, si bien qu'elle se retrouve à califourchon sur moi. Mon regard se pose d'abord sur son décolleté affriolant. Pendant un instant, je ne peux regarder autre chose. Je déglutis, puis pose mes mains sur sa poitrine. Du pouce, je caresse la peau juste au ras de la dentelle. Elle entoure ma nuque de ses mains, m'obligeant à relever la tête afin de saisir mon regard.

Elle se penche en avant et s'empare de mes lèvres, pendant que je continue mes caresses. Elle gémit contre ma bouche, sous mes assauts de plus en plus pressants. Rapidement, la nuisette se retrouve derrière le canapé, accompagnée de mon tee-shirt.

Du bout des doigts, elle caresse mon torse musclé alors que je rejoins le sud. Rapidement elle ne contrôle plus rien, mon toucher est doux, précis, et de plus en plus intense. Elle est à deux doigts de jouir, je le vois. Elle secoue la tête et remue légèrement pour avoir un accès à la ceinture et au bouton de mon jean. Comprenant ses intentions, je la soulève sans peine par les fesses, la pose délicatement dos sur le canapé et me relève pour finir de me déshabiller. Je retire baskets, jean et boxer et me réinstalle sur le canapé. Je pourrais aussi bien lui faire l'amour allongé, mais j'aime bien quand elle prend les commandes.

Elle me lance un grand sourire coquin. Alors que je m'attends à la voir reprendre place sur mes genoux pour finir ce qu'on a commencé, elle s'agenouille entre mes jambes et s'empare de mon érection. Je ne peux retenir un grognement. Je bascule la tête en arrière sur le dossier du sofa tandis qu'elle part à l'offensive. Elle sait que je suis complètement à sa merci et cela m'est complètement égal. Je deviens fou quand elle s'occupe de moi comme ça. Après quelques instants d'euphorie totale, je relève la tête et la regarde faire. J'adore le spectacle érotique qu'elle m'offre.

– Callie, Callie, je… S'il te plaît, viens maintenant, supplié-je.

– Ce n'est pas bon ? fait-elle d'une petite voix sensuelle en lançant un regard vers moi.

– Si, mais si tu continues comme ça, je ne vais pas tenir longtemps. Je veux jouir avec toi, murmuré-je d'une voix rauque.

Elle dépose un dernier baiser sur mon sexe, puis à l'intérieur de mes cuisses avant de se placer à califourchon sur mes jambes. Je l'attire à moi en attrapant sa nuque et lui donne un baiser torride, impatient. Elle se lève un tout petit peu, et sans le moindre effort, mon sexe trouve l'entrée du sien. Elle mord doucement ma lèvre inférieure alors que je glisse délicatement en elle. J'adore ce moment-là, la sentir tout entière autour de moi, quand je m'enfonce jusqu'à la garde. Elle se contracte et commence ses mouvements de va-et-vient. Je m'empare de ses hanches d'une poigne ferme, l'aidant à bouger. Elle pose ses mains sur mes épaules pour trouver un équilibre.

Elle prend son temps, alternant mouvements rapides et plus lents. Elle veut faire durer le plaisir au maximum. Mais quand elle approche enfin du bien-être ultime, elle ne peut se retenir plus longtemps. Je le devine immédiatement à son visage, à ses gémissements, à ses mimiques. J'accélère alors moi aussi les mouvements sur ses hanches. Alors que je ressens de plein fouet le courant du plaisir monter en moi, je lève le bassin pour accentuer la pénétration et la force. La jouissance est totale, pour nous deux. Mes doigts s'enfoncent dans sa chair, l'orgasme est puissant, étourdissant.

Épuisée et heureuse, elle s'effondre tout contre moi. Je l'entoure de mes bras puissants et lui caresse doucement le dos. Elle dépose de petits baisers dans mon cou et se redresse.

– Je t'aime.

– Moi aussi, Callie. Qu'est-ce que tu veux faire maintenant ?

– Juste rester avec toi, dans tes bras.

– Est-ce que tu crois qu'on peut ajouter un peu de nourriture à ce programme ? Tu m'as donné faim.

Elle éclate de rire et secoue la tête pour dire oui. J'espère qu'on vivra encore de nombreuses soirées comme ça. Qu'est-ce que je suis bien auprès de la femme que j'aime !

***

Callie avait raison en affirmant qu'un changement de travail modifierait notre relation. Je travaille tard le soir et une partie de la nuit. Elle commence tôt et finit parfois tard quand il faut faire des extras. Visiblement, depuis son arrivée, la pâtisserie connaît un énorme succès. Je suis vraiment fier d'elle. Ce n'est pas facile, mais on s'accommode.

Cela va maintenant faire cinq mois qu'elle y travaille. Tout est allé relativement vite après notre retour de Muskegon. Callie a eu un entretien avec la patronne de la pâtisserie. Elle a passé tout un après-midi dans les locaux à préparer différentes recettes, et après une dégustation, elle était embauchée. Callie a tenu à patienter deux semaines avant de démissionner afin de laisser le temps à Josh de trouver quelqu'un pour la remplacer.

Le gros point positif est que je n'ai jamais vu Callie si épanouie dans son travail. Je peux dire avec certitude qu'elle se lève chaque matin heureuse. Je me rends compte que c'est tellement plus enrichissant et valorisant pour elle. Un domaine dans lequel elle a parfaitement sa place, où elle excelle et où elle est reconnue.

Ce soir, Callie, Beth et Eric sont de repos et je suis le seul à travailler, pas de chance. Je souris en les voyant s'installer. Siobhan et Taylor, le nouveau, assurent le service. Il y a une bonne ambiance, le bar est bien rempli, comme souvent lors d'une soirée open. Des artistes professionnels ou non peuvent investir la scène et performer. Ils ont chacun un créneau de cinq à dix minutes. Ces soirées ont toujours beaucoup de succès. Josh essaie d'organiser un maximum d'événements différents pour répondre à la demande. Il requiert souvent l'avis des filles d'ailleurs.

La soirée bat vraiment son plein, les numéros du soir sont excellents et ils ont un véritable don pour chauffer la salle. Mon frère et les filles en sont à leur troisième ou quatrième tournée, ils rigolent bien et me narguent tant qu'ils peuvent parce que je n'ai pu prendre qu'une micro-pause pour les rejoindre. Je suis en train de servir Taylor quand Callie s'installe au bar.

– Salut, beau gosse.

– Salut, ma belle.

Son sourire est ravageur, ses joues bien rouges, et ses yeux me détaillent avec envie.

– Ça me plairait beaucoup de terminer la soirée avec toi. Est-ce que tu acceptes de sortir avec les clientes ?

Je prends appui sur le comptoir, dégaine mon plus beau sourire, amusé par son flirt, et me penche en avant.

– Je ne le fais plus depuis un moment.

– Comment ça se fait ?

– Une petite blonde m'a envoûté.

– Oh, mince.

– Non, pas mince. C'est chouette. J'aime ça, être l'homme d'une seule femme.

– Une seule femme ?

– Oui, absolument. Il n'y a que toi.

Elle rougit un peu plus et se hisse sur le tabouret pour venir me trouver. Son baiser est léger et fruité.

– Tout se passe bien ? demandé-je en jetant un œil à Beth et Eric.

– Oui, très bien. Ils vont rentrer à l'appartement. Je t'attends avant de me coucher ?

– Oui, si tu veux. Je t'aime.

– Moi aussi, je t'aime.

Elle dépose un nouveau baiser sur mes lèvres et descend du tabouret. Tous trois me saluent de la main avant de quitter le bar et je me hâte de me remettre au boulot.

25

Callie

Je pousse la porte de la maison et accroche mes affaires aux patères. Je m'apprête à rejoindre le salon quand on frappe brusquement à la porte. Je fronce les sourcils, me demandant bien qui ça peut être. Shane en a encore pour trois heures. Si c'était Beth, elle entrerait sans frapper.

Un frisson me parcourt l'échine alors que je tire la porte vers moi. Je recule d'un bond en découvrant Adam. Son regard est noir, et son visage déformé par la colère. Je n'ai pas le temps de refermer qu'il pousse le battant vers moi et entre. La porte claque derrière lui.

– Adam ! Tu n'as pas le droit d'être ici.

– Je suis au courant ! Je n'ai jamais été le bienvenu ici.

– Tu sais très bien que c'est faux. Tu n'as jamais essayé de t'intégrer dans mon entourage, tout ce qui t'importait, c'étaient ton art et ta bande de drogués.

– À une époque, ils étaient tes amis aussi.

– Adam, je t'en prie, va-t'en.

– Sûrement pas ! J'ai deux trois choses à te dire.

Je recule alors qu'il avance vers moi. Je devine à l'éclat qui brille dans ses yeux qu'il est complètement *stone*. S'il a ajouté de l'alcool à sa prise, je dois la jouer fine. Je n'ai aucun moyen de défense ici, aucune arme, rien.

– Il ne t'aura pas fallu longtemps avant de tomber dans ses bras. Tu couchais déjà avec lui quand on était encore ensemble ?

– Absolument pas ! Jamais je ne t'aurais fait ça.

– Ça ne change pas grand-chose. Je l'ai senti dès le départ et tu m'as menti. C'est à cause de lui que tu m'as laissé tomber.

– Non ! C'est à cause de toi ! Notre couple battait de l'aile depuis des mois, Adam. Tu es tout aussi responsable que moi.

– Arrête de te foutre de ma gueule ! Il a suffi qu'un autre homme débarque et je n'existais plus. Tu es comme toutes les autres.

– Va-t'en, Adam. Shane ne va pas tarder à rentrer.

– Arrête de me mentir ! Des mois que je t'observe, ça bout en moi, c'est trop. Je ne supporte pas de te savoir avec un autre. Je connais ses horaires, je sais que j'ai encore du temps devant moi. Tu étais à moi, Callie !

– Non, Adam. Je ne t'ai jamais appartenu. Je voulais être ta partenaire, je voulais te soutenir, mais tu n'as rien vu. Tu ne me voyais plus.

– Arrête de jouer au psy avec moi. J'en ai rien à foutre de tout ça ! Tu m'as trahi, tu m'as laissé tomber et maintenant tu es avec lui.

– C'est de ta faute, tu m'entends ! Est-ce que tu as oublié tout ce que tu m'as fait ? Jamais je ne pourrai te pardonner, Adam ! Je t'en ai passé tellement. Jamais tu n'as réussi à te reprendre, à vouloir t'en sortir. C'est trop tard maintenant. Toi et moi, c'est terminé.

– J'ai bien compris, ne t'en fais pas. Le fait que tu portes plainte me l'a parfaitement prouvé. Tu as foutu toute notre histoire à la poubelle, comme ça.

– Tu es injuste, Adam.

– C'est toi qui as choisi, Callie. Mais ce n'est pas pour autant que je dois l'accepter. Si je ne peux pas t'avoir, personne ne le peut !

Je vois qu'il est en rage, pourtant il reste calme. Ses mots tranchent comme ils l'ont toujours fait. Je ne sais pas comment faire pour le calmer et je sais que je n'y parviendrai pas quand il sort une arme de derrière son dos. Il la pointe directement sur moi, sa main tremble et sa bouche se tord d'une grimace.

– Adam, je t'en supplie, tu n'es pas obligé de faire ça ! S'il te plaît !

– Tu m'y forces, Callie. Depuis toujours, je ne connais que toi, tu étais toujours là, je ne peux pas vivre sans toi. J'ai essayé mais je ne peux pas.

– Bien sûr que si ! Il faut que tu te fasses aider. Je peux t'aider si tu veux. Mais ne fais pas ça !

– C'est trop tard, souffle-t-il tout bas.

Le coup de feu résonne à mes oreilles et je regarde, statufiée, la cartouche être éjectée de l'arme, puis rebondir au sol. Adam me fixe, horrifié. Je baisse les yeux et découvre une petite tache rouge sur mon ventre qui grossit à vue d'œil.

– Adam, murmuré-je en portant les mains à ma blessure.

Il pousse un cri et m'abandonne lâchement avant d'ouvrir la porte en grand et de dévaler les escaliers sans un regard en arrière. La douleur se fait de plus en plus forte et je perds de plus en plus de sang. Une sensation étrange s'empare de moi.

Il faut que je rejoigne le bar pour demander de l'aide. Je refuse de mourir ici. Je peine à mettre un pied devant l'autre. Je sens la vie s'échapper, mon énergie s'évacuant entre mes doigts. Je m'accroche péniblement à la rambarde des escaliers et c'est essoufflée que j'arrive en bas. Je n'ai plus que quelques mètres à faire, mais cela me semble au-delà de mes forces. Je n'arrive pas à croire que ma vie va s'arrêter ici, alors que je suis heureuse pour la première fois depuis très longtemps, auprès de Shane, de mes amis, dans mon nouveau travail. J'ai envie de tellement plus encore.

Je m'effondre au sol au moment où je pousse la porte battante de l'entrée. Aussitôt, Siobhan tombe à genoux à mes côtés.

– Callie ! Mon Dieu ! Shane ! Shane ! hurle-t-elle. Que quelqu'un appelle les secours !

Dans la seconde, Shane se matérialise au-dessus de moi et remplace Siobhan.

– Callie ! Qu'est-ce qui s'est passé ? demande-t-il en pressant ses doigts sur ma blessure.

Mes bras glissent le long de mon torse et mes yeux se perdent dans les siens.

– Je t'aime.

– Moi aussi, ma puce, moi aussi. Tiens le coup ! Il faut quelque chose pour stopper l'hémorragie ! hurle-t-il.

Il fait pression sur la plaie, mais le sang file entre ses doigts. Il ne peut rien faire. Siobhan réapparaît et lui tend une serviette. Josh un peu plus loin est en train de parler aux secours.

– Je dois arrêter ce putain de saignement ! grogne-t-il en appuyant un peu plus sur mon ventre.

Il me retourne rapidement, sans doute pour vérifier s'il y a un orifice de sortie. Je ne vois pas trop ce que ça change, j'ai l'impression de m'enfoncer dans le brouillard. Tout autour de moi est en train de se mélanger.

Les visages se font de moins en moins nets, les sons disparaissent. La seule chose à laquelle je me raccroche est la chaleur de Shane. Il irradie.

– Callie ! Callie ! hurle-t-il en me secouant par les épaules. Reste avec moi ! L'ambulance arrive. Callie !

– Je suis là, dis-je faiblement.

– Callie, souffle-t-il en collant son front au mien. Qui t'a fait ça ?

– Je ne veux pas que tu fasses quoi que ce soit, Shane. Je t'en prie. Ne fais rien de regrettable, il n'en vaut pas la peine. Pense à toi, à ton avenir.

– C'est toi mon avenir, Callie. Tout ça n'a aucun sens si tu n'es pas là. Je t'interdis de me laisser.

– Je suis tellement désolée.

Une larme roule sur ma tempe et j'ai de plus en plus de mal à rester éveillée. Je me sens lourde, ma tête bourdonne et ma vue se brouille. Je tente de prendre une profonde inspiration, mais c'est tellement douloureux.

– Je t'aime, dis-je une dernière fois avant que mes yeux se ferment.

– Callie ! Non !

Mais Shane a beau me secouer, me hurler dessus, je suis partie trop loin pour réussir à le rejoindre.

26

Shane

Je me redresse en entendant les sirènes de police et d'ambulance retentir dans la rue. Rapidement, l'entrée grouille de monde. Deux flics nous éloignent sans douceur pour permettre aux secouristes d'intervenir. Impuissant, je les observe alors que Siobhan s'est approchée de moi et s'est emparée de mon bras. Callie est posée sur une civière et emmenée par les pompiers. Je n'ai qu'une envie : suivre l'ambulance.

– J'ai appelé Beth, m'informe Josh sur le trottoir. Eric et elle vont te rejoindre à l'hôpital.

– Les flics ont sûrement des questions.

– Je suis le patron, je m'en occupe. Je peux aussi bien répondre que toi, même Siobhan. Tu étais là toute la soirée, Shane. Tu n'en sais pas plus que nous.

Il a tort, mais je ne le lui dirai pas. Callie n'est pas entrée dans les détails, mais je sais lire entre les lignes, je sais qui est responsable et il ne s'en tirera pas comme ça !

– Elle va s'en sortir, Shane. Callie est quelqu'un de solide.

J'acquiesce d'un mouvement de tête et me hâte de rejoindre la voiture. Sur le trajet, je tente de contenir les émotions qui affluent et se mélangent. La colère, la peur, la souffrance. Je ne peux pas la perdre, pas maintenant. Il est beaucoup trop tôt. Elle a encore des dizaines d'années devant elle. C'est un cauchemar, je vais me réveiller !

Sur le parking, je prends le temps de me ressaisir, je dois me montrer fort. Callie n'a pas besoin d'une loque à ses côtés. Quand j'arrive aux urgences, je suis toujours sur les nerfs. Les quelques exercices de respiration que j'ai faits n'ont pas réussi à m'apaiser.

Comme je ne suis pas de la famille, l'hôtesse à l'accueil refuse de me donner le moindre renseignement. Je suis sur le point de péter un scandale quand je vois les flics arriver. Bien entendu, ils ont plus de pouvoir que moi et obtiennent immédiatement l'information. Sans rien dire, je les suis. Peu importe leur avis, il est hors de question que je laisse Callie seule dans cette épreuve. L'un d'eux se retourne et me jette un œil. Il était sur la scène et visiblement il me reconnaît parce qu'il s'arrête et me tend une main, stoppant son collègue dans son mouvement.

– Lieutenant Morales et voici le lieutenant Adams.

– Shane Hollner.

– Vous étiez sur les lieux ?

– Oui. Je travaille au bar. J'étais de service et Callie est ma petite amie.

– Nous sommes navrés de ce qui lui est arrivé.

Je soupire sans discrétion. J'hallucine où ils vont me faire passer un interrogatoire maintenant ? Ils ne peuvent pas attendre ? Je me retiens de les envoyer chier, mais ce n'est sûrement pas le moment de m'attirer les foudres de la police. Je dois me tenir tranquille.

– Vous étiez auprès d'elle quand les secours sont arrivés. Avez-vous une idée de ce qui a pu se passer ?

– Elle venait de quitter les lieux. Elle devait m'attendre à la maison.

– Où habitez-vous ?

– Dans la maison au-dessus du bar.

Il prend des notes sous l'oreille attentive de son collègue.

– Combien de temps s'est passé entre le moment où elle est partie et celui où elle est revenue au bar, blessée ?

– Je ne sais pas trop… Trente minutes, je dirais. Je n'ai pas fait attention. Moins d'une heure en tout cas.

– Vous a-t-elle dit quelque chose ?

– Non. Elle avait du mal à rester éveillée et elle répétait qu'elle m'aimait, c'est tout, dis-je à bout de souffle.

Je revois ses yeux qui perdaient leur éclat au fur et à mesure, la vie qui s'échappait entre mes doigts. J'aurais dû faire plus, j'aurais dû faire mieux, peut-être qu'elle aurait de meilleures chances de s'en sortir. Je réfrène les larmes qui menacent. Hors de question que je craque devant ces types ! Je suis persuadé qu'ils ne tarderont pas à faire des recherches sur moi et je serai catalogué, suspecté. Je sais comment les choses fonctionnent.

– Deux agents sont en train d'interroger vos collègues et le voisinage à l'heure qu'il est. Et la police scientifique s'occupera de votre maison. Est-ce que vous savez si quelqu'un pouvait lui en vouloir ?

Je pourrais leur parler d'Adam, ils le découvriront rapidement de toute manière. Dès qu'ils se pencheront sur le cas de Callie, son nom ressortira forcément. Mais je veux gagner un peu de temps pour m'en occuper moi-même, alors je ne vais pas leur mâcher le travail.

– Non, tout le monde aime Callie. Elle est adorable, gentille, toujours prête à aider.

– Très bien. Allons voir si elle est sortie de chirurgie.

Je me contente de hocher la tête, enfin soulagé que cette discussion prenne fin. Quand on passe les portes battantes pour tomber dans une petite salle d'attente, je me raidis immédiatement en apercevant Morgan assis tout au fond de la salle, les coudes sur les genoux, le menton sur les mains, les pieds qui battent la mesure. Il lève la tête vers nous et se redresse instantanément pour aller spontanément se présenter aux flics, car il se doute qu'ils sont là pour Callie.

– Vous avez des nouvelles ? demande le plus âgé des deux, Adams.

– Non, pas pour le moment. Ils m'ont dit qu'elle était en chirurgie, c'est tout ce que je sais, répond Morgan.

Il m'assassine du regard comme si j'étais responsable de la situation. Il ferait mieux de se carrer son arrogance au cul, sinon je ne donne pas cher de sa belle gueule. Si, auprès de Callie, j'arrivais à maintenir le lion en cage, là il fait rage et ne demande qu'à sortir.

Je m'éloigne de quelques pas, il vaut mieux que j'instaure une distance raisonnable entre nous deux. Je le laisse discuter avec les flics, me rendant compte que mon avance sur Adam risque de se réduire. Je suis en train de rédiger un texto pour dire à Beth où me rejoindre quand je la vois débarquer avec Eric. Leurs visages sont graves et je peux lire la panique dans le regard de Beth.

– Tu as des nouvelles ?

– Non, elle est encore au bloc. Comment vous avez fait pour savoir où vous rendre ? Je n'ai pas eu le temps de t'envoyer un message.

– J'ai dit à l'accueil que j'étais son avocat, m'explique Eric. Ils n'ont pas fait de difficultés.

Nous sommes interrompus par Morgan. Il sourit gentiment à Beth et lui tend une main franche.

– Tu dois être Beth. Callie m'a beaucoup parlé de toi.

– Je suis désolée, mais je… Qui es-tu ?

– Je m'appelle Morgan. Je suis un ami de Callie, depuis longtemps, précise-t-il comme si ça changeait tout. On m'a appelé dès qu'elle a été admise ici.

Il se tourne vers moi, le regard sévère. Je n'arrive pas à déterminer si sa colère est dirigée contre moi ou contre l'agresseur de Callie. Je me demande ce que les flics lui ont raconté.

– Qu'est-ce qui s'est passé ? demande-t-il.

– On n'en sait rien, dis-je d'une voix blanche. Tu viens de parler aux flics, tu dois en savoir autant que nous.

– J'ai envie d'entendre ta version.

– Qu'est-ce que tu essaies de faire, Morgan ? demandé-je en le toisant d'un regard noir. Je n'ai rien à voir avec ce qui s'est passé. J'étais au bar, j'ai bossé toute la nuit. Callie est rentrée à la maison, et peu de temps après, elle est revenue au bar, elle était blessée et elle se vidait de son sang.

– Je ne t'accuse pas, Shane. Je sais que tu l'aimes et qu'elle t'aime, et je sais que jamais tu ne lui ferais de mal.

Son regard coule sur Beth et Eric qui observent notre échange sans dire un mot. Je sens que Morgan reste sur la réserve, il doit soupçonner quelque chose et je meurs d'envie de savoir s'il en a parlé aux flics. Mais ils ne sont pas loin, alors je n'ai pas vraiment envie d'attirer l'attention.

Beth se blottit un peu plus contre Eric et il l'entraîne vers un fauteuil. Je ne peux pas m'asseoir, je préfère rester debout, je suis trop nerveux. Il n'y a que cela à faire, attendre qu'un médecin nous rejoigne pour nous dire comment ça se passe. Une nouvelle heure s'écoule et je commence à perdre patience. Je fais les cent pas dans la petite salle, manquant de bousculer la médecin qui entre alors que je fais demi-tour.

– Morgan Gionalla ? appelle-t-elle.

Mes poings se serrent, mais je dois rester calme pour Callie.

– Oui, c'est moi, s'identifie Morgan en se relevant et en venant à la rencontre de la chirurgienne, suivi de près par les flics.

– Nous sortons juste du bloc. Tout s'est bien passé. Nous sommes parvenus à retirer la balle, dont la trajectoire a abîmé le foie. Nous avons dû en retirer un morceau, mais le saignement a été maîtrisé. Nous avons eu recours à une transfusion sanguine, car l'hémorragie était massive, mais cela a été efficace et tout est stabilisé. Elle est toujours inconsciente, nous l'avons transférée en soins intensifs. C'est une jeune femme en bonne santé. À l'exception d'une complication inattendue, elle a toutes les chances de s'en sortir sans séquelles. L'infirmière va vous conduire jusqu'à sa chambre. Pour le moment, je vous demanderai de bien vouloir limiter les visites. Quelqu'un peut cependant rester à son chevet. Quand elle se réveillera, il faudra y aller avec parcimonie.

– Merci, docteure, répond Morgan, soulagé, en lui serrant la main avec vigueur.

Après le départ de la chirurgienne, une infirmière vient nous rejoindre et se propose de nous conduire au service des soins intensifs. Une nouvelle fois, chacun doit prendre son mal en patience et rester dans la salle d'attente. La médecin n'a pas dit dans combien de temps

Callie pourrait reprendre conscience. Je me demande si cela se fera normalement une fois que les sédatifs auront été éliminés de son organisme. J'ai vraiment l'impression d'être comme une bête qu'on aurait enfermée. Je bous littéralement. Je perçois un très léger mouvement de tête de Morgan. Il m'invite silencieusement à le rejoindre dans le couloir. J'attends quelques minutes après son départ pour me lever à mon tour. Je le trouve appuyé contre un mur près du distributeur de boissons. Je me plante devant lui et attends qu'il m'explique ce qu'il veut, les mains dans les poches.

– Les flics m'ont demandé si j'avais une idée de qui aurait pu s'en prendre à Callie. Je ne crois pas qu'ils penchent en faveur d'un cambriolage qui a mal tourné.

– Qu'est-ce que tu as répondu ?

– Tu leur as parlé également ? continue-t-il en ignorant ma question.

– Oui. Ils m'ont demandé la même chose.

– J'en déduis donc que tu ne leur as rien dit à propos d'Adam. Sinon, ils m'en auraient parlé.

– Où tu veux en venir, Morgan ?

– Je veux que tu me dises ce que tu sais, Shane.

– Je ne sais rien de plus, mens-je.

– Callie a eu le temps de te dire qui lui a fait ça ?

– Non.

– Mais tu sais qui lui a tiré dessus, n'est-ce pas ?

– Il ne peut s'agir que d'une seule personne et tu le sais aussi bien que moi.

– Pourquoi ne pas l'avoir dit à la police ? Ils vont finir par l'apprendre. Elle a porté plainte contre lui.

– Je veux gagner du temps.

– Du temps pour quoi ?

Je me demande s'il le fait exprès. Connaissant mon

passé, croit-il vraiment que je vais rester sagement les bras croisés en attendant que la police fasse son boulot ? On sait très bien ce que ça donne parfois. Je refuse de prendre le risque qu'il puisse s'en sortir. C'est juste impossible.

– Shane…

– Écoute, Morgan, peu importe ce que tu diras, ma décision est déjà prise. N'essaie pas de m'en dissuader.

– Et Callie ? Tu penses à elle ?

– Qui me motive d'après toi ? Je me fous du reste, tu m'entends ?

– Ça ne peut pas bien finir.

– Je me moque des conséquences. J'ai pour principe de me battre pour ceux que j'aime et je ne vais pas arrêter aujourd'hui.

– Qu'est-ce que je peux faire pour toi ?

J'écarquille les yeux. Il me propose son aide ? J'hallucine.

– J'aime Callie. Peut-être pas de la même façon que toi, mais oui, je l'aime, alors si je peux faire quelque chose.

– Être là pour elle quand je ne pourrai plus.

Parce que je ne suis pas idiot, je sais que ça ne va pas bien finir pour moi.

– Bien sûr. Tu peux compter sur moi.

Nous échangeons une poignée de main et j'ai l'impression de sceller un pacte. Un pacte à propos d'une femme qui compte énormément pour nous deux, que nous voulons protéger plus que tout, peu importe ce que cela peut coûter.

Nous retournons dans la salle d'attente, et au bout de vingt minutes, l'infirmière vient nous informer que nous pouvons aller voir Callie l'un après l'autre. Nous laissons Beth se rendre à son chevet la première. J'en profite pour faire un tour aux toilettes afin de me nettoyer un peu. Mes mains sont encore couvertes du sang de Callie. Face au miroir, j'ai encore du mal à me dire que ce sale fils de pute a tiré sur elle. Elle aurait pu y rester, j'aurais pu la perdre. Je lutte contre les larmes qui montent inévitablement. Je lâche un grognement qui me file la chair de poule. Je prends une profonde inspiration avant de rejoindre la salle d'attente.

Quand Beth ressort, je fais un signe de tête à Morgan pour qu'il prenne le relais, et au bout de trente nouvelles minutes, c'est mon tour.

J'ai un choc en la voyant ainsi allongée sur le lit d'hôpital. Elle semble si fragile, sa peau est si pâle, bien plus que d'habitude, sans doute à cause de la perte de sang. Et puis il y a les perfusions, les tubulures qui lui apportent de l'oxygène, des fils qui pendent partout, ceux qui prennent son rythme cardiaque, celui posé au bout de son doigt. Elle est en vie, le bip du moniteur m'en informe, pourtant il lui manque cet éclat qui la définit.

Je m'approche à pas silencieux, tire le fauteuil pour m'installer près d'elle. Sa peau est fraîche, sa main si petite dans la mienne. Je touche chacun de ses doigts manucurés de cette couleur que j'aime tant, un rouge carmin gourmand. J'embrasse délicatement le dessus de sa main et me penche pour lui caresser la joue, puis les cheveux. Ma voix est enrouée quand je commence à lui parler, j'ai tellement de choses à lui dire.

– Callie… Quand je suis sorti de prison, tout ce à quoi je pensais, c'était reconstruire ma vie, essayer de me racheter auprès de mes parents. Je n'avais pas prévu de croiser ton chemin. Tu es si belle, lumineuse, aimante.

Ton sourire, ton rire, je crois que ce sont les premières choses que j'ai aimées chez toi. Au fil du temps, je suis tombé amoureux de toi, un peu plus chaque jour, sans que je puisse y faire quoi que ce soit. Je pensais être obligé de me faire une raison, parce que tu n'étais pas pour moi, mais la vie en a décidé autrement et depuis je revis. Je découvre auprès de toi le sentiment d'être aimé, sans être jugé. J'aimerais pouvoir rester auprès de toi et te soutenir comme tu l'as toujours fait, mais je suis incapable de le laisser s'en sortir. J'ai lu entre les lignes, je sais que c'est Adam qui t'a fait ça. Il va le payer. Je me moque de ce qu'il va m'arriver. Tu es tout ce qui compte et il ne s'en sortira pas impunément. Je devrais me montrer plus fort, je devrais pour toi, mais je…

Je secoue la tête alors qu'une larme roule sur ma joue. Je la chasse violemment.

– Je suis vraiment désolé. Je t'aime.

J'embrasse tendrement le sommet de sa tête avant de déposer un baiser léger sur ses lèvres. Je lui jette un dernier regard avant de quitter sa chambre.

– Ça va, Shane ? demande Beth en quittant son siège.

– Oui. Je… j'ai besoin de prendre l'air.

Eric me lance un regard m'informant qu'il n'est pas dupe, mais il ne veut pas faire de scène ici. Je me penche pour embrasser Beth sur la joue et tourne les talons.

– Je reviens, lui dit Eric. Shane ! Attends-moi !

– Retourne auprès de ta fiancée, Eric.

– Et toi ?! Tu ne devrais pas retourner auprès de ta copine ?

Je stoppe mes pas et me tourne vers lui.

– Eric, je ne veux pas paraître ingrat, mais mêle-toi de tes affaires.

– Tes affaires sont aussi les miennes ! Tu es mon frère.

J'attrape sa nuque et pose mon front sur le sien.

– Je t'aime aussi, mais ce n'est pas ton combat, d'accord ? Retourne auprès de Beth et prends soin d'elle et de Callie.

– Qu'est-ce que tu vas faire ?

– Je ne peux rien te dire, Eric. Ne t'en fais pas pour moi.

– Trop tard.

Je le prends dans mes bras et puis je quitte enfin l'hôpital. Je sais qu'il ne me suivra pas. Il se doit de rester auprès de Beth.

Le temps joue contre moi. Les flics ne vont pas tarder à enquêter sur le passé de Callie, et une fois qu'ils découvriront la plainte déposée contre Adam, il deviendra le suspect numéro un et je ne pourrai plus agir. Il a largement eu le temps de mettre les voiles, mais peut-être a-t-il été bouleversé par son acte et qu'il se terre toujours chez lui.

Après une recherche rapide sur Internet, je découvre que le quartier de Midtown où se trouve l'hôpital est également le quartier où sont regroupés les artistes et galeries de la ville. Il ne me faut pas plus de deux minutes pour découvrir l'adresse de l'atelier d'Adam. Je ne me doutais pas qu'il vivait finalement tout près de chez nous. J'en viens à me dire qu'il n'était qu'une question de temps avant qu'il ne pète un câble, mais il ne savait pas que cela marquerait son arrêt de mort.

Après dix minutes de marche, je localise l'intersection qui m'intéresse. Je m'arrête devant son numéro, mais il n'y a aucune lumière. Le rideau de fer est descendu, je tente de l'ouvrir, mais le cadenas est fermé. Je recule et observe les lieux. La façade avant ne m'offre aucune porte d'entrée. Je repère enfin l'allée qui donne sur la droite et jette un œil de tous côtés, histoire de vérifier s'il y a des témoins. Non pas que je compte m'enfuir après, mais je ne veux pas qu'on m'empêche d'aller lui régler son compte.

Il y a une porte métallique qui permet d'accéder au bâtiment et un escalier mural. Bien entendu, la porte ne s'ouvre que de l'intérieur et l'escalier est relevé. Une des fenêtres semble ouverte, voici mon point d'entrée. D'un petit saut, j'attrape l'escalier et l'attire à moi. J'essaie de faire le moins de bruit possible, mais ce n'est pas évident. Au premier étage, j'ouvre un peu plus grand la fenêtre et me faufile à l'intérieur.

Il y fait sombre et une forte odeur de peinture se fait sentir. Petit à petit, ma vue s'accommode et rapidement j'arrive à distinguer le mobilier intérieur : des étagères avec des pinceaux et des pots de peinture, des tables avec des toiles, plusieurs chevalets. J'entrevois une faible lumière au fond à gauche, je m'y dirige. Je tombe sur Adam qui me tourne le dos. Il fait face à une toile où règne un chaos monstre. Il vient de tirer sur Callie et tout ce qu'il pense à faire, c'est peindre ?!

J'avance un peu plus près encore et aperçois un pistolet posé négligemment sur un petit guéridon. Je m'en empare, enclenche la sécurité, retire le chargeur et éjecte la munition restée dans la chambre. La balle rebondit sur le sol en béton, attirant l'attention d'Adam. J'envoie balader l'arme dans un coin et jette le chargeur à l'opposé.

– Putain ! Qu'est-ce que tu fous là ? s'écrie-t-il en se relevant.

Il titube légèrement, butant dans plusieurs bombes aérosols de peinture. Elles roulent par terre et un tintement métallique emplit l'espace.

– Je viens m'occuper de toi, espèce d'enflure ! Tu crois vraiment que tu vas t'en sortir après ce que tu as fait à Callie ?

– Si je ne peux pas l'avoir, personne ne le peut !

Il fixe mon tee-shirt plein de sang. Il me donne l'impression d'être fasciné. C'est vraiment un grand malade !

– Elle a survécu ! Elle a toujours été plus forte que toi !

Le regard qu'il me lance me glace le sang. Il n'apprécie pas la nouvelle. Il serre les poings et se met à respirer lourdement.

– Espèce de connard ! grondé-je en fonçant sur lui.

Je l'attrape par la taille et le pousse contre la toile derrière lui. Le tissu se fend sous son poids et on passe à travers. Une fois par terre, il tente de me repousser, mais je lui décroche une droite en plein menton.

– Callie est douce et aimante, elle ne mérite pas un mec comme toi ! Tu ne faisais que l'attirer dans tes ténèbres !

Il me donne un coup dans les côtes, et d'un mouvement de hanche, me fait basculer sur le côté. On se relève pour mieux s'affronter à nouveau.

– Parce que tu te crois meilleur que moi ?! rugit-il.

– Non, mais elle me rend meilleur. Je l'accepte et je l'en remercie. J'ai besoin d'elle.

Je me mets en position d'attaque, prêt à enchaîner les coups. Adam réplique sur les premiers, m'en plaçant deux assez sévères sur le visage. J'essuie le sang qui coule de ma lèvre et mon nez. S'il croit que cela va m'arrêter !

– Tu n'aurais pas dû me prendre ce qui était à moi !

– Callie ne t'a jamais appartenu ! Tu n'es qu'une sombre merde, un déchet.

Je n'arrive pas à contenir ma rage, il n'a aucune chance contre l'enchaînement que je lui envoie. J'ai mis au point ce truc avec Ilian à la salle de boxe, je sais que c'est imparable. Mes poings pleuvent, la peau de mes phalanges se déchire et les os d'Adam, sa pommette, son arcade sourcilière se brisent sous les coups.

Il tente de se protéger en ramenant ses bras devant sa tête, mais ce n'est que pour mieux me donner accès à sa cage thoracique. Il se plie en deux et commence à me supplier.

Je ne sais pas quand ni pourquoi, mais à un moment donné, le visage de Callie se dessine face à moi et je la vois nettement me demander : « Est-ce que tu l'as tué, Shane ? » Je vois le dégoût sur son visage, la peine d'aimer un meurtrier. Je ne veux pas en devenir un. J'ai tout fait pour devenir un homme meilleur.

Je lui décroche un dernier uppercut qui finit de l'achever. Il s'effondre au sol telle une poupée de chiffon et je tombe sur une caisse en acier derrière moi. Les mains dans les cheveux, j'attends. J'attends, parce que je sais qu'ils ne vont pas tarder. J'ai fait ce que j'avais à faire, maintenant je suis prêt à assumer, pour Callie.

27

Callie

Quand j'émerge enfin, je suis tout d'abord éblouie par la lumière qui n'est pourtant pas très forte. Mais c'est comme si je me réveillais d'un très long sommeil, alors même la plus petite lueur est violente pour mes yeux. Je cligne rapidement des paupières pour accommoder ma vision et commence à distinguer une silhouette assise à mes côtés. Elle me tient la main. Je lève les yeux et aperçois quelqu'un d'autre assis près de la porte. C'est quand j'essaie de me redresser dans le lit que la douleur s'empare de mon corps. Une douleur lancinante qui m'irradie de la tête aux pieds. Mon Dieu ! Je ne me souviens pas avoir eu jamais aussi mal, pas même après mon passage à tabac, pas même après l'accident qui a coûté la vie à mes parents. Soudain, quelque chose fait tilt, je regarde autour de moi, ces murs, ce mobilier, ce lit, ces draps… Je suis dans un hôpital. Oh, non ! Petit à petit, mes souvenirs s'organisent dans ma tête et la panique prend le dessus. Mon cœur s'emballe et le moniteur s'affole.

– Elle s'est réveillée, s'exclame Beth.

– Je vais chercher quelqu'un, dit Eric.

– Tout va bien, Callie, dit doucement Beth en se redressant pour me caresser les cheveux.

– Qu'est-ce que… Je… marmonné-je, incapable de formuler une phrase complète.

– Callie ?! dit Morgan en entrant dans la chambre. Mon Dieu ! Je suis tellement content que tu ailles bien !

Il se précipite à mon chevet, posant son café sur une tablette au passage.

– Morgan ! Salut… dis-je dans un petit sourire.

– Oh, là ! dit calmement le médecin en entrant, Eric sur les talons. Ça fait bien trop de monde en même temps. Je sais que vous êtes tous heureux qu'elle se soit réveillée, mais il va falloir sortir. J'ai des examens à faire. Vous pourrez revenir auprès d'elle ensuite, une personne à la fois.

Morgan se penche pour m'embrasser sur le front, Beth l'imite, et tous me laissent seule avec le médecin et deux policiers qui viennent d'entrer.

– Mademoiselle Brinig, comment vous sentez-vous ? demande-t-il.

– Je… j'ai mal au ventre.

– C'est parfaitement normal. De quoi vous souvenez-vous ?

– Je venais juste de rentrer chez moi quand mon ex a fait irruption. J'ai essayé de le calmer, de l'empêcher d'appuyer, mais il a fini par tirer sur moi. J'ai réussi à rejoindre le bar, et ensuite, c'est le trou noir, j'ai dû perdre connaissance.

– Vous avez effectivement été blessée par balle à l'abdomen. Votre foie a été touché, mais on a réussi à limiter les dégâts. Vous allez vous en sortir sans séquelles.

Devant la porte fermée, deux inspecteurs assistent aux explications du docteur. Je leur jette un œil dès que le médecin fait une pause. Je sais qu'ils attendent probablement des éclaircissements sur ce qui s'est passé, mais je me sens bien incapable de leur en fournir. Tout est tellement traumatisant. J'ai envie d'être auprès de Shane, de mes amis, j'ai besoin de soutien, de tendresse. J'ai envie de pleurer. Où est Shane ?!

À travers la vitre de la chambre, j'accroche le regard de Beth qui se trouve de l'autre côté. J'ai sûrement l'air perdue, j'ai vraiment la sensation d'être à côté de mes baskets.

– Mademoiselle Brinig ? fait le médecin en me ramenant sur terre.

– Oui, pardon.

– Vous allez probablement rester environ trois semaines à l'hôpital, le temps de récupérer, mais je vous assure que votre vie n'est plus en danger. Vous resterez sous surveillance pendant encore deux jours dans ce service, puis vous serez transférée.

– Merci.

– Je vous laisse entre les mains des policiers et ensuite vos amis pourront venir vous voir.

Je hoche la tête pour toute réponse.

Quand il finit par sortir après avoir vérifié mes constantes, les deux flics prennent le relais. C'est parti pour l'interrogatoire, mais je n'ai pas grand-chose à dire. Je réponds par monosyllabes. Je dois encore digérer toute cette histoire. Beaucoup trop d'informations, d'émotions. Ils semblent surpris d'apprendre pour Adam. Ils m'informent avoir discuté avec Shane, mais qu'il ne leur a rien dit à ce sujet. Je ne comprends pas, enfin, je refuse de comprendre, parce que je sais au fond de moi ce qui l'a poussé à cacher cette information.

***

Une heure plus tard, les policiers me laissent enfin. Ils n'ont pas arrêté de me reposer les mêmes questions, simplement formulées différemment. J'ai dû revenir sur mon passé avec Adam, j'ai dû leur fournir son adresse. J'ai dû revivre mon échange avec lui avant qu'il commette ce geste irréparable. Les deux flics n'avaient pas l'air spécialement émus par mon histoire. Je ne leur en veux pas, ils doivent en voir tellement. Mais c'est dur de faire face à ses erreurs, j'ai l'impression d'avoir une part de responsabilité dans ce qui s'est passé.

Beth entre timidement après un petit coup à la porte. Son visage est grave. Elle a du mal à retenir ses larmes en prenant place à mes côtés.

– Tu as repris quelques couleurs, dit-elle en caressant mes cheveux. Comment tu te sens ?

– Ça peut aller. La morphine aide, dis-je en montrant le petit bouton qui me délivre l'analgésique.

– Je suis tellement heureuse que tu ailles bien, dit Beth en reniflant.

– Beth… Ne pleure pas, s'il te plaît. Je vais bien.

– Oui, je sais, mais j'ai eu tellement peur. Ça s'est bien passé avec les flics ?

– Oui, c'était dur.

– Est-ce que tu peux me dire ce qui s'est passé ? Eric a essayé de voir avec eux, mais ils ne sont pas très coopératifs.

– Je suis rentrée à la maison, et peu de temps après, on a frappé à la porte. Je suis allée ouvrir et je suis tombée sur Adam. Il est entré de force. Il était si furieux contre moi. Il avait pris de la drogue et il… il n'acceptait pas le fait que je sois avec Shane. Il pense que je l'ai trompé. J'ai essayé de lui faire entendre raison, je lui ai dit qu'il avait besoin d'aide, je voyais qu'il était complètement *stone* et rien de ce que je disais n'avait d'importance. Il a fini par sortir une arme. Son regard…

– Je suis tellement désolée.

Je lui lance un petit sourire triste et serre ses mains entre les miennes.

– Il m'a dit que s'il ne pouvait pas m'avoir, personne ne le pouvait, et sûrement pas Shane. Le coup est parti et il m'a abandonnée. Il n'a même pas essayé de m'aider, après tout ce qu'on a vécu.

J'éclate en sanglots et Beth se redresse pour s'asseoir à mes côtés. Je me laisse aller tout contre elle, me nourrissant de sa chaleur, de sa douceur.

– Tu as montré un courage et une force hors du commun pour rejoindre le bar. Je suis impressionnée. Si tu n'avais pas réussi, tu serais peut-être…

Je secoue vivement la tête, lui demandant d'arrêter.

– Je ne veux pas y penser, Beth.

– Tu as raison. Tu es hors de danger maintenant. C'est tout ce qui compte. J'ai parlé au médecin, il m'a dit que tu allais rester un certain temps hospitalisée, pour prévenir toute complication, mais comme tu es jeune et en bonne santé, ça ne devrait pas durer plus de trois semaines.

– Je sais, il me l'a expliqué.

– Je ne veux pas que tu t'en fasses, d'accord ? Tu vas te concentrer sur ta guérison. Je m'occupe de tout, je vais prévenir ta patronne et Josh, et je gère la maison.

– Merci, Beth, heureusement que tu es là.

Mon regard se perd vers la porte d'entrée. J'ai vu toutes les personnes chères à mon cœur, sauf une. Je me demande ce qu'il attend pour venir me voir. Beth capte immédiatement ma détresse, elle passe une main sur mes cheveux et prend une profonde inspiration avant de se lancer.

– Shane n'est pas là.

– Il s'est absenté ? demandé-je, déçue.

– Non. Il était là quand on t'a installée dans la chambre, il est venu à ton chevet et puis il est parti.

– Est-ce qu'il a dit quand il allait revenir ? Il est sûrement allé à la maison pour se changer.

Il m'a tenue contre lui, il devait être couvert de mon sang.

– Callie, je… Eric m'a raconté leur échange et il a un mauvais pressentiment.

Je vois immédiatement pourquoi. Mon cœur accélère et j'imagine tout de suite le pire. Shane est allé retrouver Adam.

– Pourquoi ne l'a-t-il pas retenu ? Il aurait dû le faire ! Tu sais très bien ce qui va se passer.

Je tente un mouvement pour sortir du lit, mais Beth me retient par le poignet.

– Tu ne vas nulle part ! Tu sors d'une opération et tu es encore très faible. Callie…

– Je ne peux pas le laisser faire ça ! Je dois faire quelque chose.

– Eric ne voulait pas me laisser, il a essayé, mais tu connais Shane.

Justement. Lorsque Adam m'a agressée, cela a demandé à Shane tous les efforts du monde pour ne pas le toucher. Mais cette fois-ci, les circonstances sont différentes, bien plus graves, j'aurais pu y rester. Qu'est-ce qu'il va lui faire ?

– Callie, essaie de te calmer. Eric va essayer de le joindre, il va tout faire pour le ramener auprès de toi. Mais il n'y a rien que tu puisses faire à part te concentrer sur ta convalescence, d'accord ?

Je hoche faiblement la tête. Je suis tellement angoissée. Je ne peux pas ne pas penser à lui. Et s'il commettait l'irréparable ? Je ne peux pas le perdre alors que je viens de le trouver.

Beth se penche pour me prendre dans ses bras. Je grimace légèrement en me redressant, mais peu importe, j'ai besoin de ce contact.

– Tu ne m'as jamais parlé de Morgan, commence Beth en se rasseyant dans le fauteuil près du lit.

– Oui, je sais. Ça aurait impliqué que je te parle de mon passé et je n'étais pas prête pour ça.

– Shane l'avait déjà rencontré ?

– Oui. Je… Morgan était venu me rendre visite et Shane a tout de suite été jaloux, alors je lui ai expliqué. J'avais tellement peur qu'il ne veuille plus de moi après. Mais il est resté, il a compris. Alors je les ai présentés il y a quelque temps. Morgan est une personne très importante dans ma vie.

– Pourquoi tu ne m'as jamais parlé de lui ?

– Ce que cela implique, te confier tout ça, ça me fait peur.

– Je ne partirai pas, Callie. Je te le promets.

On échange un regard puissant et je sais qu'elle dit vrai. Pourquoi ne l'ai-je pas vu plus tôt ? Je me dis qu'il n'y aura de toute manière jamais de moment meilleur qu'un autre, alors je me lance dans mon récit. Ma descente aux enfers après la mort de mes frères, ma rencontre avec Adam, notre réconfort mutuel, celui dans la drogue. Mon besoin de sortir de tout ça, mon salut auprès de Morgan, son amitié que je chéris.

J'ai l'impression que Beth découvre quelqu'un d'autre, mais pas en mal. Un éclat de fierté passe dans ses yeux et nous tombons dans les bras l'une de l'autre, en pleurs.

***

Trois semaines que je suis à l'hôpital. Ma sortie est imminente. Avec l'aide d'une aide-soignante, j'ai réussi à m'habiller. Je suis impatiente, je n'en peux plus. Je ne supporte plus d'être loin de Shane, loin de chez moi, de mes amis. J'ai de la visite tous les jours, mais ce milieu aseptisé m'insupporte de plus en plus.

Dès le lendemain de l'accident, les policiers sont revenus me voir. Beth et Eric étaient à mon chevet. Ils nous ont appris qu'Adam avait été incarcéré, de même que Shane. Adam pour agression et tentative de meurtre sur ma personne, et Shane pour agression sur Adam.

Mon cœur a eu du mal à encaisser les nouvelles. Je m'en suis immédiatement voulu de ne pas avoir été là pour empêcher Shane d'aller trouver Adam. J'ai peur pour la suite des événements.

Le médecin est sorti de ma chambre il y a quelques minutes à peine et j'ai encore du mal à faire avec ce qu'il vient de m'apprendre. Je suis un peu plus perdue et je me demande ce que l'avenir me réserve. Il m'a remis une ordonnance et une liste de consignes à suivre à la lettre. J'ai plusieurs rendez-vous postopératoires programmés et je suis arrêtée pour plusieurs semaines encore, mais au moins je serai chez moi.

Trois petits coups à la porte de la chambre me font sursauter.

– Salut, Callie.

– Bonjour, Eric.

Il s'avance pour me prendre dans ses bras, mais alors qu'il recule, je ne peux manquer son air vraiment soucieux.

– Que se passe-t-il ?

– J'ai vu Shane ce matin avec mes parents.

– Il va bien ? m'inquiété-je aussitôt.

– Il ne veut rien nous dire, mais il a l'air, oui.

– Tu m'emmènes toujours le voir, n'est-ce pas ?

– Je suis désolé, mais il m'a dit qu'il refusait de te voir.

– Quoi ?! Pourquoi ça ?

– À cause de ce qu'il a fait. Il sait que tu ne voulais pas qu'il agisse ainsi et il l'a fait malgré tout. Il est en prison et il ne veut pas que tu le voies dans cet environnement.

– Mais c'est ridicule ! Il ne peut pas me repousser comme ça !

– Écoute-moi, Callie. Je travaille pour la partie adverse et il risque une peine de prison. Il a déjà un casier pour le même genre de crime. Cela ne joue pas en sa faveur.

– Mais il l'a fait à cause de moi.

– Ta vie n'était plus en danger, il n'a pas agi pour te sauver, mais pour te venger. Cela fait toute la différence et c'est tout ce que le juge va voir.

– Il n'y a rien qu'on puisse faire ? Je peux témoigner en sa faveur.

– Seul Adam peut avoir une influence sur la décision finale du juge.

– Il faut que tu m'emmènes le voir.

– Callie, il ne vaut mieux pas. Il a essayé de te tuer.

– Eric, je t'en prie, je dois tenter le tout pour le tout. Je ne peux pas laisser Shane croupir en prison. Si ça n'avait pas été pour moi, il n'aurait pas agi ainsi ! Je t'en supplie.

– Je vais voir ce que je peux faire. En attendant, je te ramène à la maison. Beth y est déjà. Elle voulait te préparer un petit cocon douillet pour ton retour.

Je lui souris et le prends dans mes bras. Peut-être que je dois me concentrer sur une chose à la fois, mais il est hors de question que j'abandonne Shane.

28

Shane

Les yeux rivés au plafond de ma cellule, je ne fais que penser à Callie. Eric m'a dit que je faisais une erreur en refusant de la voir, mais je ne veux pas qu'elle me voie ici. Je m'étais juré que je n'y remettrais plus les pieds, pourtant me revoilà. Putain ! Le gardien de mon couloir m'a reconnu. Il n'a même pas paru plus surpris que ça de me revoir. J'aurai tenu un an.

– Hollner ! hurle-t-il au travers de ma porte. Debout !

Je m'exécute aussitôt et place les mains derrière la tête. La porte se déverrouille et il entre. Porter n'est pas un mauvais gars. En réalité, c'est un mec bien, il ne traite jamais aucun prisonnier avec mépris. Il ne copine pas non plus, mais il n'est pas du genre à nous cracher dessus.

– Tu sors, dit-il sans plus de précision.

– Comment ça, je sors ?

– Il te faut un dessin ? Tu préfères rester là ?

Je secoue vivement la tête et il me fait signe de passer devant lui. J'abaisse les bras et on progresse dans le couloir. Se succèdent portes coulissantes, sas et nouvelles portes.

– Ton avocat t'attend, m'informe-t-il en désignant la salle derrière moi. Tâche de ne pas foutre en l'air cette chance, Hollner.

Je hoche la tête et rejoins mon avocat. Je ne sais pas ce qui m'attend derrière les grilles de la prison, je ne sais pas si Callie veut toujours de moi, mais je suis soulagé de sortir d'ici, même si je ne comprends pas trop pourquoi. Dans mon souvenir, les avocats commis d'office ne sont pas vraiment très efficaces, je sais de quoi je parle avec ce qui s'est passé pour ma première condamnation.

– Monsieur Hollner, bonjour.

– Bonjour, réponds-je en acceptant la main tendue. Est-ce que j'ai bien compris ? Je sors ?

– Oui. Adam Collins a retiré sa plainte contre vous.

– Quoi ? Comment ça ?

– Mlle Brinig l'en a convaincu.

– Comment a-t-elle réussi à faire ça ? Ne me dites pas qu'elle a passé un accord avec lui ! m'écrié-je, furieux. Ce mec doit pourrir en prison.

– Il va y aller, n'ayez crainte. Le procureur ne va pas le lâcher, d'autres chefs d'inculpation ont été ajoutés à son dossier. Mais après une entrevue avec Mlle Brinig, il a décidé de retirer sa plainte contre vous pour coups et blessures. Ne faites pas d'histoires et contentez-vous d'accepter.

– Je…

– Monsieur Hollner.

J'acquiesce d'un mouvement de tête et on sort de la pièce. Il me tend des vêtements propres et après avoir quitté mon uniforme, on rejoint l'accueil où je dois signer quelques documents et on me rend mes biens personnels. Je n'ai pas grand-chose : mon portable, mon portefeuille et un trousseau de clés.

Je ne sais pas pourquoi, mais quand j'avance vers l'entrée, une trouille phénoménale vient vriller mes entrailles. Il y a un an, c'était différent, j'avais tout perdu, et tout à reconstruire en sortant. Mais là, j'avais tout il n'y a pas si longtemps et j'ai la frousse que tout ait disparu à nouveau. Je ne sais pas si j'y survivrais.

Comme je n'étais pas au courant que j'allais sortir, je n'ai pas pu prévenir Eric. Je ne sais pas s'il a été mis au courant. Sans doute… Je sais qu'il bosse sur le dossier d'Adam, alors il a forcément été mis au courant. Les immenses grilles s'ouvrent en grinçant et je m'avance vers la sortie.

Je lève les yeux au ciel et apprécie le soleil qui caresse mon visage. Je ne sais pas ce que l'avenir me réserve, si Callie pourra me pardonner, mais quoi qu'il en soit, cela me frappe de plein fouet : je sais ce que je dois faire.

– Shane ?

Je me retourne vivement vers la douce voix féminine qui m'appelle. Je n'en crois pas mes yeux en découvrant Callie à quelques mètres seulement. Plus d'un mois que je ne l'ai pas vue. Elle est magnifique. Elle n'a rien à voir avec la dernière image que j'ai d'elle sur son lit d'hôpital.

Je suis incapable de bouger. Les pieds ancrés dans le bitume, j'attends qu'elle vienne à moi, me prouve que je ne suis pas en train de rêver, de monter de toutes pièces ce scénario incroyable.

Elle avance timidement vers moi. Puis, quand sa main chaude se pose sur ma joue, je laisse échapper un profond soupir. C'est la réalité.

– Tu m'as sauvé, dis-je d'une voix rauque.

– Non, c'est toi qui m'as sauvée, Shane.

Elle se hisse sur la pointe des pieds, son visage se blottit contre mon cou et elle se laisse tomber dans mes bras. Je plonge mon nez dans ses cheveux et la respire. Elle est là pour moi. J'ai du mal à le croire.

– Tu me pardonnes, murmuré-je.

– Bien sûr que oui. Je t'aime, Shane. Je ne vois pas ma vie sans toi. J'ai survécu à cette épreuve et je refuse de me priver de ce qui me rend heureuse. Et c'est toi.

Je la serre un peu plus contre moi et savoure nos retrouvailles. Elle s'est battue pour survivre, elle s'est battue pour me sortir de là. Elle est mon roc, ma raison de vivre et je ne suis même pas sûr qu'elle en ait conscience.

***

Peu de temps après être sorti de prison, j'ai parlé à Callie. Après ce qu'elle venait de vivre et le risque que j'ai couru d'être à nouveau condamné, je ne voulais plus rester à Detroit. Je lui ai rappelé le petit village dont je lui avais parlé, Baldwin, et lui ai confié mon envie de me construire une vie paisible à ses côtés, loin du tumulte de la métropole. Étonnamment, elle a tout de suite été emballée.

Je suis parti en reconnaissance. Je me suis mis à la recherche d'un emploi et j'en ai rapidement décroché un à la scierie. Je nous ai déniché un petit nid d'amour. Une ancienne grange en plein cœur de la forêt nationale de Manistee.

Le temps que Callie prenne ses dispositions avec son travail à la pâtisserie et auprès de Josh pour la maison, j'en ai profité pour réaliser les quelques travaux de rénovation indispensables. Je voulais que tout soit parfait pour elle. Elle a rapidement pris ses marques, aménageant l'intérieur à son goût, y apportant des touches de couleur. Elle a l'intention de retrouver du travail. Peut-être que je l'encouragerai à ouvrir sa propre pâtisserie… Mais après le traumatisme qu'elle a vécu, je préfère qu'elle se repose et qu'elle se rétablisse complètement. Rien ne presse.

En attendant, nous voici au domaine de Whitmore Lake. Nous venons d'assister au mariage de Beth et d'Eric, civil puis religieux. Ils ont choisi cet endroit pour poursuivre les festivités. C'est un vieil ensemble de bâtisses complètement réhabilitées et rénovées, avec un accès direct au lac. J'avoue que je suis sous le charme. C'est vraiment splendide.

Le temps est avec nous et un magnifique soleil réchauffe le lieu. D'immenses tentes ont été dressées à l'extérieur, les tables disposées tout autour laissent un espace pour danser au centre. La décoration est tout en légèreté, des guirlandes de photophores sont disposées en hauteur, de jolis bouquets et bougies occupent les centres de table. L'orchestre s'est installé sur la petite estrade au fond et donne l'ambiance pour la soirée. Les musiciens ont promis de satisfaire tous les goûts musicaux.

– Ils sont vraiment magnifiques, murmure Callie à mon oreille.

Je jette un œil vers la piste de danse où se trouvent Eric et Beth. C'est vrai qu'ils sont beaux. Ils semblent si heureux. Un peu plus loin, mes parents tournent amoureusement. Et je souris un peu plus en voyant Lexi les rejoindre, accompagnée de son petit ami. Tous ceux qui comptent pour moi sont réunis et je suis heureux, parfaitement heureux.

– Ton gâteau était succulent, susurré-je à son oreille.

– Tu me l'as déjà dit et je pense que les trois parts que tu as prises parlent pour toi.

Callie a réalisé la pièce montée pour le dessert. On aurait dit une véritable œuvre d'art. Encore une preuve qu'elle est faite pour ça et je ferai tout pour l'encourager dans cette voie.

– Tu veux danser ?

– Avec plaisir.

Elle accepte ma main tendue et on rejoint les autres. Je la fais tourbillonner avant de l'attirer à moi. Callie est vraiment magnifique dans cette robe sirène, la moindre courbe étant mise en valeur. Le tissu est couleur chair et les sequins qui dessinent des fleurs et des arabesques sont dorés. Elle brille de mille feux et le dos nu de la robe m'excite inévitablement.

– J'ai très envie de toi.

Elle se met à rire doucement avant de m'embrasser. Son baiser se voulait sûrement innocent, mais je glisse ma langue entre ses lèvres et il devient rapidement plus sensuel. Je la laisse à bout de souffle et mes mains descendent à la lisière de sa chute de reins.

– On n'est peut-être pas obligés de rester jusqu'à la fin.

– Peut-être pas. Tu crois qu'ils ne nous en voudront pas ?

– Bien sûr que non. On n'a qu'à dire que tu es fatiguée. Tu as une bonne excuse, dis-je en regardant son ventre.

– Une excuse, mais pas tellement valable si j'en juge ton programme.

– Ils n'ont pas à le savoir !

Je l'embrasse à nouveau avant de l'emmener avec moi. Nous logeons dans une des nombreuses chambres du domaine. La décoration est sobre, mais de qualité. À peine dans la chambre, je commence à vouloir me déshabiller, mais Callie m'arrête de la main.

– Laisse-moi faire.

Je lève les mains en l'air en guise de reddition et regarde Callie défaire mon nœud de cravate. Elle la laisse tomber au sol, puis elle passe les mains sous ma veste de costume.

– Est-ce que je t'ai dit à quel point je te trouve sexy là-dedans ?

– Non.

– C'est le cas. Il te va très bien.

– Ravi de l'apprendre.

– Mais je crois que je te préfère sans rien.

Je lui souris et la laisse poursuivre son effeuillage. Elle s'attaque ensuite aux boutons de ma chemise, tout en déposant un baiser sur mon torse. Elle me fait languir de plaisir. Je n'ai qu'une hâte : en faire autant. Elle défait la ceinture de mon pantalon et me l'arrache vivement. Je grogne en plaquant mes lèvres sur les siennes. Elle ne se déconcentre pas et déboutonne mon pantalon. Il glisse sur mes jambes et je suis obligé de la lâcher pour le retirer et me déchausser.

– À mon tour.

Je recule et observe sa silhouette magnifique. Cette robe épouse ses courbes divinement et je tombe un peu plus amoureux. Je m'approche et embrasse son épaule tout en dénouant les liens sur sa nuque. Les bretelles glissent sur ses épaules, m'offrant encore plus de peau à embrasser, à cajoler. Elle penche la tête sur le côté et gémit langoureusement. Je tire un peu plus sur le vêtement, dévoilant sa poitrine voluptueuse. Elle ne porte pas de soutien-gorge, j'adore ça. Ses seins pointent pour moi et la chair de poule s'empare de son corps. Je lui souris et tombe à genoux devant elle. Elle lève un pied puis l'autre alors que je termine de lui retirer la robe, que j'envoie promener derrière moi. Je pose mes mains sur ses hanches et m'approche de son ventre. Je dépose de légers baisers sur les cicatrices qui le marquent, avant de coller mon oreille contre sa peau.

– Coucou, toi, murmuré-je. J'espère que tout va bien là-dedans, tu es au chaud, en sécurité. Je suis là pour protéger ta maman. Je l'aime plus que tout au monde et j'ai tellement hâte de faire ta connaissance.

Ce n'était pas prévu, mais j'ai accueilli la nouvelle avec une joie intense. Callie l'a appris à sa sortie de l'hôpital, elle termine son cinquième mois. À cause de son hospitalisation, elle n'a pas pu prendre sa contraception, elle n'y a tout simplement pas songé et ce petit miracle est apparu. Il a résisté à l'opération, au traumatisme de Callie. Ce petit diable de la taille approximative d'une aubergine est incroyablement costaud. Elle commence tout juste à le sentir bouger et ainsi ont débuté mes crises de panique pendant nos rapports intimes. Mais Callie a su me rassurer, et dans la mesure où son appétit sexuel est impressionnant, je ne crois pas qu'elle m'aurait laissé prendre mes distances !

Je dépose un nouveau baiser sur son ventre et lui retire sa petite culotte. Je passe à nouveau sur sa magnifique poitrine qui a pris un peu de volume et retrouve sa bouche. Avidement, goulûment, passionnément, nous nous dévorons.

– Je t'aime tellement.

– Moi aussi, Shane.

Sur le lit, nos corps se cherchent, se trouvent, se collent, se soudent. J'aime ne faire plus qu'un avec elle, la femme de ma vie, la mère de mon futur enfant. Jamais je ne pourrai me lasser d'elle.

***

Je rentre exténué de ma journée à la scierie. Je me débarrasse de mes affaires et longe le couloir pour rejoindre Callie. Tous les soirs de cette semaine, je l'ai trouvée dans la chambre du bébé, alors c'est tout naturellement que je m'y dirige maintenant. Je m'arrête un instant et l'observe alors qu'elle me tourne le dos, en appui contre le berceau. Je la trouve tellement magnifique, je pourrais passer des heures rien qu'à la regarder.

Je m'approche enfin alors que le désir grimpe en moi à force de l'observer comme ça et de repenser à notre dernière fois, avant-hier. Callie dans sa petite nuisette rouge cerise…

– Ma puce, je suis rentré. Callie ? Tout va bien ? demandé-je en me glissant à ses côtés.

Callie a le regard dans le vide, fixé sur le berceau, ses joues sont mouillées. Mon cœur fait aussitôt un bond dans ma poitrine.

– Callie ? Qu'est-ce qui se passe ? Tu te sens bien ?

Un simple hochement de tête a raison de moi et je me mets à paniquer.

– Qu'est-ce qu'il y a ? Callie, tu me fais peur.

– Je… je ne sais pas si je vais y arriver, marmonne-t-elle sans me regarder.

– Qu… quoi ? m'étonné-je en tournant son visage vers moi. Qu'est-ce que tu racontes ?

– Je… Comment ? Avec mon passé, avec ce que j'ai fait… Comment pourrais-je être une bonne mère ? Je…

– Arrête ça tout de suite, la coupé-je d'une voix douce. Je t'interdis de penser de telles choses. On est ensemble, on s'aime, tout va bien se passer.

– Je…

– Callie, je t'aime. Notre amour est tout ce dont ce bébé a besoin.

Elle me lance un regard qui me fend le cœur. Le stress des derniers jours… Le terme est dépassé de deux jours. À la maternité, ils nous ont dit que si tout allait bien, on pouvait patienter jusqu'à cinq jours après la date officielle parce qu'on ne peut jamais être sûr à cent pour cent du jour de la conception.

Je suppose que c'est un mélange de beaucoup de choses : la pression, l'impatience, la fatigue. Je partage son sentiment. Bon sang, que c'est long d'attendre que bébé veuille bien montrer le bout de son nez. Je pose tendrement mes lèvres sur les siennes et y dépose un baiser tout doux, mais plein d'amour.

– Moi non plus, je ne sais pas ce qui nous attend avec ce petit bout, dis-je en passant une main sur son ventre. Je ne sais pas ce qu'il faut faire, ni comment, mais on apprendra tous les deux parce qu'on est ensemble malgré toutes les épreuves, et c'est le principal. C'est tout ce qui compte et c'est tout ce qu'il lui faut, Callie. Je t'aime.

– Oh, moi aussi, Shane, moi aussi je t'aime, si tu savais.

Le baiser se fait un peu plus possessif avant qu'il soit interrompu par une grimace de Callie qui se tient fermement le ventre.

– Qu'est-ce qu'il y a ? m'inquiété-je un peu plus en la tenant par les bras.

– Rien. Je… Ce sont les contractions, elles ont commencé ce matin.

– Quoi ?! Pourquoi tu ne m'as pas appelé ? m'écrié-je, stupéfait.

– Elles ne sont pas encore trop rapprochées. Je voulais attendre, être tranquille à la maison.

– Mais enfin, tu aurais dû m'appeler !

– Tout va bien, Shane. Elles sont supportables.

– Je ne veux pas savoir, tu aurais dû m'appeler, la grondé-je.

Callie me lance un faible sourire tandis qu'une autre contraction s'empare de son ventre.

– Je voulais vraiment rester tranquille à la maison pour commencer le travail au calme. Je voulais faire un peu de ménage avant qu'on parte et préparer ma valise.

– Avant que le travail commence ?! m'exclamé-je à nouveau.

– Oui, grimace encore Callie.

Elle se met à souffler pour tenter de parer la douleur et je démarre au quart de tour. J'empoigne doucement Callie et l'installe confortablement sur le fauteuil près du lit à barreaux. Je l'abandonne un instant, file dans la chambre récupérer son sac et vais le déposer dans la voiture. Je retourne à la maison, m'empare du manteau de Callie. Même si elle ne peut plus le fermer, elle peut toujours le mettre sur ses épaules. Je l'aide à l'enfiler puis à mettre ses chaussures. Elle ne dit rien, concentrée sur les contractions. Je ne parle pas non plus, de toute façon je n'ai rien à dire, je vais devenir papa ! Putain ! Je suis angoissé et impatient à la fois.

***

Normalement, il faut quarante minutes de route pour rejoindre le Mecosta County Medical Center de Big Rapids, une commune à proximité de Baldwin, mais aujourd'hui je bats sans doute un record : moins de trente minutes au chronomètre. Heureusement qu'on n'a rencontré aucun flic sur la route.

Callie ne dit pas un mot, elle est focalisée sur sa

respiration, broyant au passage ma main ou ma cuisse. Mais je ne dis rien, ma douleur n'est probablement rien comparée à la sienne. On est rapidement pris en charge et la suite se déroule extrêmement vite. Callie est placée sur un lit médical dans une sorte de salle d'attente pour femmes enceintes, deux autres femmes y sont installées également. Une sage-femme vient rapidement l'examiner, Callie se met à pleurer à chaudes larmes à son contact. Je suis dans un état second, je n'ai aucune idée de ce que je dois faire, de ce que je peux faire pour l'aider. Je passe une main sur ses cheveux, l'embrasse sur le front, colle le mien contre sa tête et inspire profondément le parfum de la femme de ma vie.

– Qu'est-ce que je peux faire ? murmuré-je contre son oreille.

– Tu es là, répond faiblement Callie en accrochant mon regard.

Je me penche pour l'embrasser tendrement avant qu'elle s'empare brutalement de ma main.

– Vous êtes à huit centimètres, nous informe la sage-femme, nous n'avons pas le temps de vous poser une péridurale, le travail est bien avancé. On va vous passer en salle d'accouchement, ça ne devrait pas être long.

On acquiesce de la tête et j'essuie les larmes de Callie avec mon pouce.

– On va bientôt faire la rencontre du petit bonhomme.

– Oui. Il sera magnifique.

Quand Callie passe dans l'autre salle, l'effervescence s'accentue. J'observe impuissant le ballet du personnel : infirmières ou puéricultrices, sage-femme et médecin qui auscultent Callie, vérifient les constantes du bébé via le monitoring. J'ai l'impression d'être à côté de mon corps. Je supporte la pression de la main de Callie qui, malgré sa petite carrure, me broie littéralement les os dès qu'une contraction se fait sentir. Une grosse frayeur, alors que le cœur du bébé passe de cent quarante pulsations par minute à quatre-vingts, oblige la médecin à intervenir. Le bébé pousse, mais la poche des eaux n'est pas rompue. Après ça, tout se passe très vite, Callie se concentre sur les poussées sous les paroles rassurantes de l'obstétricienne face à elle et moi, je ne peux qu'observer.

Une impatience de plus en plus insupportable monte en moi, mon fils est là en train de montrer le bout de son crâne et je retiens ma respiration alors que la médecin demande à Callie une dernière poussée plus forte, plus longue. Au moment où les pleurs se font entendre, une larme roule sur ma joue et je me penche pour découvrir sa petite frimousse.

– Voilà votre bébé, sourit la médecin en levant le nourrisson vers nous.

Délicatement, il est posé tout contre Callie qui rayonne de bonheur tandis que je me rapproche, un peu plus timide. À cet instant précis, je sais que ma vie est bouleversée à tout jamais. La façon dont le bébé se calme instantanément parce que Callie lui parle, je suis stupéfait. Il semble peiner à ouvrir les yeux – sans doute normal pour un bébé de quelques minutes –, mais c'est comme si la voix de Callie agissait comme un baume apaisant, et je tombe encore un peu plus amoureux.

***

Vingt-deux mois plus tard

– Hey ! Hey ! Doucement, mon petit lutteur ! m'exclamé-je alors que je rentre de la scierie.

Blake, 22 mois, quatre-vingt-dix centimètres, se jette dans mes jambes, espérant pouvoir me faire tomber. Petit, mais déjà bagarreur et surtout plein de vie. Je me penche et l'attrape par les hanches pour le soulever et l'approcher de moi, tête en bas. Il se met à hurler de rire et gigote.

– Pose, papa ! P'pa ! Pose ! Pe plaît ! Pe plaît ! rit-il en plaquant ses petites mains sur mon visage.

– Un bisou d'abord ! réclamé-je en souriant.

Blake en dépose un gros mouillé sur ma joue et je lui fais faire une pirouette avant de le reposer par terre. Blake, en hommage au frère de Callie. Ça a été une évidence pour moi, Callie n'osait pas et elle n'avait rien proposé comme prénom, alors je lui ai demandé comment s'appelaient ses frères. Je me souviens encore de ce soir-là, où je le lui ai suggéré, elle a éclaté en sanglots et s'est jetée à mon cou, tellement heureuse et reconnaissante. Et aujourd'hui, quand je regarde notre fils, je ne peux qu'être fier, cette moitié de Callie et moi ne pourrait nous rendre plus fiers encore.

– Ça a été ta journée ? demande Callie en me rejoignant dans le couloir.

– Oui, très bien. Mais content de rentrer et de te retrouver.

Je la saisis par la taille pour récolter un baiser et souris comme un imbécile, car je ne pourrais être plus heureux.

– Pourquoi tu ne m'as pas dit que tes parents arrivaient ? Et que Beth et Eric venaient aussi ? Et Lexi et son chéri ! demande Callie en me donnant une petite tape sur le torse.

– Pour te faire une surprise.

– Mais je n'ai pas eu le temps de préparer quoi que ce soit.

– Moi si, je suis allé faire les courses et les chambres sont prêtes.

– Quand est-ce que tu as fait ça ? s'étonne-t-elle.

– Les courses, à l'instant en sortant du boulot, et les chambres, je m'en suis occupé hier pendant que tu donnais le bain à Blake.

En guise de contestation, Callie fonce sur mes lèvres et réclame un baiser profond, intense et excitant. Je pose mon front sur le sien et soupire.

– Tu veux me rendre fou, c'est ça ? Alors que tout le monde est là ?

– Ouais, c'est à peu près l'idée, murmure-t-elle sensuellement avant de caresser la bosse qui déforme mon pantalon.

– Callie, grogné-je en stoppant sa main. J'arrive, je décharge les courses et je vous rejoins.

– Hum, hum, sourit Callie, fière d'elle.

***

– Alors quoi de neuf ? lance Eric alors que tout le monde est installé sur la terrasse à l'arrière de la maison.

J'ai fini de rénover la maison, et le moins que l'on puisse dire, c'est que je suis fier de moi. Avec la patte déco de Callie, l'ensemble est parfait. Le salon de jardin est vraiment un havre de paix avec la verdure, les plantations, les luminaires tout en douceur, les coussins colorés disposés sur la banquette, les photophores tout autour… Le bonheur.

Blake est au lit depuis un moment maintenant, les hommes dégustent un petit rhum et les femmes grignotent des chocolats faits maison par Callie. Je lui lance un regard amoureux et essaie de découvrir si c'est le moment d'annoncer la nouvelle, si je dois le faire ou bien si elle veut s'en charger. Elle tend la main vers moi et me sourit en retour. Elle hoche légèrement la tête et je me racle la gorge avant de me lancer.

– Eh bien, euh… On a une annonce à vous faire, en fait. Blake va avoir un petit frère ou une petite sœur, dis-je, la voix tremblante.

Un cri de joie collectif retentit et tout le monde se lève en même temps pour nous féliciter.

– Je suis fier de toi, mon fils, murmure papa en m'embrassant.

– Merci, papa, merci pour tout.

– De rien, mon fils. Tu prends soin de ta famille et c'est tout ce qui compte.

Je le serre fort contre moi avant d'être enlacé par ma mère.

– Oh, mon Dieu ! Si je m'attendais à ça, sourit-elle en caressant ma joue et en serrant la main de Callie. Mamie une nouvelle fois !

Callie sourit à ce spectacle, rien ne pourrait rendre son bonheur plus grand que de voir tout le monde heureux comme ça.

Alors que tous les invités sont installés dans leur chambre pour la nuit, je rejoins Callie qui m'attend sur le lit, en petit négligé sexy. Je bloque un instant sur les courbes de son corps qui n'ont nullement souffert de la grossesse de Blake. Je salive d'avance à l'idée de revoir la poitrine de Callie prendre un peu de volume. Bien que je sois pleinement satisfait au quotidien, je reste un homme, et c'est magnifique, c'est tout.

– C'est pour quoi ça ? susurré-je en passant un doigt sous une bretelle en dentelle.

– Je ne sais pas. Cette soirée était magique, alors je

me disais que je pourrais te remercier d'une manière ou d'une autre, explique-t-elle en défaisant ma ceinture et en déboutonnant mon jean.

– Ça me paraît être un bon plan, roucoulé-je avant de foncer sur ses lèvres.

Les autres étant installés à l'étage, nous n'avons pas besoin de faire particulièrement attention aux bruits qu'on émet. Mais à deux reprises, je dois stopper Callie en posant ma main sur sa bouche pour la faire taire. Je ne veux pas de moments gênants demain matin au petit déjeuner !

29

Callie

Le lendemain matin, il est dix heures passées quand j'ouvre les yeux. Je fronce les sourcils, me demandant bien pourquoi Shane ne m'a pas réveillée plus tôt. Je n'aime pas être encore au lit alors que tout le monde est là. Le petit déjeuner à préparer, s'occuper de Blake. Shane a dû veiller à tout.

Alors que je suis encore sous les draps et que je me relève, mon pied touche quelque chose. Je fais une petite moue en découvrant une boîte rectangulaire, blanc perle, fermée par un ruban bordeaux, tout simplement posée au bout du lit. Je récupère le colis mystère et tire sur le lien de satin. Le cœur battant, je l'ouvre et découvre un vêtement soigneusement plié. Une petite note repose sur le dessus.

Mon amour,
Cette journée sera ta journée. J'ai pensé que cette robe t'irait parfaitement. La couleur me fait penser à tes yeux, et la matière à ta peau.
Aujourd'hui, je m'occupe de tout. Tout ce que tu as à faire, c'est la mettre et nous rejoindre.
Je t'aime.
Shane

Je ne peux m'empêcher de sourire tellement je suis folle de cet homme. Il me surprend si souvent que j'ai la sensation de ne pas tout connaître de lui. Je saute hors du lit, prends la robe et la pose contre moi face au miroir sur pied de la chambre. Il est vrai que la couleur chocolat du tissu s'accorde parfaitement à mes yeux et la matière fluide tout en légèreté est vraiment agréable au toucher. Je sautille de joie face à ce cadeau inattendu et file sous la douche.

Quand j'en ressors, je me plante devant la glace et m'observe avec attention. Je n'ai jamais vraiment supporté de me regarder comme ça. Mais là maintenant, aujourd'hui, je suis obligée de constater que je ne me suis jamais sentie aussi bien dans ma peau, aussi heureuse, aussi paisible. Et tout ça, c'est grâce à Shane, à Blake. Je passe la main sur mon ventre qui n'est pas encore rebondi. Je n'en suis même pas à deux mois de grossesse, j'ai encore un peu de temps, mais je suis encore plus heureuse avec cette nouvelle vie qui prend forme dans mon ventre.

Je finis de me coiffer et jette un œil à mon maquillage léger avant de sortir. Je m'arrête net sur le pas de la porte en voyant des pétales de roses dispersés au sol. Je me penche pour en ramasser un et le porte à mon nez. Il y en a de toutes les couleurs, des roses, des rouges, des blancs, des jaunes, des bicolores. Il flotte dans l'air une odeur agréable et mon cœur se resserre. Un peu tremblante, j'avance dans le couloir et tombe sur Blake qui m'attend sagement à côté d'Emily, en lui tenant la main.

– Maman ! s'écrie Blake en se jetant dans mes bras.

– Bonjour, mon ange, souris-je en récoltant un gros bisou sur la joue.

– T'es belle ! dit-il en caressant mes cheveux.

– Merci, mon bébé. Tu sais ce qu'il se passe ? demandé-je en lui tendant un pétale de rose.

– Nan ! Avé papa, on a fait ça ! Papa dit maman aime les roses.

– C'est vrai, mon trésor.

Je me relève et m'apprête à demander à Emily ce qu'il se trame ici quand Blake s'empare de ma main et me tire vers le salon. Un énorme bouquet de fleurs trône sur la table de la salle à manger et il règne un silence pesant dans la maison.

– Où est tout le monde ? demandé-je enfin alors qu'on atteint la baie vitrée.

– Dehors ! Mam', dehors ! Viens, viens ! s'enthousiasme Blake en tirant ma main un peu plus.

Emily ouvre la baie vitrée et on se retrouve tous les trois sur la terrasse, mais là encore personne en vue. Emily se penche pour prendre la main de Blake.

– Vite, mamie, vite !

– Mais qu'est-ce qui lui prend ? m'étonné-je, surprise devant son excitation.

– Est-ce que tu me permets ? demande Jake en faisant son apparition.

Je me retourne et fronce les sourcils en le voyant me tendre son bras. Mon cœur semble saisir les faits bien avant ma tête parce qu'il s'emballe et je me mets à trembler. Je pose délicatement mon bras autour du sien et on suit lentement Emily et Blake qui s'avancent vers le fond du jardin.

À chaque pas, je sens mon cœur se remplir d'un peu plus d'amour. Des pétales de fleurs nous indiquent le chemin à suivre, des bougies scintillent même s'il fait grand soleil. Je porte une main à ma bouche et mes yeux se mettent à briller en découvrant Shane qui m'attend sous une arche fleurie, habillé simplement, mais avec classe, d'un pantalon noir et d'une chemise bleu ciel.

Beth se tient de l'autre côté dans une petite robe légère rose poudré, Lexi habillée dans les mêmes tons se penche pour récupérer Blake alors qu'Emily se place à côté des filles. Ma presque belle-sœur sourit en serrant mon fils contre elle et je m'étonne qu'il soit si sage. Eric est posté derrière son frère, tout aussi élégant. Légèrement à l'écart, le petit ami de Lexi, également très classe, se tient bien droit et observe la scène avec émotion. Il ne lâche pas Lexi des yeux et je peux y lire tout l'amour qu'il lui porte. Jake me conduit jusqu'à Shane, m'embrasse sur la joue et prend place aux côtés de ses fils.

Je déglutis nerveusement tandis que Shane s'empare de mes mains. Je plonge mon regard dans le sien et me perds dans son âme.

– Tu disais que la soirée d'hier était magique, mais cette journée le sera encore plus parce qu'aujourd'hui je deviens tien et tu deviens mienne. Le père Jankins a accepté de venir jusqu'ici parce que je voulais rendre cette journée exceptionnelle et bien à nous. Je sais à quel point tu aimes ce jardin, et avec les personnes qui nous sont chères, je me dis qu'il ne manque rien.

Je souris tendrement, mais ne dis pas un mot, ma gorge est nouée par l'émotion. Nouée de bonheur, de joie, d'amour devant cet homme qui a vécu tellement d'horreurs et qui pourtant m'offre aujourd'hui le plus beau des mariages, bien plus beau que ce que j'avais imaginé.

Le père Jankins célèbre notre union en toute simplicité sous le regard attendri de toute la famille. Au moment où Shane glisse l'alliance à mon doigt, je laisse enfin échapper une larme. La bague est magnifique, simple et sophistiquée à la fois, tout ce que j'aime. Le baiser s'éternise et Eric ne peut s'empêcher de siffler sous les applaudissements de Blake.

– Je t'aime, Shane, bien plus que je n'aurais jamais pensé être capable d'aimer. Tu me rends un peu plus heureuse chaque jour, jamais je ne te remercierai assez.

– Être auprès de toi chaque jour est ma récompense, tu n'as pas à me remercier. Je t'aime, madame Hollner, sourit-il amoureusement.

Épilogue

Callie
Deux ans plus tard

Quand j'étais avec Adam, je m'étais persuadée que je ne méritais pas mieux, la vie ne m'avait jamais gâtée jusque-là, je ne m'autorisais pas à espérer plus. Et puis Shane est entré dans ma vie, il l'a complètement chamboulée. Notre relation ne partait pas vainqueur, mais pour une fois, la vie m'a souri. Et quand je regarde où j'en suis, le chemin parcouru, je ne peux que m'en réjouir.

Je suis installée dehors sur la terrasse, une limonade à la main, tandis que Shane joue dans le jardin avec les enfants. Bug, notre chiot qui a maintenant un an, fait un somme pas très loin. De temps en temps, une oreille se dresse, mais il reste imperturbable.

Blake aura 4 ans dans deux mois, c'est un petit garçon très intelligent, mais un peu dur par moments. Heureusement, Shane sait se montrer ferme quand il le faut, car j'ai bien du mal à ne pas céder sous le regard et le sourire angéliques de notre fils. Je le regarde monter puis descendre le toboggan encore et encore sans se fatiguer. De temps en temps, il vient réclamer à boire et puis il repart aussitôt. Shane veille sur lui, installé sur la couverture posée au sol sur laquelle les jumelles sont occupées à faire des pyramides avec de gros cubes en bois de toutes les couleurs.

Eh oui, des jumelles ! Je n'aurais jamais pensé en avoir à mon tour. À vrai dire, il ne m'était même pas venu à l'idée qu'ayant des jumeaux dans ma famille, j'avais moi aussi une possibilité d'en avoir. Le jour de la première échographie, nous sommes donc tombés des nues quand le médecin nous a montré les deux petits cœurs qui battaient presque à l'unisson.

Si quelques heures avant la naissance de Blake, j'ai eu quelques instants d'incertitude concernant ma capacité à devenir mère, pour les filles, je n'ai eu aucun doute. Tout se passait tellement bien avec Blake, avec Shane à mes côtés, que même avec deux bébés en plus en même temps, je ne voyais pas ce qui aurait pu mal aller. Et j'ai eu raison. Depuis ce jour où Olivia et Alexa sont entrées dans notre vie, nous ne sommes que plus heureux, épanouis.

Bien conscient que je ne peux pas partager ces moments de bonheur avec mes parents et frères disparus, Shane a insisté pour qu'on perpétue le rituel initié avec Blake. Ainsi, j'ai le sentiment que ma famille est toujours avec moi et qu'elle est fière de la femme que je suis devenue. Olivia en hommage à ma maman et Alexa en hommage à mon second frère, Alex. Même si j'aimais beaucoup mon père, je ne me voyais pas appeler Georges mon fils ou bien Georgia ma fille, alors Georges est devenu le second prénom de Blake.

– Maman ! Tu viens ? crie Blake alors qu'il rejoint Shane et les filles sur la couverture.

– Oui, souris-je en reposant mon verre.

– Coucou, murmure Shane en m'accueillant par un baiser.

– Coucou.

– T’as vu, maman ? demande Blake en empilant les cubes par-dessus ceux de ses sœurs.

– Oui, mon cœur. Vous êtes trop forts tous les trois. Jusqu’où ça peut aller comme ça ? demandé-je pour l’encourager.

– Très, très haut ! assure Blake, bien décidé à nous impressionner.

– Et nous, on va aller jusqu’où ? murmure Shane tout contre mon oreille avant de m’embrasser dans le cou, m’arrachant un frisson.

– Très, très loin, souris-je avant de m’emparer de ses lèvres avec possessivité. Je t’aime, Shane.

– Je t’aime, répond-il en me jetant un regard de braise.

– Moi aussi, tient à ajouter Blake avant de sauter sur mes genoux. Te t’aime, maman. Te t’aime, papa.

Avec Shane, on se lance un regard complice, succombant un peu plus à ce spectacle : notre famille, notre victoire, notre bonheur.

FIN

Remerciements

Une fois encore, je tiens à remercier mon mari pour sa présence à mes côtés et son amour. L'écriture est une passion dévorante qui prend parfois le pas sur les autres loisirs, la vie de famille. Tu m'accompagnes tous les jours dans cette aventure et ton soutien m'est indispensable.

Les éditions Addictives, c'est grâce à vous que je vis ce rêve au quotidien. Merci de donner vie en poche à mon quatrième roman, l'histoire de Shane et Callie, si particulière à mon cœur.

Nina, à l'époque où ce roman a été publié pour la première fois, nous ne nous connaissions pas encore. Je te remercie chaleureusement pour ton amitié sans faille, tes précieux conseils, nos partages et nos longues conversations, cette alchimie entre nous inexplicable. J'espère vivre encore de merveilleuses romances à tes côtés.

Erin, Laurie, Laetitia, Florine, Virginie, Soumya, Christelle, Élise, Cécilia, Marie, Élina et toutes les autres, de superbes rencontres virtuelles et physiques pour quelques-unes. Merci pour votre soutien et nos discussions livresques ou autres.

Chères lectrices, merci pour votre enthousiasme à chaque nouvelle sortie, de me suivre depuis presque quatre ans maintenant. Je vous donne rendez-vous dans une prochaine histoire, prête à vous faire rêver et voyager. À très bientôt.

Jeanne

Extrait

The campus teacher

Marjorie Burbaud

1

Ava

Il ne faut pas sous-estimer la chaleur du Texas. Aux premières lueurs du jour, elle paraît inoffensive, puis les heures s'écoulent et elle vous prend par surprise. Elle parvient à vous étouffer lorsque vous vous y attendez le moins. La chaleur du Sud est redoutable.

Comme à cet instant précis.

Pourtant, j'y suis née. Je connais cette chaleur étouffante, la force du soleil et la sensation de soif quasiment constante en plein été. Mais tout ça, c'était avant de me retrouver dans ce champ à l'herbe brûlée par le soleil au milieu de nulle part.

Je suis certaine que cette journée marquera une rupture dans ma relation avec ma terre natale. Le Texas ne m'a jamais paru si sec. Ce traître.

Les cris des étudiants autour de moi sont presque effrayants. L'odeur de terre, d'humidité et d'alcool me monte à la tête à chaque inspiration. Je sens la sueur couler dans mon dos et entre mes seins. Mon short en jean et mon haut de bikini sont encore trop épais pour cette chaleur. Dire que je me sens moite est un bel euphémisme – digne de figurer dans les manuels littéraires des collégiens. Mon état est tel que je suis prête à abandonner ma fierté derrière moi pour aller me trémousser sur des voitures ruisselantes d'eau savonneuse, comme certaines filles le font déjà. Je les aperçois, depuis le terrain boueux sur lequel je viens de m'aventurer sans réfléchir. Car il ne faut pas réfléchir pour mettre les pieds dans cet endroit.

– Tu observes les failles de l'ennemi ? s'enquiert Baylee.

Je lance un regard en coin à mon amie d'enfance qui fait rouler ses épaules, comme si nous nous apprêtions à entrer sur un ring de boxe. Mon Dieu, faites que ça ne soit pas aussi violent… Je ne suis pas en sucre, mais mon mètre soixante m'empêche d'encaisser les chocs avec dignité. Je suis plutôt du genre à chuter comme une fillette de 4 ans.

L'ennemi, il se trouve face à nous, de l'autre côté du filet de volley-ball, alors même que ce n'est pas le jeu auquel nous allons jouer. Non, c'est plutôt un mélange étrange et redoutable entre du football américain, du rugby et du volley. Tous les coups sont permis…

Le tout sur un terrain rempli de boue.

Les hommes peuvent s'avérer maléfiques lorsqu'il s'agit de trouver des idées pour salir les filles. Littéralement.

– Quelles failles ? raillé-je, les mains sur les hanches. Ils n'en ont aucune, excepté leurs mèches rebelles et leur ego.

– Tout le monde a des failles, répond Bay, comme

si nous étions en pleine réunion stratégique. Ceux-là surtout. Ils viennent d'être diplômés, ils se sentent prêts à conquérir le monde. On va leur rappeler qu'un diplôme n'est qu'un bout de papier.

– Tu sens à plein nez l'étudiante qui redoute fébrilement d'entrer en dernière année, lui fais-je remarquer.

Bay lève les yeux au ciel, puis met sa main en visière pour observer les alentours. La marée d'étudiants bronzés s'étend à perte de vue. Tous sont vêtus le plus légèrement possible. Je ne vois quasiment aucun tee-shirt à l'horizon, seulement une multitude de shorts, de maillots de bain et de boxers.

L'été touche à sa fin et l'université d'Austin a organisé ses traditionnels jeux de rentrée. Cela permet aux nouveaux étudiants de faire connaissance et aux anciens de terroriser les plus jeunes. Avec Bay, nous faisons partie de la deuxième catégorie. Nous allons entrer en dernière année, mais nous avons décidé d'intégrer l'université de Savannah, en Géorgie. C'est la première fois que nous allons quitter la ville dans laquelle nous avons grandi, si bien que nous avons jugé préférable de choisir une nouvelle université qui se trouve toujours dans le sud du pays. Le choc culturel est moins fort. Et personne ne se plaindra de notre accent.

L'université d'Austin adore maltraiter les nouveaux arrivés et j'ai dans l'idée que c'est pour cela qu'elle convie toujours ses anciens étudiants à participer à ses jeux de fin d'été. De fait, cette journée sera pour moi la dernière au Texas.

– Tu peux me dire pourquoi tu as voulu de moi dans ton équipe ? lancé-je à Kenneth, le frère jumeau de Bay.

Le grand blond au corps sec et musclé se tourne vers moi, un ballon sous le bras. Il vient de fusiller du regard un type de l'équipe adverse qui a fait une blague sur le short de sa sœur. Celui-là ne sait pas ce qui l'attend, car je connais la force de frappe de Kenneth.

– Parce que tu es si mauvaise perdante que je sais que tu feras tout pour massacrer les beaux gosses d'en face.

J'esquisse un rictus. Mes amis me connaissent.

– Et je n'ai rien contre tirer quelques tignasses, ajouté-je en désignant les filles de l'équipe adverse.

– Traîne-les dans la boue, grogne Kenneth en se campant sur ses jambes, prêt à commettre un massacre.

Je l'imite, même si la boue est loin d'être le terrain le plus stable. Il ne faut pas sous-estimer l'effet de la chaleur sur des étudiants texans qui vivent leur dernier jour de liberté avant le début des cours… Car un jeu dans la boue est forcément l'idée de quelqu'un qui a attrapé une insolation.

Les gens commencent à se regrouper autour de nous, prêts à assister à notre combat – autant appeler un chat un chat.

Un étudiant de l'équipe adverse s'avance soudain jusqu'au filet.

– Mesdames et messieurs, il est temps de vous rappeler les règles du jeu.

Il lève la main et commence à énumérer les règles les plus absurdes que j'aie jamais entendues :

– Obligation de plaquer l'adversaire. Éviter de viser la tête. Interdiction de mettre de la boue dans des orifices qui ne sont pas à vue d'œil. Toutes les manœuvres déloyales et subversives pour déstabiliser l'adversaire sont autorisées. (Il marque une pause, se concentre pour s'assurer qu'il n'a rien oublié, puis reprend :) Ah ! Et l'équipe qui gagne est celle qui aura envoyé le plus de fois la balle dans les défenses du camp adverse.

– C'est quoi, ce foutu jeu ? grommelé-je.

– Un combat de filles déguisé ? propose Bay.

– Ça en a tout l'air.

Tandis que la balle fuse déjà de notre côté du filet et que Kenneth pousse des rugissements intimidants, quelqu'un décide de monter le son et de mettre la musique phare de Magic Mike XXL.

J'ai un rire nerveux.

– Putain, Ava ! s'écrie Kenneth en renvoyant si violemment la balle chez l'adversaire que je crois un bref instant qu'une bombe va exploser. Bouge-toi !

Je lui lance un regard noir, mais je n'ai pas le temps de lui expliquer le fond de ma pensée, car une fille du camp ennemi me plaque soudain si fort que mes poumons se vident brutalement. Je hoquette et la foule rugit autour de nous. Les étudiants lèvent leurs cannettes de bière et leurs gobelets rouges pour nous encourager.

Je repousse la fille d'un coup de genou et roule pour lui échapper. Je suis à présent essoufflée et couverte de boue. Il fut un temps où mes cheveux étaient châtain clair.

– Mais pourquoi t'as fait ça ? grogné-je à la fille.

– La balle arrivait, répond-elle en se relevant à temps pour reprendre ladite balle et l'envoyer dans nos défenses.

1-0. Kenneth va me tuer.

– Reprends-toi, ma belle, me lance Bay. Pense au diplôme qu'ils ont déjà, contrairement à nous.

Il ne m'en faut pas plus.

À mon tour, je fais rouler mes épaules et me lance au cœur de la mêlée, sans savoir où se trouve cette fichue balle. Je sais que ce n'est pas ma force d'insecte qui va nous faire gagner, je préfère déstabiliser l'ennemi en plaquant tout ce qui bouge et qui ne fait pas le double de ma taille. Je dois lutter pour conserver mon haut de bikini en place, cracher pour ne pas m'étouffer avec la boue et je perds au moins trois ongles en voulant saisir des vêtements un peu trop bien accrochés à leur propriétaire. La foule continue de hurler pour nous encourager et je dois bien avouer que ce jeu aux règles infernales est diablement amusant. Se défouler avant la rentrée, ça a du bon.

Contre toute attente, c'est notre équipe qui l'emporte. Nous crions trop fort pour narguer les perdants, Bay me saute dans les bras et Kenneth me donne un coup dans l'épaule qui manque me faire basculer. Finalement, toutes ces accolades de victoire me couvrent plus de boue que le jeu lui-même. Seuls mon visage et une partie de ma jambe gauche ont été épargnés.

L'équipe d'en face, tout aussi dégoûtante que nous, semble mal le vivre. Ils nous fusillent du regard.

– Ce qui est dingue, c'est d'avoir gagné sans que j'aie rien compris aux règles du jeu, avoué-je.

Kenneth est trop occupé à se moquer des gars d'en face pour me répondre, et l'un d'eux est d'ailleurs sur le point de craquer. Il fulmine tellement que j'ai l'impression que même la boue glisse sur son corps pour le fuir au plus vite.

Kenneth lui lance une nouvelle pique et l'autre s'empare soudain d'une balle qu'il lance dans sa direction. Si Kenneth l'évite sans effort, ce n'est pas mon cas.

La balle me percute si fort que l'expression « faire un vol plané » pourrait dorénavant être mon nom de famille.

La colère se faufile dans mes veines et fait s'accélérer les battements de mon cœur. Je me redresse, m'empare de la balle et la renvoie violemment sur le crétin diplômé. Ce dernier ne pensait vraisemblablement pas que j'allais réagir, car il rit encore de ma chute avec ses comparses.

La balle le heurte en pleine tête.

Les mains sur les hanches, savourant ma victoire, je l'observe secouer la tête pour se remettre les idées en place. Il fixe un instant la balle à ses pieds, puis ses yeux sombres se braquent sur moi.

J'esquisse un sourire narquois qui fait craqueler la boue séchée sur mon menton.

Toutefois, mon sourire disparaît lorsque je vois le type foncer droit sur moi. Son regard est la première chose qui me percute, avant qu'il ne s'arrête face à moi, si près que son torse effleure mon bikini chaque fois qu'il expire comme un taureau poussé à bout. Si j'avais été un homme de sa taille, il aurait sûrement collé son front au mien pour m'intimider.

Derrière l'odeur de boue qui nous recouvre tous les deux, je sens une odeur de cèdre et de savon. Comment ce crétin parvient-il à sentir autre chose que l'étudiant boueux et alcoolisé ?

Je soutiens son regard courroucé sans faillir. Ses iris sont d'un gris profond, dans lequel des paillettes noires se détachent. Ses cheveux, que je devine sombres malgré la saleté, se dressent sur sa tête dans des sens qui ne le mettent pas à son avantage. La boue qui recouvre tout son visage lui donne un air de militaire sur le point de conquérir un territoire.

Et je suis le territoire en question.

– Pour qui tu te prends ? grogne-t-il d'une voix grave et vibrante. Tu es sûrement une première année inconsciente du danger !

Je le repousse mais il bouge à peine. Me prenant par surprise, il décide soudain de faire de même, et je me retrouve les fesses dans la boue pour la centième fois de la journée. Je pousse un juron qui lui fait esquisser un sourire arrogant, puis me redresse vivement et encercle ses jambes pour le faire chuter. Il jure à son tour, avant de m'attraper soudainement par la taille et de me jeter par-dessus son épaule comme un sac de farine sale et puant.

Le choc me coupe le souffle. Des rires fusent tout autour de nous et je reconnais ceux de Baylee. Elle ne paie rien pour attendre.

– Lâche-moi ! crié-je en tirant sur tout ce que j'ai à portée de main – son caleçon, ses cheveux.

L'enfoiré sort du terrain boueux et marche d'un pas de conquérant jusqu'au ponton de bois qui s'avance sur l'étang envahi de roseaux secs. Les muscles de son dos et de ses épaules roulent contre ma peau.

J'ai beau ruer dans tous les sens, il me tient fermement. Je prends alors une poignée de boue accumulée sur mon short en jean et me contorsionne pour l'écraser sur ses yeux.

– Putain ! lâche-t-il en s'essuyant avec son avant-bras. Mais t'es vraiment infernale !

– Surtout quand un mauvais joueur brutal et irrespectueux me balance par-dessus son épaule ! réponds-je en sentant mon sang se diriger petit à petit dans ma tête. Sérieusement, lâche-moi !

– Mauvais joueur ? répète-t-il comme si je venais de l'insulter.

Il traverse le ponton et je sais très précisément ce qu'il a en tête. Je fais alors la seule chose qui me paraît avoir du sens : je m'enroule tout autour de lui lorsqu'il décide de me balancer dans l'étang – tout en ignorant son corps parfaitement emboîté avec le mien et le frisson qui part soudain de ma nuque et descend se perdre plus bas.

Nous chutons et percutons l'eau dans une gerbe d'éclaboussures.

Sous l'eau troublée par la boue dont nous étions recouverts, je tente de me dégager, mais il s'empare du bouton de mon short en jean pour m'empêcher de lui échapper. Je rue en donnant des coups de pied, mais il referme ses doigts sur le devant de mon short. Et la sensation de ses doigts recourbés près de mon bas de maillot de bain me fait brutalement cesser de me débattre.

L'enfoiré.

Nous rejoignons la surface dans un sale état d'énervement. Mais propres.

Celui auquel je fais face n'a rien à voir avec le type couvert de boue, hideux et imbuvable que j'ai entraperçu avant qu'il ne nous jette à l'eau.

Son visage tanné par le soleil est fin, ses sourcils épais assombrissent son regard et lui donnent un air arrogant. Un début de barbe sombre recouvre sa mâchoire et sa lèvre supérieure. Il est beau, bien trop pour mon bien. À tel point que je préférerais m'arracher une dent plutôt que de l'avouer à voix haute.

Braqués sur moi, ses yeux gris sont étrécis par quelque chose entre la colère et le trouble.

– Calmée ? lance-t-il.

Sous l'eau, je pose mes doigts sur les siens pour lui faire lâcher prise sur mon short. Il ne faut pas abuser. Lentement, un doigt après l'autre, il me libère.

Je hausse un sourcil narquois quand il garde ses doigts enroulés autour des miens.

– Tu me violentes, puis tu me tiens la main, fais-je remarquer. Tu ne serais pas bipolaire ?

Il me lâche soudain comme si je venais de le brûler. Il se tient si près que je peux voir les restes de boue qui s'agrippent à sa barbe. L'eau lui arrive au niveau des pectoraux, qui sont légèrement dessinés. Je n'ai jamais aimé les hommes qui passent leur temps à tenter de faire gonfler le moindre de leurs muscles. À part pour flatter leur ego et plaire aux filles, à quoi ça sert ? Ce n'est pas comme si les hommes avaient toujours besoin d'abattre des arbres, de nos jours.

– Calmé ? demandé-je pour l'agacer parce qu'il n'a pas répondu à ma dernière pique.

Il me fusille du regard.

– J'aimerais bien savoir pourquoi tu te crois si maligne, dit-il en me scrutant. Première année, hein ?

– Dernière.

Il arque un sourcil et son regard me parcourt des pieds à la tête. Sa mâchoire n'est pas carrée comme la plupart des mecs, son menton est même légèrement pointu, mais Dieu qu'il est beau.

– Je t'aurais donné à peine 17 ans.

Ce genre de remarques, j'ai l'habitude.

– Pas de poitrine, pas de fesses, renchérit-il, je serais étonné que…

Avant qu'il n'ait le temps de finir sa phrase, je m'empare de ses cheveux et tente de lui faire boire la tasse. Cependant, comme je l'ai déjà expliqué plus tôt, je ne peux pas compter sur mes muscles pour quoi que ce soit… Si je n'arrive pas à ouvrir un bocal toute seule, je ne risque pas de couler quatre-vingts kilos.

Mais c'est l'attention qui compte. Pas vrai ?

addictives

Romans déjà parus

Rose Becker
Le Bébé, mon milliardaire et moi (aussi en poche)
Torride, sexy & dangereux
Forever You – saisons 1 et 2
Dangerous

Phoebe Campbell
Lui résister… ou pas – l'intégrale
You Again
Single Daddy. Try Me if You Can

Mia Carre
Bad for You
Teach Me Everything
Charmant connard !

Mélodie Chavin
Campus Rules
Fucking Wedding

Sonia Eska
Ne me tente pas

Emma Green
Toi + Moi : L'un contre l'autre (aussi en poche)
Toi + Moi : Envers et contre tout (aussi en poche)
Toi + Moi : Seuls contre tous (aussi en poche)
Call Me Baby – volumes 1 et 2
Call Me Bitch
Love Me if You Can
Kiss Me if You Can
Bliss. Le faux journal d'une vraie romantique – volumes 1 et 2
Jeux interdits
Jeux insolents
Jeux imprudents
Une toute dernière fois

Fallait pas me chercher ! – volumes 1 et 2
Corps impatients (aussi en poche)
Cœurs insoumis (aussi en poche)
Âmes indociles (aussi en poche)
Cent facettes de Mr Diamonds – l'intégrale
Bliss. Le faux journal d'une vraie romantique – l'intégrale
(Im)parfait
Love Me if You Can – l'intégrale
Kiss Me if You Can – l'intégrale
It's Raining Love !
The Boy Next Room
Call Me Baby – l'intégrale
Call Me Bitch – l'intégrale
PS : Oublie-moi !
Fallait pas me chercher ! – l'intégrale
Recherche coloc : emmerdeurs, râleurs, lovers… s'abstenir !
10 bonnes raisons de te détester !
Just 17
Love & Lies on Campus
Bien plus forte que toi !
If You Wanna Be My Lover…

Megan Harold
Breaking the Rules
Initiation with My Boss

Ludivine Hart
Arrogant & Tattooed

Amy Hopper
Gone Boy
Le Coloc

Julie Huleux
Alpha Player

Charlie Lazlo
Mon insupportable boss

Sienna Lloyd
Mords-moi !

Caroline Mongas
Mariage forcé. Un contrat indécent

June Moore
Étreinte – volumes 1 à 3

Zoé Murat
Stepbrother Love
Boss Me Around

Clara Oz
Arrogant

Gaëlle Sage
Kiss, Kill & Ride
Lost Rider

Ana Scott
Dark Ride
Last Ride
Vicious Ride
The Dominant
Evil Ride
Sensual Stepbrother
Un enfoiré mais un coup d'enfer !

Camilla Simon
Le voisin parfait est un enfoiré
Initiation with My Enemy
Le mec parfait est un inconnu… ou presque !

Ève Souliac
Sexy Mistake

Liv Stone
Love Lessons

Lisa Swann
Adore-moi ! – l'intégrale

Louise Valmont
Toi & moi, c'est compliqué !
Campus Initiation
Mon insupportable voisin !

Chloe Wilkox
Extreme Lover – l'intégrale
Immoral
Dominant Boss. Apprends-moi
The Virgin's Price

Romans déjà parus

Ana K. Anderson
Indompté
Scottish Bastard

Sophie Auger
Be with Me

Sonia Birdy
L'Initiation
Touchdown. Campus Star

Laura Black
Dark Initiation
Games of Desire
H.A.R.D. Hot, Arrogant, Rebelle, Déterminé
Sulfurous Bad Boy

Margot D. Bortoli
Too Young

Juliette Brunel
Delicious

Anne Cantore
Promets-moi. Louise et Marco

Sarina Cassint
Avec toi… peut-être
Insolent Boss

Mary Ann Davis
Coach Me Love

Gwen Delmas
Noël, toi & moi
Sex Friends. Pas de contraintes, que du plaisir !

Sarah Dheilm
Hot Reward

Eugénie Dielens
Imprévisible Boss

Cléa Dorian & Ninon Vars
Dark Love

Laurie Eschard
Love Naked

Lil Evans
Savage Rider
Crash & Burn
Boss Affair

Lou Garance
Can You Keep a Secret ?
Foutu coloc !

Alexandra Gonzalez
Shades of You

Erin Graham
Teach Me Love
The Boss
Secret Stepbrother
Strong Addiction
Coloc avec mon boss

Joh Harper
Crazy Love
Broken but Alive

Marie Hayle
Under Control
Lover Next Door

Ellie Jade
About Last Night

Emma S. James
Under the Rain

Lucie F. June
Fight with Darkness

Sara June
Rider in the Dark
Sexy Wild Rider

Emily Jurius
Love to Hate You

Allie Krown
High School Challenge

Marion Laurent
Mr Alpha

Pauline Libersart
Tiger. Entre ses griffes

Nina Loren
Breaking the Ice
Teach Me Again. Impossible Desire

Ella Lores
Mariée par accident à un connard arrogant rencontré la veille…
My Best Enemy

Jessica Lumbroso
Emma X. Secrète et insoumise

Lili Malone
Coloc avec un inconnu

Mila Marelli
Dark Man in Love
Crazy Wedding

Mag Maury
My Hipster Christmas

Alix Parks
Never Kiss the Boss

Jeanne Pears
Insupportable coloc
Colocs & Sex Friends
H.O.T. Hypnotique, Obstiné, Ténébreux
The Most Insolent Man

Alexia Perkins
Arrogant Fake Lover

Sophie S. Pierucci
L'Inconnu de l'ascenseur & Moi (aussi en poche)
My Stepbrother. L'initiation

Silvia Reed
Darkest. La dernière heure
Too Close

Anita Rigins
No Rules
My Rules

Avril Rose
Coffee, Sex & Law

Jana Rouze
Effet de vague – saisons 1, 2 et 3

Wendy Roy
Une seule fois (ou presque)

Ana Scott
À corps brisés

Léana Soal
Fight & Hope

Cara Solak
Perfect Obsession

Izia Soley
Fauve

Liv Stone
Initie-moi. Mes jours contre tes nuits

Lena K. Summers
Perfect Bad Boy
Donovan, roi des connards

Kaly Swann
Austin. Breathe with Me

Lily Tortay
Dance for Me

Flore Valier
Ta peau contre la mienne

Anna Wendell
Arrogant Bad Boy
Apprends-moi le désir
Colosse. Le maître du jeu

Mina Zadig
Just Sex & Tattoos
Arrogant Highlander

New adult addictives

Romans déjà parus

Sonia Birdy
California High School

Sianna Milano
High School Initiation

Isla A. Rowley
Toxic Games

addictives POCHE

Romans déjà parus

Rose Becker
Le Bébé, mon milliardaire et moi (aussi en grand format)

Marjorie Burbaud
The Campus Teacher

Phoebe Campbell
Tes ordres sont mes désirs

Olivia Dean
À lui, corps et âme – volumes 1 et 2

Lou Everly
Bad Boy Crush

Erin Graham
Nos amours contraires

Emma Green
Seul contre tous (aussi en grand format sous le titre *Toi + Moi : Seuls contre tous*)
L'un contre l'autre (aussi en grand format sous le titre *Toi + Moi : L'un contre l'autre*)
Envers et contre tout (aussi en grand format sous le titre *Toi + Moi : Envers et contre tout*)
Corps impatients (aussi en grand format)
Cœurs insoumis (aussi en grand format)
Âmes indociles (aussi en grand format)

Megan Harold
Sublime-moi !

Charlie Lazlo
Kiss Me I'm Famous

Jeanne Pears
Jamais avec mon coloc !

Sophie S. Pierucci
L'Inconnu de l'ascenseur & Moi (aussi en grand format)
Deep & Dark

Lise Robin
Forbidden Stepbrother

Alexane Tolley
The Boss Rules

Chloe Wilkox
Your Game, My Rules

L'un contre l'autre
(*Toi + Moi* – première partie)
Emma Green

Elle avait laissé un bad boy, elle retrouve un big boss !

Alma Lancaster ne pensait plus jamais entendre cette voix, celle de Vadim Arcadi, son premier amour. Mais le bad boy du campus est devenu un big boss redouté, et pas n'importe quel patron : celui d'Alma !
De la fac de cinéma à l'empire de King Productions, Vadim King a changé de nom, changé de vie. Mais dans ses yeux brille toujours la même rage de vaincre, sous sa peau bat toujours le même cœur indomptable. Douze ans après leur douloureuse séparation, la passion renaît et la confrontation prend des allures de duel.

Auteure : Jeanne Pears

Edisource – Éditions Addictives
100, rue Petit, 75019 Paris
Imprimé par JOUVE, 733, rue Saint Léonard
53101 Mayenne cedex France
Dépôt légal : mars 2022 – Achevé d'imprimer : janvier 2022
ISBN : 978-2-37126-487-8
Réf. contrat : ZLLI_001